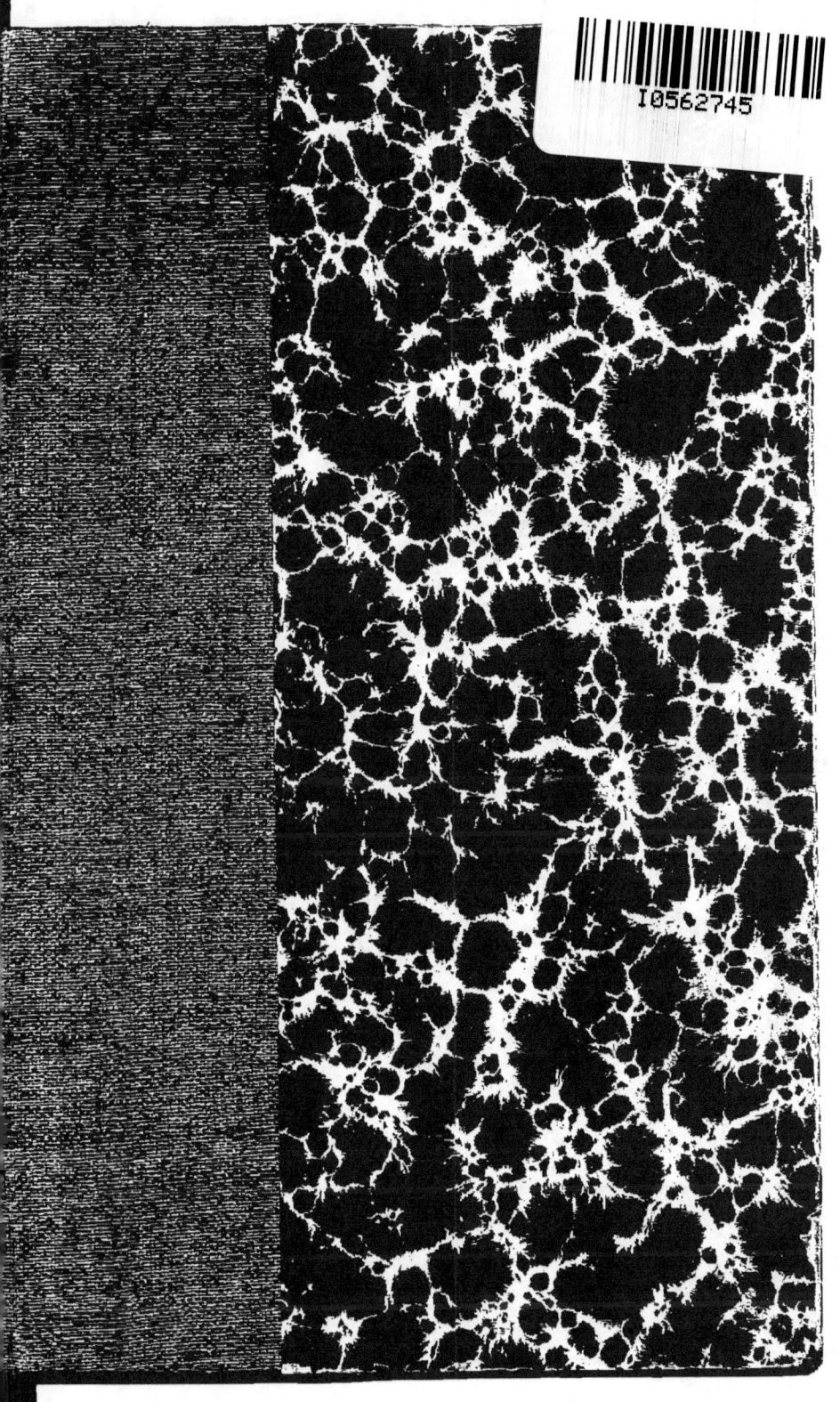

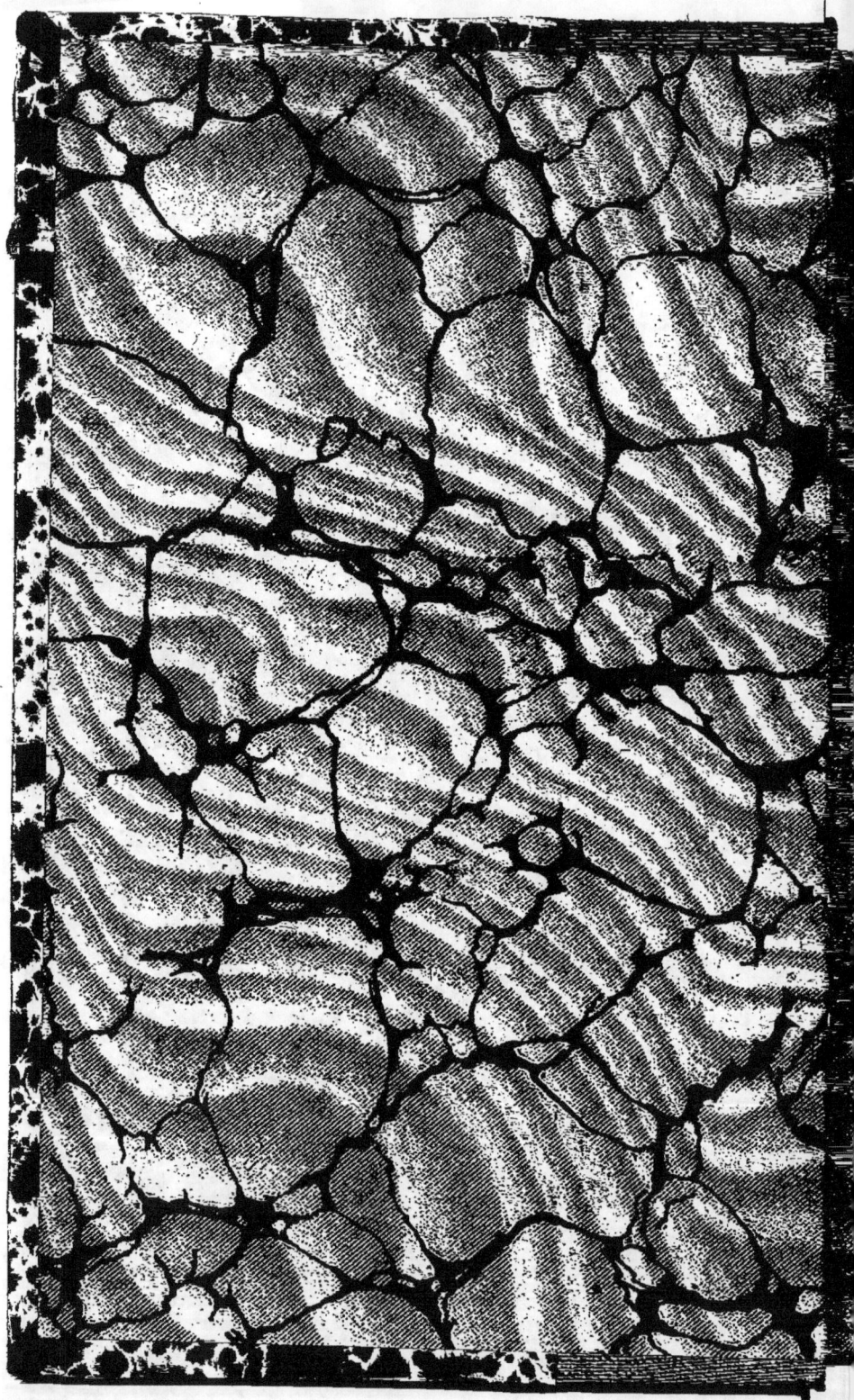

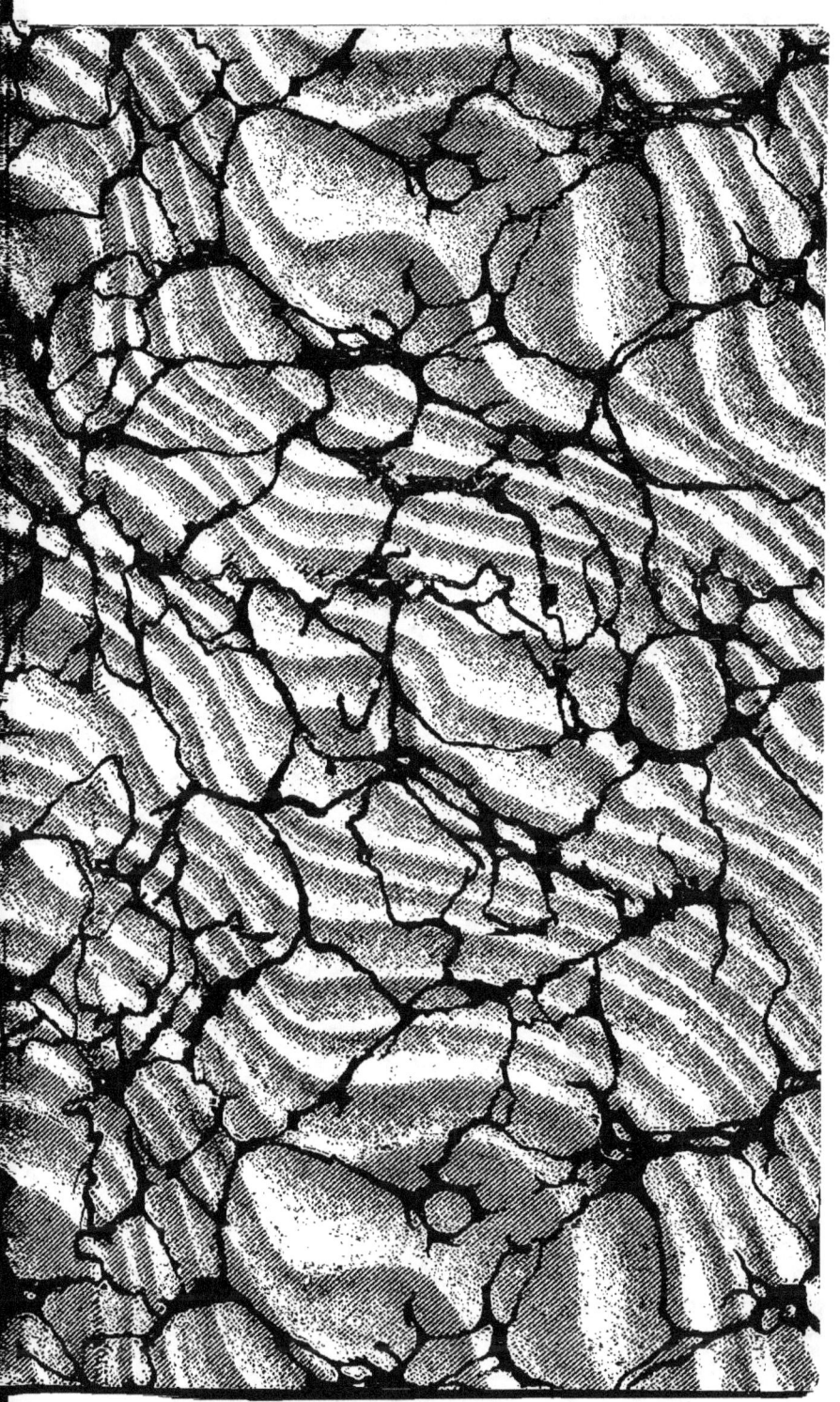

7202

Conteurs florentins

du Moyen âge

82

1879

OUVRAGES DE M. ÉMILE GEBHART

PUBLIÉS DANS LA BIBLIOTHÈQUE VARIÉE
PAR LA LIBRAIRIE HACHETTE ET Cⁱᵉ

———

Les origines de la Renaissance en Italie. Un vol. in-16, br. 3 fr. 50
Ouvrage couronné par l'Académie française.

L'Italie mystique. Un vol. in-16, broché. . . . . 3 fr. 50

Moines et papes. Un vol. in-16, broché. . . . . 3 fr. 50

Au son des cloches. Un vol. in-16, broché. . . . . . . 3 fr. 50

Conteurs florentins du Moyen Age. Un vol. in-16, broché. . . . . 3 fr. 50

D'Ulysse à Panurge, contes héroï-comiques. Un vol. in-16, broché. . . . . 3 fr. 50

Sandro Botticelli. Un vol. in-16, broché. . . . . . . 3 fr. 50

———

Autour d'une tiare, roman historique. Un vol. in-16. 3 fr. 50
Librairie Armand Colin.

163-09. — Coulommiers. Imp. PAUL BRODARD. — P3-09.

ÉMILE GEBHART

DE L'ACADÉMIE FRANÇAISE

Conteurs florentins

du Moyen âge

QUATRIÈME ÉDITION

PARIS

LIBRAIRIE HACHETTE ET Cⁱᵉ

79, BOULEVARD SAINT-GERMAIN, 79

1909

LES
CONTEURS FLORENTINS
DU MOYEN AGE

CHAPITRE I

LES PRIMITIFS. — LE «NOVELLINO» FRANCESCO DA BARBERINO

I

Le moyen âge avait tenté d'établir, par la notion de chrétienté, une communauté idéale des peuples de l'Occident. Par le latin, langue de l'Église, du droit écrit, de la scolastique et de la chronique, il fonda la communauté intellectuelle des races chrétiennes. Par la diffusion des souvenirs héroïques et des légendes chevaleresques, il créa une littérature véritablement européenne. Charlemagne et ses pairs, Artus, Merlin et les preux de la Table-Ronde, Alexandre,

1

Énée, César, tous les héros de « Rome la grande, »
furent adoptés par toutes les langues vulgaires
et toutes les littératures naissantes. Renart lui-
même, qui représentait la revanche des petits
contre les puissants, de la bourgeoisie contre les
seigneurs, des laïques contre l'Église, fit le tour
de l'Europe; il alla même jusqu'à Constantinople, où il se rencontra, sans aucune timidité,
avec les princes de l'épopée œcuménique et les
plus nobles figures de la poésie féodale.

Ce premier trésor commun de grands souvenirs, de romans d'amour et de guerre, de scolastique et d'histoire, servit à l'éducation supérieure
du moyen âge. Il lui révéla la lointaine antiquité,
lui rendit l'image embellie de son propre passé
et le consola, par le rêve, de bien dures misères.
Mais la tradition orale ne pouvait se charger de
la plupart des œuvres de cette littérature universelle. Le conte, invention plus légère, facile à la
mémoire, le conte édifiant, l'aventure plaisante,
l'anecdote ou la moralité historique, était, lui
aussi, un fonds très riche d'émotions ou de
divertissements. Il devint donc le patrimoine de
toute la chrétienté au même titre que la doctrine
des universaux, les chevauchées de Charlemagne, les miracles de Merlin, les bons tours
sacrilèges de Renart.

Les voyages des pèlerins, des marchands et

des croisés portèrent cette littérature des récits
sur tous les points du monde. Il y eut alors une
migration continue de rois, de seigneurs, de
grands criminels, de moines, de corsaires et de
pieux vagabonds, allant et venant par les mers,
les vallées, les cols des montagnes. Du fond de
l'Espagne, de l'Irlande, du Danemark, les
hommes, anxieux de leur salut, marchaient sans
trêve vers Rome ou Jérusalem. Longtemps avant
les ordres mendiants, les intérêts monastiques
mettaient en rapport perpétuel les unes avec les
autres les maisons de la famille bénédictine. A
partir de saint François et de saint Dominique,
ce fut un fourmillement d'Église militante sur
tous les sentiers frayés de l'Europe et de l'Orient.
Les entreprises féodales maintenaient entre l'Occident latin, Constantinople et l'Asie une relation
permanente d'idées. Les flottes marchandes de
Venise, de Pise, de Gênes, d'Amalfi, ratta-
chaient l'Italie à tous les ports de l'Espagne, du
Levant et de la mer Noire, à toutes les îles de
l'Archipel. Les caravanes de Florence, de
Venise, de Bruges, rapportaient de Perse, de
l'Inde et de la Chine, dans leurs ballots, avec
l'ivoire, la poudre d'or et la soie, la vision de
civilisations éblouissantes et de religions plus
étranges encore pour la chrétienté que l'islamisme.

Il fallait bien, pour charmer les ennuis de ces longs voyages, les veillées d'hiver aux réfectoires des couvents, les nuits d'été passées sur le pont des navires, en pleine mer immobile, les haltes dans les caravansérails de l'Orient, il fallait qu'un beau parleur contât à ses compagnons les curiosités recueillies tout du long de la route. Les clercs rappelaient alors les histoires qui couraient de cloître en cloître, l'odyssée monacale de saint Brandan, la découverte du Paradis terrestre par les cénobites d'Irlande, la porte du Purgatoire entr'ouverte par saint Patrice, l'Enfer entrevu par des morts qui ressuscitaient au bout de trois jours et donnaient à leurs frères des nouvelles sûres de l'autre monde. Les chevaliers disaient la chronique de la croisade, la sagesse courtoise des princes musulmans, les souvenirs d'amour de la Palestine, du Bosphore ou de la Provence. Les marchands vantaient les miracles accomplis par les pierres précieuses entassées en leurs cassettes, décrivaient les mœurs des bêtes rencontrées au désert, les loups dont le seul regard tuait de loin les hommes, les reptiles monstrueux qui hantaient des forêts fantastiques. Ceux qui, dans leur jeunesse, avaient lu, aux écoles épiscopales, les écrivains latins, célébraient les gestes du peuple dont les mains bâtirent Rome pour la plus grande gloire de la sainte Église. Et les pèlerins d'humeur plaisante citaient les bons mots et les stratagèmes par lesquels tels de leurs compères s'étaient tirés d'embarras, tout en faisant rire de quelque mari pitoyable, d'une femme acariâtre ou perfide, d'un prêtre avare, d'un moine glouton, d'un baron brutal. Les heures coulaient ainsi très douces, et l'on oubliait les hasards du voyage, la tempête, la peste, les voleurs ou les pirates.

Mais tous ces contes, ces moralités, ces observations étranges de la nature ne se perdaient point pour le reste du monde. Il se trouvait toujours quelque auditeur zélé qui les rendait plus tard aux compilateurs d'encyclopédies, tels que Vincent de Beauvais, aux collectionneurs de beaux exemples moraux, tels que Jean de Capoue, Brunetto Latini et Jacques de Vitry, aux prédicateurs, aux chroniqueurs, tels que Mathieu Paris. Et les contes, isolés ou groupés en familles, commençaient, à travers les littératures, un voyage au long cours. Ils erraient d'une contrée à l'autre, du latin pesant des clercs aux langues encore bien pauvres des laïques. La *Disciplina clericalis* du juif espagnol Pierre-Alphonse, qui se fit baptiser en 1106, passe sans tarder aux récits du *Libro de los Enxemplos*, puis elle franchit les Pyrénées, et s'établit chez nous sous le nom de *Discipline de Clergie*. A la fin du xiii° siècle,

une migration de fabliaux va de France en
Espagne, et se fixe dans le recueil intitulé *le
Comte Lucanor*, qu'écrivit un neveu d'Alphonse
le Sage. Les histoires venues du monde romain
apparaissent partout où Rome a laissé un souvenir. Les *Gesta Romanorum* n'ont, pour cette
raison, ni date, ni origines certaines; ils appartiennent, comme Tite-Live et Paul Orose, à tous
les peuples, et ne prendront que très tard le
droit de cité en France, comme *Violier des histoires rommaines*. A la fin du xiiie siècle encore,
l'Italie produit ses premiers essais de prose
vulgaire en résumant, d'une façon bien timide et
bien sèche, dans ses *Dodici Conti morali*, des
fabliaux de France, et dans les *Conti di antichi
Cavalieri*, quelques récits héroïques tirés de nos
vieux romans chevaleresques, de nos légendes
de croisades et des historiens latins.

Par-dessus cette immense forêt de contes qui
couvrait toute l'Europe, s'éleva, tel qu'un arbre
gigantesque, le roman universel des Sept Sages,
traduit, retouché ou compliqué par toutes les
littératures, le conte indien, arabe et persan,
prototype des *Mille et une Nuits*, où l'on voit un
adolescent, fils de roi, calomnié d'une façon
odieuse et condamné au dernier supplice; mais
d'habiles parleurs finissent par endormir la
colère paternelle et sauver le jeune prince à

force d'histoires divertissantes. Quelques peuples de l'Occident rajeunirent la fable séculaire et y mirent la couleur de leur civilisation. Pour la France scolastique, un moine lorrain du XIe siècle, puis un trouvère, refondent le texte primitif français et imaginent, le moine en langue latine, le trouvère en langue de oui, le conte de *Dolopathos*, où l'on voit Virgile, clerc, docteur et prédicateur, chaudement enveloppé dans sa chape fourrée, qui tient école de grammaire et de logique avec le sérieux d'un maître de la rue du Fouarre. L'Italie, préoccupée des perpétuelles misères du Saint-Père de Rome, inquiétée par les incursions sarrasines, et toujours séduite par les vagues souvenirs de son passé latin, invente le siège de la ville sainte par sept rois sarrasins, que le bon Janus, le plus avisé des Sept Sages, épouvante et convertit à la vraie foi, en montant en haut d'une tour, déguisé en diable, avec une langue couleur de feu, des yeux rouges comme braise et une robe toute mouchetée de queues d'écureuils.

Le conte européen dégénérait ainsi volontiers en conte de nourrice. Deux nations d'esprit très alerte, la France et l'Italie, se lassèrent un jour de cette communauté littéraire. La France ironique et bourgeoise du nord de la Loire sortit la première de l'état d'indivision ; elle s'attribua

le domaine du fabliau, et y goûta des heures fort
joyeuses. Le fabliau remplirait à lui seul une
très respectable bibliothèque. Mais il dura moins
de deux siècles, et son domaine était bien étroit :
il amusait, après boire, les chevaliers et le tiers-
état par le récit de mésaventures ou de bonnes
fortunes dont les vilains ou les gens d'Église
étaient presque toujours les héros. Le fabliau disparaît vers le milieu du xiv⁰ siècle, et renaît plus
tard sous la forme soit de la *Nouvelle* en prose, soit
de la farce dramatique. Les *Cent Nouvelles nouvelles*, recueillies à la cour du dauphin, le futur
Louis XI, sont le monument le plus littéraire de
cette renaissance. Mais, ici, l'écrivain n'est guère
plus inventif que son ancêtre le trouvère. S'il
emprunte quelques histoires à Boccace ou au
Pogge, il revient toujours plus volontiers à la
vieille fable gauloise, au mari trompé et peu
content, à la femme, très fine mouche, qui
trompe tour à tour le mari et l'amant, au moine,
au pauvre moine errant qui tente d'égayer par
diverses sortes de gourmandises la mélancolie
de son pèlerinage terrestre. Des *Cent Nouvelles*
à l'*Heptaméron*, de Marguerite de Navarre à La
Fontaine, ce sont toujours les mêmes motifs,
joués, il est vrai, en musique de plus en plus
italienne et de plus en plus relevés d'ironie
florentine. Le fabliau du xiii⁰ siècle avait au

moins reproduit les mœurs et les misères des
petites gens; les contes du fabuliste ne sont
plus qu'une fantaisie d'artiste épris de Boccace,
de l'Arioste et de Rabelais, fantaisie singulière,
isolée au XVIIe siècle, qui n'a rien à nous dire sur
l'état intime de la société française, et qui décon-
certa même le très indulgent confesseur du bonhomme.

Tout au contraire, le conte italien, pendant
trois siècles et demi, du *Novellino* à Bandello,
fut une vivante image de l'Italie, de ses mœurs
et de son esprit, de sa conscience religieuse et
de ses faiblesses morales; il en a reproduit toutes
les vertus et toutes les perversités; il nous fait
mieux comprendre la gravité et l'élégance fine
de la première Renaissance, contemporaine de
Dante, de Giotto, de Pétrarque, la *morbidezza*
tragique, l'orgueil cruel et l'irrémédiable décadence de l'âge de Léon X et de Cellini, de
Paul III et de l'Arétin.

De ce conte italien, j'aimerais à étudier la
première époque, la période médiévale, toute
florentine, qui fut, dans l'histoire de cette littérature romanesque, la plus originale, et qui est
peut-être encore — Boccace compris — la moins
connue.

II

Le conte italien a fleuri surtout dans la région septentrionale de la péninsule, dans les vallées de l'Arno et du Pô. Les Toscans et les Lombards — Étrusques, Gaulois ou Germains par leurs lointaines origines — étaient demeurés ou devenus Latins et Romains d'éducation et de souvenirs. Ce qui les charmait plus que toute autre chose, c'était la parole ingénieuse ou véhémente, avec son ironie, ses mensonges, ses caresses et ses colères. Parler, pour les races de tradition latine, c'est accomplir l'acte le plus noble du monde; prêter l'oreille au discours, c'est le plaisir le plus délicat des belles âmes ou des gens d'esprit. Le plus beau temps de Florence, selon Dante, fut celui où, dans chaque maison, la femme fidèle au vieux foyer contait, tout en tournant son rouet, les légendes antiques « des Troyens, de Fiesole et de Rome. » Le poète nous raconte, dans sa *Vita nuova*, qu'un jour il visitait des dames florentines qui conversaient en paroles très pures et très abondantes : « Et comme nous voyons tomber la pluie mêlée de belle neige blanche, ainsi leurs paroles me semblaient mêlées de soupirs. » En Italie, l'apos-

tolat d'un saint se manifeste par mille petits
contes populaires qui poussent au hasard, ici et
là, tels que l'herbe en avril. Les *Fioretti* franciscains n'ont été rédigés que vers le milieu du
xive siècle ; mais ce naïf évangile ombrien édifiait
la péninsule du vivant même de François d'Assise, et combien de fois les Frères mineurs n'en
ont-ils pas conté les paraboles et les miracles,
dans les pauvres églises de village où ils prê-
chaient aux simples, dans les carrefours des
petites cités et dans les champs, au bord des
ruisseaux d'eau vive où ils trempaient leurs
croûtes de pain sec, à l'imitation du Père séraphique !

Et l'Italie, avec une impatience enfantine,
demandait toujours des histoires nouvelles. Vers
la fin du xiiie siècle, un bon évêque de Gênes,
qui connaissait bien l'âme de ses ouailles et le
génie de son temps, écrivit la *Légende Dorée*,
toutes les aventures édifiantes du christianisme
naissant et de l'Église, depuis saint Jean l'apôtre
jusqu'à saint Thomas le docteur ; et cette
Légende, en son petit volume, renferme autant
de merveilles et un plus riche trésor d'émotions
candides que l'énorme compilation des Bollan-
distes. Puis, un conteur inconnu fondait pêle-
mêle dans les *Reali di Francia* toute la matière
de nos poèmes carolingiens, déformée, embellie

par des intrigues semblables à celles de Boccace,
des tours de fourberies joyeuses qui rappellent
nos fabliaux, des épisodes mystiques dignes des
Fioretti. Plus tard encore, les poètes héroï-
comiques, Pulci, Bojardo, l'Arioste, transpo-
sèrent en fictions amusantes les souvenirs de
nos *Chansons de geste*, et leurs poèmes, découpés
en octaves, sont disposés non pour la lecture
muette, mais pour la déclamation publique. On
les a récités jadis, dans les hautes salles déco-
rées de fresques éclatantes, pour le plaisir des
princes, des dames lettrées et des cardinaux; on
les récite encore aujourd'hui, au môle de Naples
comme au jardin de Venise, devant les lazza-
rones, les pêcheurs et les capucins. Et ce peuple,
si sensible aux plaisirs de l'oreille, content de
ses *Nouvelles*, de son Morgante et de son Roland,
a pu se passer de théâtre original : il a, si vous
le voulez, Polichinelle, Stenterello, Arlequin,
Cassandre et Pantalon, et la longue tradition
banale de la *Commedia dell' Arte*; mais ses comédies, même la *Mandragora*, ne sont que des imi-
tations de la comédie latine, écrites pour des
humanistes et des prélats d'allègre humeur; les
pièces de l'Arétin ne se soutiennent que par
l'intrigue tirée directement des vieux contes
populaires et l'atroce satire prodiguée par le
pamphlétaire. Quant à la tragédie, les Italiens

s'en sont tenus toujours aux scènes de leur vie
communale ou princière, tout empourprée de
sang. César Borgia fratricide valait bien Macbeth
régicide ; Clément VII déchu, outragé par les
bandits à la solde de Charles-Quint, n'était pas
moins pathétique que le roi Lear, et toutes les
terreurs de Shakespeare pâliraient en face de la
chronique intime des Malatesta, des Estes, des
Sforza, des Farnèses et des Caraffa.

Cette race passionnée pour les beaux discours
s'est toujours servie, pour l'avancement de ses
affaires temporelles, du prestige et des surprises
de la conversation. Ce n'est pas sans raison que,
dans l'âge d'or de leur diplomatie, les Italiens
appelaient *orateurs* les envoyés de leurs princes
ou les ambassadeurs de Florence et de Venise.
Argute loqui : ces premiers mots de la devise
que Rome avait jadis inventée pour la Gaule ont,
de tous temps, convenu à l'Italie. Sa langue est
si mélodieuse qu'elle en prodigue le gazouille-
ment, sans compter, partout où se rencontrent
les cavaliers et les dames, dans les théâtres, dans
les églises, aux concerts de musique. Boccace
réunissant, au début du *Décaméron*, dans une
chapelle de Santa Maria Novella, les personnages
qui conteront ses *Nouvelles*, nous a rendu avec
fidélité un trait des mœurs florentines. Aujour-
d'hui encore, entre deux messes, on se raconte

de petites aventures et l'on noue d'agréables intrigues en face de la grande Madone byzantine de Cimabue, des miracles peints par Filippo Lippi ou de l'Enfer à demi comique d'Orcagna.

On peut, sans paradoxe, reconnaître dans le conte la tradition vraiment nationale de la littérature italienne. Le plus vieux recueil de ces contes est le *Novellino*, qui s'appelle encore *Cento Novelle antiche, Libro di novelle e di bel parlar gentile, Fior del parlar gentile*. Ces cent nouvelles sont, dans le manuscrit le plus complet, au nombre de cent soixante-six. C'est une œuvre composite, hybride, d'origine mystérieuse, d'auteur inconnu, dont la date, la patrie et la genèse font travailler, depuis les temps reculés de Tiraboschi, surtout depuis un demi-siècle, les têtes érudites de la péninsule. Les derniers venus de ces critiques, M. Bartoli, M. d'Ancona, et le plus récent éditeur du *Novellino*, M. Guido Biagi, ont sagement écarté du problème les difficultés et les chimères inutiles, les noms fantaisistes d'auteurs probables, tels que Brunetto Latini, Francesco da Barberino, Dante da Majano, Guido de Bologne. Ils ont élucidé les questions relatives à l'âge et à l'originalité des huit manuscrits connus jusqu'à ce jour, et qui diffèrent entre eux par de notables variations non seulement de classement, mais de textes et de déve-

loppements romanesques. D'Ancona et Bartoli ne
sont pas d'accord sur tous les points. Les divers
manuscrits ne sont-ils que la copie plus ou moins
fidèle, parfois sensiblement altérée, d'un texte
primitif perdu peut-être pour toujours? L'un des
manuscrits connus a-t-il servi de modèle aux
autres? L'ouvrage est-il, en une certaine mesure,
de création littéraire, ou le rédacteur premier
n'a-t-il fait qu'écrire sous la dictée de conteurs
qui puisaient eux-mêmes à la tradition orale,
populaire ou bourgeoise, ou même à la tradition
moins naïve des clercs et des lettrés? Quelles
incertitudes les interpolations des copistes
n'ajoutent-elles pas à la date approximative du
livre? Certains critiques ne veulent point
dépasser les dernières années du xiiie siècle;
d'autres descendent, sans inquiétude, jusqu'en
plein xive, presque jusqu'en vue du *Décaméron*.
Sur tout cela les conclusions de M. d'Ancona,
très clairement déduites, me semblent fort
acceptables. Le *Novellino* est des premières
années du xive siècle ou des dernières du xiiie.
Les nouvelles renfermant des noms de person-
nages se rapprochant du milieu du xive siècle
appartiennent à un manuscrit suspect, le *Borghi-
niano*. Le scribe ou l'auteur est Florentin. La
langue est le pur et nerveux toscan de l'époque
dantesque. Les quelques contes de mœurs popu-

laires ou bourgeoises qui sont en ce livre nous ramènent toujours à Florence. L'œuvre n'est point d'un lettré de profession, rhéteur ou poète, tels que furent Brunetto Latini ou Barberino, mais plutôt d'un marchand, d'un *popolano* d'art majeur, bien au courant de la culture générale de son siècle et qui s'était proposé l'amusement des *cortigiani*, barons et prélats, plutôt que l'édification des gens de petits métiers. M. d'Ancona est même très près de reconnaître la plume d'un gibelin dans ce *Bouquet de gentil langage*. Il y a bien un peu de contradiction dans la nature de ces deux personnages, un bon marchand de Florence et un gibelin, la grosse bourgeoisie florentine étant guelfe dès le berceau et préférant le protectorat du pape, à qui elle prêtait de l'argent à gros intérêts, à l'amitié de l'empereur, dont les trop fréquents pèlerinages à Rome ruinaient, trois ou quatre fois par siècle, l'Italie.

Dans ce problème du *Novellino*, la recherche obstinée de l'éditeur responsable est un grave embarras. Il arrête notre attention trop loin de ce très curieux phénomène, le génie italien se détachant, personnel et libre, du moyen âge européen. Que le scribe du manuscrit premier soit ou ne soit pas un écrivain de profession, dès lors qu'il n'est pas l'inventeur de ses contes et qu'il

les a pris partout où il les a rencontrés, la curiosité de le découvrir me paraît assez vaine. Ce
qui m'intéresse davantage, ce sont les multiples
points de départ de toutes ces nouvelles et
l'instinct obscur de la race et du siècle qui les a
poussées, à un moment précis, du côté de Florence. En réalité, c'est l'Italie elle-même qui a
composé ce livre vers le temps où son plus grand
poète jetait aux fournaises infernales tous ses
ennemis politiques et un bon nombre de ses plus
chers amis. En vouant à l'infamie non plus des
crimes ou des vices abstraits, mais des damnés
historiques, Dante sortait, lui aussi, du moyen
âge et changeait la vision traditionnelle des
régions diaboliques en un pamphlet, le plus
bouillonnant de passion personnelle qui ait
jamais été écrit. L'Italie a tiré du grand courant
européen un grand nombre de ses *Novelle
antiche*; mais elle y ajouta plus d'une histoire
tout à fait neuve, les plus précieuses du recueil.
Quelques-unes, parmi ces *Nouvelles*, sont encore
bien archaïques de forme et de pensée, mais
beaucoup sont déjà vivifiées de naturalisme
florentin; c'est l'art vivant de Giotto qui succède
à la raideur inerte de Cimabue; plusieurs, enfin,
semblent rompre très franchement avec la conscience religieuse du moyen âge et déconcertent
le lecteur à qui ne sont pas familières les audaces

2

de l'Italie gibeline. Plus de vie dans la forme, plus de liberté dans l'esprit, n'est-ce pas déjà le pressentiment de la Renaissance?

III

Le préambule du *Novellino* est d'une saveur out ecclésiastique. Il s'autorise d'une parole de Jésus-Christ, « au temps où il conversait humainement avec nous, » pour se recommander au lecteur. Il est permis, dit-il, sans déplaire à Dieu, de se divertir honnêtement, avec grande courtoisie. « Voici donc des fleurs de belles réponses, de belles vaillantises, de beaux dons et de belles amours du temps passé. Les cœurs nobles et les intelligences subtiles pourront les rendre plus tard, pour leur plaisir et profit, à ceux qui ne savent point et désirent savoir. Et si ces fleurs sont mêlées d'autres paroles moins belles, qu'elles ne vous déplaisent point pour cela, car le noir fait mieux ressortir l'or, et pour un fruit délicat plaît tout un jardin, et pour quelques belles fleurs tout un parterre. »

Au premier coup d'œil, le parterre semble un peu confus. La Grèce, Rome, la Provence, l'Asie, la Bible, l'islamisme, l'Empire, la croisade, les légendes chrétiennes, la Table-Ronde, les bêtes qui parlent, se pressent en un joli désordre, comme les fleurs d'une prairie. Nous sommes loin encore des plates-bandes élégamment alignées de Boccace. C'est le devoir de la critique de classer méthodiquement en un herbier ce jardin florentin si touffu.

Malgré le patronage de Jésus-Christ inscrit à la première page du livre, il faut d'abord avouer que les vertus recommandées ici sont toujours d'un ordre moyen. Le conteur ne prêche point pour des ascètes ou des paladins. Si les bourgeois figurent rarement dans ces récits, la moralité n'en est pas moins bien bourgeoise. Par là, le *Novellino* est guelfe et répond aux qualités de finesse, d'égoïsme et de bon sens de ce grand parti des banquiers, des notaires et des tisseurs de la laine qui s'accommodait de tous les régimes politiques, pourvu que l'émeute du *popolino* ne fermât point les comptoirs et ne mît point le feu aux magasins des arts majeurs. Corriger la méchante fortune, se relever lestement si l'on est à terre, mettre de son côté les bonnes chances, tirer toujours son épingle du jeu, si mauvais que soit le jeu, passer à son voisin quelque mésaventure à la façon d'une lettre de change ou lui faire apercevoir des étoiles en plein midi, voilà la vraie, la grande sagesse, *la gran sapienza*. Regar-

dez, je vous prie, ces bonnes faces florentines
peintes par Ghirlandajo au chœur de Santa-Maria-
Novella ou sculptées en bronze par Ghiberti sur
les portes du Baptistère : Voilà, direz-vous, de
fort braves gens! Prenez garde et observez de
plus près. Il y a autour des yeux des traces de
clignotements suspects, dans l'œil encore plus
d'astuce méfiante que de bonhomie; ces nez qui
paraissent un peu forts, comme il conviendrait
à de joyeux compères, ont des narines bien
mobiles et savent assurément flairer les anguilles
sous roche; ces bouches aux lèvres fermes doi-
vent plaisanter, railler et mentir avec bien de la
grâce. Le lion est la bête héraldique de leur cité.
Mais ils justifient déjà par avance la doctrine de
leur profond Machiavel, et, n'ayant point les
griffes assez solides pour être des lions, ils se
contentent d'être des renards incomparables.
Aussi le malicieux animal n'est-il point oublié
par le *Novellino* :

« Le renard, allant par un bois, y rencontra
un mulet; il n'en avait jamais vu. Il eut grand'peur
et se mit à fuir sur-le-champ, et tout en fuyant,
il trouva le loup et lui dit comment il avait vu
une bête nouvelle dont il ne savait pas le nom.
Le loup dit aussitôt : « Allons-y, tout à votre service. » Ils retrouvèrent le mulet. Il parut au loup
une nouveauté très curieuse. Le renard lui

demanda son nom. Le mulet lui répondit : « Je
ne l'ai pas dans l'esprit, mais, si tu sais lire, il
est écrit à mon pied droit du train de derrière. »
Le renard : « Hélas! je suis un ignorant, qui
voudrait bien savoir lire! » Le loup dit : « Laisse-
moi faire, moi je sais lire parfaitement. » Le
mulet lui montra la plante de son pied, où les
clous semblaient autant de lettres. Le loup dit :
« Mais je ne vois pas très bien. » Le mulet dit :
« Viens plus près, car les lettres sont toutes
petites. » Le loup le crut et mit le nez sur le
sabot. Le mulet tira à lui son pied et lança une
telle ruade au loup qu'il le tua. Alors le renard
s'en alla en disant : « Quiconque sait lire est un fol. »

Je ne voudrais point calomnier le renard, mais
je le soupçonne d'avoir prévu la catastrophe, au
moins d'en rire dans sa barbe. A combien de
mauvais pas le renard guelfe n'a-t-il pas entraîné
sa commère la louve pontificale de Rome! Il n'a
jamais porté le deuil des désastres du Saint-
Siège. Boniface VIII recevait, au temps même du
Novellino, comme un coup de massue, l'affront
d'Anagni. Florence, qui s'était jadis jetée entre ses
bras, ne s'émut point de cette grande chute : « On
l'emmena à Rome, dit tranquillement Dino Compagni, où il fut blessé à la tête et, peu de jours
après, mourut de rage. Beaucoup furent contents
et joyeux de cette mort. »

Mais il ne fait pas toujours bon d'avoir trop de
ressources dans l'esprit. Voici un marchand que
le ciel a puni, avec indulgence d'ailleurs, pour
une ingénieuse invention. Il avait porté sur son
navire, aux pays d'outre-mer, des tonneaux de
vin à triple fond. En haut et en bas, c'était du
bon vin savoureux de Chianti ou d'Orvieto qui
coulait par deux robinets; au milieu, de l'eau
pure de l'Arno, et point de robinet. Quand le
marchand eut vendu sa cargaison, il se hâta de
lever l'ancre, emportant le prix de son larcin.
Mais voilà qu'un grand singe apparut sur le pont
du navire et, prenant le sac aux florins, bondit
jusqu'au haut du grand mât. Là, il ouvrit la
bourse, jeta à la mer, une à une, la moitié des
pièces d'or et laissa retomber le reste au pied du
mât. « Et ainsi le marchand ne gagna que le
bénéfice qui lui était dû en réalité. » L'œuvre de
justice est évidente du côté du marchand. Elle
est médiocre au point de vue des acheteurs, qui
gardent leur eau claire. Après tout, dans ces
contes, à l'exception de quelques pages tirées de
l'Écriture sainte, il ne faut point chercher de
paraboles théologiques, les méchants toujours
punis, les bons récompensés ou honnêtement
indemnisés. La comptabilité morale du conteur
est en partie simple. Qu'un tour d'adresse réus-
sisse, sa conscience n'en demande pas davantage.

Il fait tourner toute une fable sur la pointe aiguë d'un bon mot, d'une répartie piquante. Que lui importent l'ennui ou la déconvenue des victimes? Les conséquences de l'affaire ne le regardent point, n'étant ni justicier ni médecin d'âmes. Cette morale est d'un emploi facile, qu'exprime symboliquement ce petit conte :

Un malandrin va à confesse : « Mon Père, j'ai été à une maison avec beaucoup de gens pour y voler une cassette de 100 florins d'or; mais la cassette était vide, je n'ai donc point péché. » Le frère dit : « Certes, c'est tout comme si tu avais volé les florins. » Le pénitent, tout troublé : « Au nom de Dieu, que faut-il faire? » Le frère : « Je ne puis t'absoudre, si tu ne les rends d'abord. — Volontiers, dit l'autre, mais à qui? — A moi, dit le frère, pour mes aumônes. » Le pénitent promit et s'en alla. Le lendemain matin, il revint. Et, tout en causant de ses affaires, il dit avoir reçu un gros esturgeon qu'il voulait offrir à son confesseur pour son déjeuner. Le frère accepte avec force remerciements. L'homme partit et n'envoya pas l'ombre d'un esturgeon. Le lendemain, il revint trouver le frère avec une figure joyeuse : « Et l'esturgeon, dit le bon moine, pourquoi le fais-tu si longtemps attendre? — Mais ne comptiez-vous pas l'avoir sûrement? — Certes oui. — Et vous ne l'avez pas reçu? — Non. —

Eh bien! tout est dans l'intention : c'est comme
s'il était en votre cuisine. » Escobar ou Tartuffe
parleraient-ils d'autre façon?

Le *Novellino* ne se lasse point de nous conter
les triomphes de l'esprit de finesse. La vive
réplique d'un pauvre serf tourmenté par son seigneur, l'ingéniosité d'un sage, prisonnier d'un
roi, qui recouvre la liberté pour avoir deviné la
présence d'un ver dans une pierre précieuse et
l'origine toute roturière du roi, le jugement de
Salomon, les nobles sentences des philosophes
antiques, nous persuadent de cette vérité très
italienne : l'intelligence bien aiguisée et alerte
est la plus grande richesse qui soit au monde.
Mais la passion, l'enthousiasme et l'amour? Les
vieux Florentins s'y intéressent assez mollement.
Ils estiment fort une maxime qui vient d'Aristote
et qu'ils attribuent à l'empereur Frédérié II : « Il
n'est rien de meilleur que la mesure. » La tem-
pérance, la prudence, un appétit sagement réglé,
voilà des vertus qui modèrent l'enthousiasme et
rafraîchissent la passion. Quant à l'amour, ils le
comprennent et le dépeignent de deux façons,
l'une comique et l'autre étrangement tragique. La
première nous ramène à la tradition de nos
fabliaux : le mari jaloux, dupé par les amants,
artisan de sa propre misère. Et c'est là tout le
souvenir que le *Novellino* a gardé de l'histoire de

Tristan et d'Iseult. Le roi Marc a grimpé, la
nuit, dans un pin pour surprendre le couple
amoureux qui, le croyant à la chasse, se rencon-
trera au pied de l'arbre accoutumé; mais Tristan
entrevoit, parmi les branches, l'ombre conjugale,
et, de loin, d'un geste, dénonce le péril à Iseult
« la blonde. » Une feinte querelle éclate entre
les amants : « Chevalier félon, déloyal, je t'ai
donné ce rendez-vous pour me plaindre à toi-
même de ton grand crime. » Tristan répond :
« Les chevaliers félons de Cornouailles m'ont
accusé faussement : je n'ai rien dit contre l'honneur de mon oncle le roi, je n'ai rien tenté contre
le vôtre. Mais, puisque vous le voulez, j'obéirai,
j'irai finir mes jours en des pays très lointains. »
Le roi, dans son arbre, goûtait une consolation
extrême. Le lendemain, Tristan fit seller ses
chevaux et prépara un départ bruyant. Le roi
réunit ses barons afin d'inviter d'une manière
solennelle son neveu à ne point partir. Il ordonna
à la reine de le prier de demeurer. « Et c'est
ainsi que demeura Tristan, qui n'avait été ni surpris ni trompé, grâce à la sage précaution qu'ils
eurent tous les deux. »

L'amour, ainsi organisé, contente tout le monde
à la fois. Mais si cette belle harmonie vient à
manquer, il n'est point de passion plus sûrement
mortelle. Une jeune fille noble aime Lancelot

« outre mesure. » Mais Lancelot, qui aime la
reine Ginèvre, a dédaigné son amour. Désespérée,
elle veut mourir. Sa dernière volonté est pour le
suprême voyage de son corps charmant. On la
dépose, revêtue d'habits magnifiques, une couronne d'or au front, sur un lit d'étoffes précieuses, toutes brodées de pierreries, au fond
d'une barque tendue de draperies vermeilles. Et
la barque, sans voile et sans rames, est abandonnée au souffle du vent, au caprice de la mer.
La demoiselle, « morte du mal d'amour, » est
ainsi bercée et lentement portée par les vagues
jusqu'aux rivages de Chamelot, en face du palais
d'Artus. Le roi et ses chevaliers, surpris de voir
flotter le navire mortuaire, où n'apparaît aucune
personne vivante, accourent et trouvent sur sa
couche virginale la triste voyageuse. On tire cette
lettre d'une bourse attachée à sa ceinture : « A
tous les chevaliers de la Table-Ronde, les meilleurs du monde entier, la damoiselle de Scalot,
salut. Si vous voulez savoir pourquoi je suis venue
à ma fin, c'est par le meilleur et le plus traître
chevalier du monde, Monseigneur Lancelot du
Lac, que je n'ai pas su si bien prier d'amour qu'il
eût de moi pitié. Ainsi, hélas ! je suis morte pour
avoir trop ardemment aimé, comme vous le
pouvez voir. »

Le début d'une autre nouvelle rappelle

une histoire très gaie de Boccace et de La Fontaine. La scène est en Bourgogne, dit un manuscrit; en Bretagne, dit un autre. Un pauvre valet,
aussi stupide que beau, est aimé tour à tour par
toutes les femmes de la comtesse Antioccia, puis par
la comtesse elle-même. Mais le comte, moins naïf
que le roi Marc, surprend l'intrigue coupable,
et le fabliau tourne brusquement à l'horrible. Le
mari tue l'amant et fait cuire son cœur dans une
tourte. La comtesse et ses suivantes mangent la
tourte. « Comment l'avez-vous trouvée? » interroge le comte. — « Excellente, » répondent
toutes les dames. — « Je le crois bien : vous
aimiez si fort Domenico vivant, mort il devait
vous plaire encore! » La comtesse et les autres
femmes comprirent que leur honneur était
perdu. Elles entrèrent en religion et bâtirent
un monastère qui prospéra et devint très riche.
Ici, l'histoire prend encore une figure nouvelle
et se soude à un conte qui reparaît lui-même,
isolé, au *Novellino*. Ce couvent de grandes péche-
resses s'est converti en abbaye de Thélème, mais
beaucoup plus joyeuse que ne sera celle de
Rabelais. Il n'est point de gentilhomme chevauchant à travers la campagne que la dame abbesse
n'invite à passer dans sa maison un jour et une
nuit. Le chevalier entre, et parmi les nonnes
rangées le long du cloître, il choisit celle qui

lui servira de page assidu jusqu'au lendemain.
Et, jusqu'au matin, tout marche à ravir pour
l'imprudent voyageur. Mais, au moment du
départ, les bonnes dames lui présentent une fine
aiguille et un fil de soie : si, en trois essais au
plus, il n'a pas enfilé l'aiguille, elles lui retien-
nent tout son équipage, vêtements, cheval,
argent, et il sort tout déconfit et à peu près nu
de ce monastère campé au coin d'un bois.

On entrevoit, en tout ceci, un sentiment bien
pessimiste. L'amour, en Bourgogne aussi bien
qu'en Bretagne, est une fâcheuse maladie du
cœur et des sens. Il conduit à la mort, à la
honte, à d'effroyables aventures. Il ressemble
même à une possession diabolique qu'aucun
exorcisme ne saurait abolir. On commence par
la volupté pour finir par le brigandage. *Beati
mundo corde!*

IV

Un trait original du *Novellino* est la person-
nalité historique de ses héros. Le retour à l'indi-
vidualisme, qui donna à la Renaissance son premier essor, se manifeste ici par le goût de
l'histoire précise. Qu'on en juge par ce petit
conte :

Messire Azzolino da Romano avait son conteur qu'il faisait parler quand les nuits étaient
longues. Une nuit, il advint que le conteur avait
grande envie de dormir, et Azzolino le pria de
conter. Il commença l'histoire d'un paysan qui
avait cent besants à lui. Il alla au marché pour
acheter des moutons et en eut deux par besant.
Quand il retourna à son village, voilà qu'une
rivière grossie par les pluies lui barra le passage.
Il attendit sur le bord jusqu'à l'arrivée d'un
pauvre pêcheur qui avait une toute petite barque,
si petite qu'elle ne pouvait emmener à la fois
que le paysan et un mouton. Le paysan commença à passer. La rivière était large. Il se mit
donc à voguer vers l'autre rive avec un seul
mouton, et voilà le premier mouton passé. Le
conteur s'arrêta alors et ne dit plus un mot.
Messire Azzolino dit : « Eh bien ! continue donc.
— Messire, répondit l'autre, laissez passer tous
les moutons, et puis nous achèverons l'histoire. »

La fable était fort ancienne. Près de deux
cents ans auparavant, elle apparaît dans la *Disciplina clericali*s, puis dans le *Libro de los
Enxemplos*. Mais le conte archaïque ne nomme
personne : *Rex quidam habuit fabulatorem
suum*, — *Un rey tenia un hombre*. On retrouve
encore l'histoire, avec un nom de berger, dans
le *Don Quichotte*. Sancho, durant l'effrayante

nuit des moulins à foulons, afin de retenir son
seigneur jusqu'au jour loin de l'aventure, essaie
de passer un à un tout un troupeau de moutons.
Il s'arrête net dès que le chevalier en a perdu le
nombre juste. Le *Novellino* attribue de même au
roi Conrad un acte de bonté anonyme qui était
déjà dans l'*Ysopet*. L'Italie du XIIIᵉ siècle rajeunis-
sait ainsi les vieilles traditions populaires en y
plaçant la figure des hommes à qui elle devait
une histoire tantôt glorieuse, tantôt terrible.

La plus haute de ces figures, c'était l'empereur
Frédéric II. Il semblait très grand, par la témérité de son œuvre politique, par sa lutte insolente
et désespérée contre Rome et l'Église, très grand
encore par la ruine même de cette œuvre, le mystère de sa mort, la fin héroïque de son fils Manfred à Bénévent, le martyre de son petit-fils
Conradin à Naples. Cet empereur révolutionnaire
qui écrasait en Italie le régime féodal, ce prince
hérésiarque qui voulut faire du pape son chape-
lain et qui vénérait le Coran plus que l'Évangile,
ce docteur couronné qui commentait Aristote et
conviait le monde latin à l'école des Arabes,
devait garder longtemps un incomparable prestige. En portant sur l'Italie l'axe de l'Empire, en
tfixant sur les provinces napoliaines, la Grande-
Grèce et la Sicile, la scène principale de l'histoire, Frédéric II avait rendu au parti gibelin et

césarien ce rare service de se considérer désormais, de bonne foi, comme un parti italien et national. Lui, il avait été réellement roi d'Italie, royauté que Charlemagne, les Othons et son grand aïeul Barberousse n'avaient occupée que d'une manière tout idéale. On lui pardonna ses violences et son despotisme oriental pour ne se souvenir que de sa justice et de son génie. On oublia les cruautés de ses vicaires, Pierre de la Vigne et Azzolino da Romano, Milan saccagée, Padoue torturée, pour ne plus voir que la noblesse de son rêve : l'Empire relevé selon la tradition romaine, la paix rétablie entre les religions de bonne volonté, l'Europe chrétienne embrassant l'Asie musulmane. Frédéric II s'intitulait lui-même, dans ses actes diplomatiques, *la loi vivante sur la terre*. Le *Novellino* le proclame *le miroir du monde pour la bonne vie : Specchio del mundo in costumi*. « Il aima beaucoup, ajoute-t-il, le parler délicat et s'étudia à donner de sages réponses. » Et cette fois, ce n'est plus la Florence bourgeoise, mais l'Italie gibeline, qui compile les contes du recueil.

Comme il avait inventé, pour l'Italie féodale, la tyrannie entendue à la façon antique, on se souvenait de maintes sentences où éclatait l'idée qu'il s'était faite du pouvoir absolu. Un jour, à la chasse, il lance sur une grue son faucon « sou-

verain, » qui « lui était plus cher qu'une ville. »
L'oiseau file au plus haut des airs, aperçoit un
aiglon, fond dessus et l'étrangle. L'empereur
accourt et trouve l'oiseau impérial souillé de
sang. Il appelle son bourreau et fait couper la
tête au faucon, « parce qu'il avait tué son seigneur. » Au siège de Milan, son autour favori
s'était enfui dans la ville. L'empereur l'envoya
quérir par ambassadeurs. Le podestat tint conseil ;
on fit beaucoup de discours, et les magistrats
furent unanimes pour rendre l'oiseau, par « courtoisie. » Seul un vieux Milanais conseille de le
garder. « Puissions-nous, dit-il, tenir l'empereur
comme nous tenons l'autour! » Les ambassadeurs
revinrent et contèrent ce qui s'était dit. « Est-il
possible, s'écria Frédéric, qu'il y ait eu à Milan
un homme qui ait osé contredire son maître?
— Oui, messire. — Et quel homme était-ce?
— Messire, un vieillard. — Non, il ne se peut
qu'un vieillard ait dit si grande injure et fût si
peu de bon sens. Voyons, quel air avait-il et quel
costume? — Messire, il était tout chenu et vêtu
d'une robe chamarrée. — Alors c'était un fou. »

Mais cette loi vivante, d'un orgueil sans
limites, aimait la justice. Ses deux « sages » de
prédilection étaient messire Bolgaleo et messire
Martino. Un jour, comme ils se tenaient, l'un à
sa droite, l'autre à sa gauche, l'empereur les

consulta : « Messires, votre loi permet-elle que
je prenne à l'un de mes sujets pour donner à
l'autre, étant le seigneur, et la loi disant que ce
qui plaît au seigneur doit contenter ses sujets? »
L'un des sages répondit : « Maître, ce qui te
plaît, tu peux le faire sans aucune faute. » L'autre
dit : « Maître, je ne le crois pas, car la loi est
très juste, et quand on prend, elle veut savoir
pourquoi. » Et comme les deux conseillers avaient
dit la vérité, il donna des présents à tous deux :
au premier, un chapeau de drap écarlate et un
palefroi blanc; à l'autre, la permission de faire
une loi d'après sa raison propre. Les docteurs
disputaient sur le point de savoir lequel des deux
avait été le plus richement récompensé. Ils recon-
nurent que le premier sage, pour avoir flatté le
maître, avait été payé de sa peine comme un jongleur; mais l'autre, qui suivait la justice, avait
eu l'honneur de créer une loi.

L'empereur souabe se plaît à rendre familière-
ment ses sentences, comme eût fait un khalife
des *Mille et une Nuits*. Il est sévère aux grands
et indulgent aux humbles, ainsi qu'il convient
aux despotes avisés. Il chasse de sa cour, sans
pitié, un vieux chevalier lombard qui, n'ayant
point de fils, avait dépensé allègrement son bien,
espérant mourir à temps sur son dernier florin;
mais il avait mal calculé, il vivait toujours, et,

3

tombé dans l'extrême misère, alla mendier chez
Frédéric : « Je te défends, sous peine de mort, de
reparaître en mes domaines, toi qui as voulu
qu'après ta vie personne ne jouît plus de tes
biens. » Plus heureux est ce forgeron, dénoncé
par la police impériale, « qui tout le temps tra-
vaillait à son art et ne respectait ni dimanche, ni
jour de Pâques, ni aucune autre fête, si grande
qu'elle fût. » L'empereur, qui règne à l'aide de
quatre religions d'État, les deux Églises chrétiennes, l'islamisme et le judaïsme, veut qu'on
pratique un culte, « car il est le maître et seigneur de la loi. » Il appelle à lui l'artisan et l'interroge : « Il me faut, dit le compère, gagner
quatre sous par jour : je donne douze deniers à
Dieu, douze à mon père, car il est si vieux qu'il
ne peut plus gagner; j'en jette douze par la
fenêtre, ceux que je donne à ma femme; les douze
derniers sont pour ma dépense. » L'empereur se
résout sans peine à donner dispense du repos
dominical, à la condition que le forgeron saura
tenir sa parole et éviter un piège. Il ne révélera
à personne au monde le sujet de cette conversation, sous peine d'une grosse amende, avant
d'avoir vu cent fois la face du prince. Les sages
de la cour lui sont bientôt dépêchés par Frédéric,
et le questionnent sur l'emploi de son argent. Le
forgeron se fait d'abord remettre cent besans d'or;

qui portent, d'un côté, la tête de l'empereur, de l'autre, l'empereur à cheval. Après avoir contemplé, l'une après l'autre, les cent effigies sacrées, il raconte aux docteurs sa façon de vivre. Rappelé par Frédéric, il explique à « son cher père et seigneur » qu'il a bien tenu sa promesse, ayant vu cent fois, avant de rien dire, la face de l'empereur; il a d'ailleurs gardé les cent pièces d'or. L'empereur se met à rire et dit : « Va, bonhomme : tu as été plus fort que mes sages. Que Dieu te donne bonne aventure! »

Dante, plus catholique cette fois que gibelin, a mis Frédéric II dans la cité dolente, mais sans le flétrir, là où les hérésiarques et les impies sont dressés tout debout sur leurs sépulcres de fer rouge. Il a montré et fait parler ses concitoyens Farinata et Cavalcanti, mais il n'a pas osé évoquer le fantôme du César souabe, dont la fière devise avait été : *Potius mori quam fœdari*. Il se trouva plus à l'aise avec l'atroce Azzolino, le bourreau de l'Italie lombarde : il le plonge « jusqu'aux cils » dans la rivière de sang vermeil bouillonnant, le *bollor vermiglio*, réservé aux assassins et aux massacreurs de peuples. Or, sur ce point encore, il est curieux de remarquer l'indulgence des traditions gibelines choisies par le *Novellino* : « Dire combien il fut redouté serait un long travail : et beaucoup de personnes le

savent. » Et c'est tout, deux lignes vagues jetées
dans une suite d'histoires où le tyran de Padoue
n'est vraiment sévère qu'à l'égard d'un juge embarrassé sur le cas d'un voleur et à qui Azzolino,
tout en traversant la salle d'audience, avait
répété trois fois : « Eh bien! pendez-le. » Le
juge, pour avoir fait la sourde oreille, fut pendu
et le voleur absous. Les autres contes ne témoi-
gnent que d'un despotisme tempéré, qui ne va
pas sans une certaine grâce humoristique. Un
jour, Azzolino annonce qu'il distribuera de
grandes aumônes, des vêtements neufs et des
vivres à tous les pauvres besogneux, « hommes et
femmes, » réunis dans le pré de la ville. La foule
fut énorme, un vrai pardon de Bretagne. Les
sénéchaux dépouillèrent et déchaussèrent tout ce
monde ; puis on les vêtit à neuf et on servit le
dîner. Mais les convives réclamèrent leurs vieilles
loques : Azzolino refusa de les rendre, fit en-
tasser toutes ces guenilles sur une colline, et l'on
y mit le feu. Dans les cendres il trouva tant d'or
et d'argent qu'il paya la dépense et au delà.
« Puis il renvoya ces pauvres à la grâce de Dieu. »
Sancho, gouverneur de Barataria, n'eût pas été
plus subtil. Voici encore un jugement bien digne
du vicaire de Frédéric II : Un paysan se plaint
de son voisin, qui lui a volé des cerises à l'arbre.
« C'est faux, plaide l'accusé, le cerisier est en-

touré d'un buisson d'épines trop touffu pour
qu'on puisse y toucher. » Et Azzolino de con-
damner à l'amende l'accusateur, « parce qu'il
s'était fié à la protection des épines plus qu'à
celle de son seigneur. » Je trouve enfin, rappro-
chés l'un de l'autre, Azzolino et Frédéric, dans
ce conte très bref, d'une impression étrange, où
l'on entrevoit, comme à la lueur d'un éclair, l'in-
cessante angoisse de cet empereur trop absolu,
qui avait détruit, dans son royaume d'Italie, la
religion féodale : « L'empereur chevauchait avec
ses chevaliers et Azzolino; tous deux ils se portèrent un défi à qui avait la plus belle épée. Les
gages furent convenus. Et l'empereur tira du
fourreau son épée merveilleusement ouvragée
d'or et de pierres précieuses. Alors messire Azzolino dit : « La vôtre est très belle, mais la mienne
est beaucoup plus belle. » « Et il la tira, toute
nue et sans ornements. Et deux cents chevaliers
qui étaient avec lui tirèrent tous la leur. Quand
l'empereur vit *la nuée d'épées*, il avoua que celle
d'Azzolino était plus belle que la sienne. »

La civilisation toute rationnelle fondée par
Frédéric semblerait écarter le merveilleux de la
légende impériale. Les modernes aperçoivent
l'empereur dans une lumière historique très
claire, entouré de géomètres, de logiciens et
d'alchimistes, occupé de politique réaliste, incré-

dule au surnaturel. Mais le moyen âge le voyait
d'une façon bien différente. Il était pour les bons
chrétiens un être diabolique, « la bête qui monte
de la mer, » écrivait le pape Grégoire IX dans
une encyclique furibonde, « un nouveau Lucifer
qui tente d'escalader le ciel, » écrit l'avocat
pontifical d'Innocent IV. Ses relations avec les
Arabes, les Sarrasins, les Mongols, le soudan
d'Égypte et l'empereur grec de Nicée prêtèrent
à sa figure un trait de mystère inquiétant. Parmi
les fables dont l'écho se retrouve dans la chronique naïve de Salimbene, la magie asiatique
avait sans doute sa place. Or, les deux seuls
contes du *Novellino* où se rencontre le merveilleux oriental se rapportent à Frédéric II. Ici, le
prêtre Jean, « très noble seigneur indien, » en
qui Marco Polo n'avait vu qu'un chef de tribu,
rival de Gengis Khan, se montre véritablement
sorcier. Il a fait cadeau à l'empereur de trois
pierreries enchantées, dont celui-ci ignore les
vertus occultes ; puis il les fait reprendre par son
joaillier. L'une après l'autre, l'homme d'Asie
place les pierres dans le creux de sa main :
« Messire, celle-ci vaut votre meilleure ville,
cette autre votre meilleure province, et la troisième vaut plus que tout votre empire. » A peine
a-t-il refermé la main, il devient invisible aux
yeux étonnés du prince, et s'en retourne vers

« messire le prêtre Jean, » à qui il rend les diamants magiques.

Une autre fois, trois nécromans s'étaient pré-
sentés à Frédéric au moment où il allait se
mettre à table, et tandis qu'il demandait l'eau
pour les mains : « Quel est de vous trois le
maître? » dit l'empereur. — « Moi, messire, »
répondit l'un d'eux. — « Faites donc vos pres-
tiges avec courtoisie. » Les nécromans commen-
cèrent leurs enchantements. Le temps se troubla
tout à coup, avec pluie, éclairs, coups de ton-
nerre : on eût dit la fin du monde. La grêle se
mit à tomber « comme champignons d'acier. »
Les chevaliers s'enfuirent de tous côtés dans les
chambres. Le temps s'éclaircit et les magiciens
prirent congé. L'empereur, cédant à leur caprice,
leur prêta le comte Boniface pour les protéger,
au dehors, contre leurs ennemis. Le comte
monta à cheval; il entra dans des villes magnifiques, se vit saluer par de très nobles seigneurs
qui lui prodiguèrent les tournois; puis il rencontra les ennemis des nécromans, les chassa du
pays, livra trois batailles rangées, conquit un
royaume, se maria, eut des enfants. Quand l'aîné
eut atteint sa quarantième année, le comte se
sentit vieillir. Les magiciens lui firent alors
visite. « Voulez-vous retourner chez l'empereur?
— Il doit être bien changé, répondit Boniface,

pourquoi y retourner? » Les magiciens dirent en
riant : « Nous voulons vous ramener là-bas. » Ils
se mirent en route et firent un long voyage. Ils
arrivèrent à la cour au moment où l'empereur et
les chevaliers se lavaient encore les mains avant
le dîner. Tournois, batailles et mariage, près
d'un demi-siècle d'aventures, n'avaient été qu'illusion et tenaient en quelques minutes. Vision
familière au moyen âge des anachorètes et des
moines, que berçait un rêve d'éternité, qu'in-
quiétait la fuite de la vie. *Mille anni ante oculos
tanquam dies hesterna quæ præteriit*, avait dit le
Psalmiste. L'oiseau bleu chantait dans les
ténèbres des forêts mystiques et les saints s'en-
dormaient en un songe paradisiaque de trois
cents ans, compris entre le premier et le dernier
tintement de la cloche lointaine de leur monastère. Mais le rôle des nécromans rattache aussi
ce conte singulier au moyen âge musulman. On
sait que l'ange Gabriel souleva de son lit Mahomet et l'emporta, à travers sept cieux, jusqu'au
trône d'Allah, avec qui il eut quatre-vingt-
dix mille conversations. Quand le prophète
retomba sur son lit, celui-ci était encore chaud,
et l'eau d'une aiguière, renversée par l'aile de
l'ange au moment du ravissement, achevait de
se répandre goutte à goutte sur le pavé de la
cellule.

V

L'importance extraordinaire accordée par le *Novellino* au souvenir de Frédéric II explique comment la chevalerie et la croisade font dans ce livre une si pauvre figure. L'empereur avait formé ses armées de Sarrasins et de mercenaires; il en avait écarté la noblesse féodale. Il s'était ainsi isolé si fort de l'aristocratie napolitaine que ses successeurs, Manfred et Conradin, se trouvèrent presque dépourvus, en face des Angevins, d'armée italienne. Quant à la croisade, il fallut les colères et les excommunicatious de Grégoire IX pour décider Frédéric à voguer vers la Palestine. La chrétienté et Rome furent déconcertées par cette entreprise plus diplomatique encore que religieuse. L'empereur ne partit d'Italie qu'après avoir signé le traité de paix avec le soudan d'Égypte; il entra dans Jérusalem sans avoir versé une seule goutte de sang. Le pape cria bien haut qu'il s'était rendu en Terre-Sainte non comme chevalier et pèlerin, mais comme pirate musulman. Il lui rendit dès lors la vie si dure, frappa si maladroitement d'interdit le saint-sépulcre et la ville sainte, que Frédéric,

découragé, quitta l'Asie, désertant la seule croisade dont les résultats aient eu des chances de
longue durée.

Mais l'Italie n'était point elle-même un pays
de chevalerie. Cette grande institution militaire
ne prospéra que dans les contrées où l'ordre
féodal aboutissait à une suzeraineté très haute et
unique. La féodalité italienne, partagée entre
l'Empire et l'Église, manqua toujours soit d'une
suzeraineté nationale, soit d'une dynastie souveraine. Et, de très bonne heure, les communes et
les petites tyrannies achevèrent de la ruiner.
Quand l'Italie eut besoin de chevaliers pour ses
poèmes romanesques, elle les fit venir de France
et leur confia des rôles héroï-comiques. Aussi
n'eut-elle jamais pour la croisade qu'un enthousiasme limité. Elle s'y prêta toujours d'une façon
oblique, faisant payer comptant le concours de
ses galères, s'inquiétant beaucoup plus de la fortune de ses comptoirs du Levant que du salut de
la Terre-Sainte, parfois même allant chercher
dans les chrétientés primitives des reliques
utiles à sa politique. Ainsi fit Venise, qui, en
quête des ossements de saint Nicolas, patron
des navigateurs, eut l'heureuse chance de trouver, dans un couvent d'Anatolie, enfouis sous le
même autel, deux saints Nicolas. Elle en donna
un à Pise, et mit l'autre dans l'église du Lido,

qui veille de loin sur Saint-Marc, le Grand-Canal
et l'entrée de l'Adriatique.

Les chevaliers du *Novellino* n'ont point le respect de la hiérarchie féodale. Master Polo, seigneur de Romagne, reçoit de leur part les plus
étranges affronts. Trois d'entre eux ont fait con-
struire un banc où ils se prélassent d'habitude,
ne permettant à personne d'y prendre place à
leurs côtés, et Master Polo n'ose aspirer à l'honneur de ce siège auguste. Encouragés par cette
première impertinence, les autres chevaliers
rétrécissent la porte d'un de leurs palais, de telle
sorte que le suzerain, qui est très corpulent,
grosso di persona, n'y peut plus passer qu'en
simple chemise. Les trois chevaliers du banc se
divertissent, durant les beaux jours, à leur château de campagne, qu'entoure « un beau fossé,
avec un beau pont-levis. » Master Polo se présente, en grande compagnie, à la tête du pont;
ils le relèvent, et le seigneur de Romagne s'en
retourne, tout penaud, à la ville. Les chevaliers
de Henri, fils rebelle du roi d'Angleterre et
patron du fougueux Bertrand de Born, volent
effrontément la vaisselle d'argent de leur maître,
et, une belle nuit, pillent sa chambre à coucher
et lui retirent du corps jusqu'à sa couverture.
Une autre fois, c'est au trésor du vieux roi
Henri II qu'ils s'attaquent, et, quand la piraterie

est achevée, le jeune prince partage entre eux
les monnaies d'or et les vases précieux. Guillaume de Bergadam, chevalier provençal, se
vante d'être l'amant de toutes les nobles dames
de la contrée, qui se réunissent pour le bâtonner.
Rinieri de Montenero, « chevalier de cour, » en
Sardaigne, se contente d'une seule dame. Le
mari le fait chasser de l'île par le seigneur d'Ar-
borea. Il reparaît bientôt, sans vergogne, monté
sur un roussin maigre, et, par un mot bouffon,
désarme la justice du suzerain. Mais ici, ne
sommes-nous pas à mille lieues du monde des
troubadours?

Nous sommes plus loin encore de la croisade.
Le héros des *Novelle antiche*, après Frédéric II,
n'est autre que Saladin, le terrible soudan
d'Égypte qui battit Lusignan, arracha aux chrétiens Jérusalem et la Palestine et força l'Europe
à entreprendre la troisième croisade. Les qualités
chevaleresques de Saladin étonnèrent le moyen
âge qui nous a laissé sur le prince musulman
une légende très riche. Il est intéressant d'y
signaler un double courant de traditions. Les
plus anciennes sont hostiles au soudan; elles se
révèlent dans le *Novellino* par une perfidie que
déjoue heureusement le roi Richard d'Angleterre.
Celui-ci ayant reçu du Sarrasin un beau cheval,
le fit monter d'abord par un de ses chevaliers :

le cheval fila tout aussitôt vers le camp des infidèles. Mais le conteur adopte, pour les autres récits, la tradition favorable, celle que Dante a lui-même acceptée. Dans les limbes où les nobles âmes païennes converseront éternellement, en une demi-béatitude, à l'ombre des arbres, au bord d'une belle rivière, le poète a placé Averroès, « qui fit le grand Commentaire, » et seul, à part, dédaigneux ou farouche, Saladin :

Solo in parte vidi il Saladino.

C'était, dit le *Novellino*, « un très noble seigneur, preux et libéral. » Parmi ses prisonniers, était un chevalier chrétien qu'il aimait beaucoup et traitait en ami. Un jour, celui-ci parut très mélancolique ; Saladin l'interrogea : « Messire, je me souviens de mes gens et de mon pays. — Eh bien ! répondit le soudan, je te fais grâce et te laisse libre. » Il ordonna à son trésorier de compter au chevalier deux mille marcs d'argent. Le scribe, sur son registre, écrivit par inadvertance trois mille, et comme il allait corriger l'erreur : « Écris, dit Saladin, quatre mille marcs. Ce serait une mauvaise aventure si ta plume était plus généreuse que moi. » Un jour de trêve, il fit visite au camp des croisés. Il vit manger les seigneurs à des tables « couvertes de nappes très blanches. » Il vit le repas du roi

de France et en loua fort le bel ordre. « Mais il
vit les pauvres gens assis misérablement à terre
et blâma hautement cela, disant que les amis de
leur Seigneur Dieu mangeaient d'une façon plus
vile que les autres. » L'histoire était bien plus
ancienne que Saladin : on la trouve dans Pierre
Damien, le faux Turpin et deux vieux poèmes
chevaleresques, s'appliquant à quatre rois sarrasins différents. Autre leçon donnée aux chrétiens
par l'infidèle : les chevaliers admis à le saluer
dans sa tente ayant foulé aux pieds un tapis parsemé de croix et « craché dessus comme sur la
terre nue, » il leur dit sévèrement : « Vous prêchez
la croix, et vous l'avez outragée sous mes yeux :
vous n'aimez votre Dieu qu'en paroles et non en
action. »

Il suffit maintenant d'une légère évolution de
la conscience pour atteindre à l'indifférence religieuse. Et le *Novellino* n'y a pas manqué. La
vieille foi juive, mère du christianisme et de
l'islam, si durement traitée en Occident comme
en Orient, prendra sous le patronage de Saladin
sa revanche de l'Évangile et du Coran. Le
soudan avait besoin d'argent ; il fit venir un riche
juif, afin de le dépouiller. Il lui demanda quelle
était la meilleure religion. Si le juif répondait :
la juive, c'était une injure à la foi du maître ; s'il
disait : la sarrasine, c'était une apostasie ; dans

l'un et l'autre cas un bon prétexte à confiscation.
Mais l'enfant d'Israël tenait en réserve une histoire qui fut peut-être inventée jadis sur les
fleuves de Babylone : « Messire, dit-il, il était
une fois un père qui eut trois fils et un anneau
orné d'une pierre précieuse, la meilleure du
monde. Chacun des fils priait le père de lui
laisser la bague en mourant. Et le père, pour
contenter chacun, appela un bon orfèvre et lui
dit : « Maître, fais-moi deux anneaux semblables
à celui-ci et mets à chacun une pierre pareille à
celle-ci. » Le maître fit les anneaux si ressem-
blants que personne, hormis le père, ne pouvait
distinguer le vrai. Il vit venir ses fils chacun à
part et dit le secret à chacun, et chacun crut
recevoir le vrai anneau, que le père seul connaissait bien. C'est l'histoire des trois religions,
messire. Le père qui les a données sait quelle
est la meilleure, et chacun de ses fils, c'est-à-dire
nous autres, nous croyons que nous avons la
bonne. » Le soudan fut émerveillé et laissa le
juif s'en aller sans lui faire de mal. »

Les *Conti di antichi Cavalieri* avaient déjà
tenté un timide rapprochement entre la foi chrétienne et l'islamisme : « Saladin, disent-ils,
permit « à des frères chrétiens » venus « pour
sauver son âme » et l'arracher « à une loi de damnation, » de disputer avec ses docteurs. Ceux-ci

demandent au maître le supplice des moines
Saladin refuse : « Ils sont venus, dit-il, pour
sauver mon âme; j'offenserais Dieu en leur donnant la mort comme récompense. » « Il leur fit
grand honneur et les laissa aller. » Mais, dans
le conte des *Trois Anneaux*, l'Italie gibeline,
mûrie trop vite, se détachait du christianisme
aussi résolument qu'avait fait la France albi-
geoise. L'Église romaine et l'Italie guelfe, les
moines mendiants et leurs tiers-ordres virent
avec terreur, à la cour de Frédéric II, se dresser
la Babel théologique, cathédrale et basilique,
synagogue et mosquée, où officiaient fraternellement les clergés de tous les rites du monde. La
conscience chrétienne protesta par la voix de
Dante contre les incrédules, les tièdes et les épicuriens « qui font mourir l'âme avec le corps, »
et la *Nouvelle* dut faire pénitence pour les
péchés de sa première jeunesse. Avec l'honnête
conteur Francesco da Barberino, nous reculons
doucement vers le moyen âge.

VI

Il était né, une année avant Dante, en 1264,
dans la région montagneuse qui sépare Florence de Sienne, tout près de Certaldo, ber-

ceau de Boccace. Il étudia les sept arts à Florence et put y recevoir les conseils littéraires
de Brunetto Latini. Puis il suivit, à Bologne,
les cours de droit écrit et de droit canonique.
De Bologne, il passa à l'université de Padoue.
De 1309 à 1313, nous le trouvons en Avignon,
près de Clément V, en Bourgogne, en Auvergne,
à Paris, près de Philippe le Bel; en Picardie, à
la cour de Louis le Hutin, héritier présomptif de
Philippe, il connut l'historien de saint Louis,
Joinville, qui avait alors quatre-vingt-dix ans. Il
remplissait sans doute, durant ces quatre années,
quelque longue mission d'ordre juridique et
ecclésiastique. A son retour en Italie, il prit le
grade de docteur en droit. Il fut dès lors notaire
et demeura jusqu'à sa mort le conseil de l'évêque
de Florence. La commune estimait fort le personnage; il s'acheminait, sans se tourmenter
beaucoup, vers les plus hautes magistratures de
la cité, quand la peste de 1348, la peste du *Décaméron*, arrêta inopinément sa carrière, à l'âge de
quatre-vingt-quatre ans. Boccace a loué, en latin,
sa science, son intégrité et même, je pense avec
un demi-sourire, la splendeur de son génie,
splendidi ingenii sui nobilitatem. Car ce notaire
avait été moraliste et poète, et ce poète avait
parsemé ses vers de contes en prose. A regarder
les choses de plus près, on peut le signaler

4

comme l'inventeur, à Florence, de la morale expérimentale et pratique. Dans ses deux grands ouvrages versifiés, le *Reggimento e Costumi di Donna* — *Éducation et Mœurs de la femme,* — et les *Documenti d'Amore, Préceptes d'Amour,* enfin, dans ses *Fiori di novelle,* aujourd'hui perdus, c'est bien de la Florentine et du Florentin qu'il a voulu assurer le bonheur par la vertu et aussi par mille petites recettes ingénieuses contre la malice ou la perversité du prochain. Ses *Nouvelles* ne sont que des preuves à l'appui de ses préceptes. Aussi convient-il, avant de prêter l'oreille au conteur, d'écouter le moraliste. Et nous n'aurons pas perdu notre temps.

Barberino, quand il prêche les bonnes mœurs, est loin d'être ennuyeux. La naïveté et l'ironie, la bonhomie, la droiture de cœur, la timidité et le bon sens le plus fin, forment en lui un mélange très piquant des meilleures qualités de la conscience et de l'esprit. Ce qu'il prise surtout dans la vie morale, c'est la modération, la réserve, la prudence. Il recommande la chasteté et la virginité pour la paix et la dignité qu'elles assurent à la femme, non pour l'auréole dont elles couronnent les vierges de la *Légende Dorée.* Il nous met sans cesse en garde contre les enthousiasmes irréfléchis, les illusions du cœur et de l'imagination, les entraînements de la passion. Il souhaite,

tel qu'un disciple d'Épictète, que l'on considère
les choses comme elles sont, non comme elles
paraissent. Si l'on endure quelque calamité, la
sagesse veut que l'on pense à une plus grande
encore qui pourrait survenir, et qu'on se résigne,
en tirant du mal le meilleur parti possible, avec
l'espérance obstinée d'un retour heureux de la
fortune. Il n'a pas l'âme chevaleresque, méprise
les tournois des seigneurs provençaux, les dan-
gers brillants et inutiles. Mais il hait encore plus
la lâcheté : « Mieux vaut mort d'honneur que
vie mauvaise. » L'adresse est néanmoins à ses
yeux une bien belle vertu : « Les adroits sont
supérieurs aux forts ; l'habileté, l'art et la patience
emportent plus que la violence les villes et les
provinces ; mais là où toutes ces qualités sont
d'accord, elles font le succès certain. » Avec ces
vieux Florentins, on va toujours à leur cher fils
Machiavel.

Pour l'honneur et la sécurité des femmes,
Barberino est d'une inépuisable sollicitude. On
n'a vu jamais de directeur d'âmes plus scrupu-
leux ni plus méthodique. Afin de ne négliger
aucun bon conseil, il classe, comme en des
cartons d'archives, tous les âges, toutes les conditions sociales et religieuses de la femme,
depuis l'adolescence jusqu'à la vieillesse, de la
reine à la plus humble servante, même à l'es-

clave. La jeune fille en âge de prendre mari; la
fille qui se marie à l'âge où elle ne l'espérait
plus; la femme mariée, du premier au quinzième
jour après les noces, puis du premier au troisième mois de vie conjugale; la veuve, jeune,
vieille, entre deux âges; la veuve qui prend un
second, même un troisième époux; la béguine,
la nonne, la recluse, la dame de compagnie, la
nourrice; puis, la toilette, les divertissements,
les conversations, les jeux d'esprit, les oraisons,
notre notaire a tout prévu, tout analysé, tout
réduit en préceptes. Il parle en son nom, ou
passe le discours à des personnages allégoriques
comme il s'en trouve au *Roman de la Rose*. Mais
Guillaume de Lorris et Jean de Meung sont bien
scolastiques, gâtés par les universaux, et les
abstractions qu'ils font mouvoir ont la figure
inerte et le geste raide des sculptures gothiques.
Ce Florentin, au contraire, est très vivant; on
sent en lui une sorte de confesseur laïque de vaste
expérience, consulté par les familles, par les
femmes en danger de perdition, par les maris
tourmentés de mauvais songes. Chacun de ses
vers semble renfermer le souvenir d'un aveu,
l'écho d'un *mea culpa.* « Garde-toi, dit-il aux
jeunes dames, garde-toi des pèlerins avec leurs
barbes et leurs sébiles, qui demandent l'aumône,
vont s'asseoir près des femmes, puis font des

prophéties où les sottes se laissent prendre.
Garde-toi du médecin, qui regarde moins la
maladie que les charmes de la malade. Si tu es
jeune, ne va pas pour tes procès aux cours de
justice, mais laisse aller tes procureurs. Prends
garde au tailleur qui offre gratuitement ses ser-
vices et, prenant ses mesures, tourne autour de
toi en t'admirant. Ne va pas de nuit aux offices
ou aux étuves, si tu es prudente. Si tu veux aller
au bal où se trouvent aussi des cavaliers, qu'il
fasse au moins grand jour ou que les lumières
soient assez vives pour que l'on voie ceux qui
chatouillent la paume de la main : « *Chessi veggia
chi man gratta.* » Il dénonce le péril et « le serpent » jusque dans l'ombre des petites chapelles,
sur les degrés du confessionnal ou de l'autel. Il
ferme au prêtre la porte de la maison, et il
défend à la femme de l'entr'ouvrir pour lui. Il
ne veut pas qu'elle consulte le moine en secret;
elle lui parlera en plein air, « devant les églises. »
Il se méfie des dévotes, « qui marchent dans la
rue leur rosaire à la main et n'ont au cœur que
des pensées de vanité, » ou qui « étalent ouver-
tement leurs aumônes, font parade de leurs
jeûnes et se frappent fortement la poitrine. » Ce
guelfe, légiste épiscopal, si timoré, avait embrassé
la religion intérieure prêchée jadis à l'Italie par
François d'Assise. Pour lui, la vraie piété était

l'amour de Dieu. « Quand vous priez, fait-il dire
à l'abbesse du *Reggimento*, ayez dans le cœur ce
qui est dans vos paroles. » « Adorez en tous
lieux, dit-il dans les *Documenti*, car Dieu est
présent partout. » « Priez tout bas, car Notre
Seigneur ne regarde que le cœur. » C'était la
maxime même de Dante en son *Convitto* et la
pure doctrine du Père Séraphique.

D'un homme si raisonnable il ne faut point
attendre un sentiment exalté de l'amour. S'il a
lu la *Vita nuova* ou les sonnets de Guido Cavalcanti, il a dû les juger dangereux pour la paix
de l'âme; les poésies de l'école sicilienne ou
des troubadours lui ont semblé sans doute des
lectures d'une condamnable sensualité. Ne lui
parlez ni de volupté ni d'extase amoureuse. Sa
gaie science est tout aristotélique. *Amor* — écrit-il
au *Commentaire* latin, encore inédit, des *Documenti — est medium inter duo extrema*. Il considère l'amour comme une sorte d'entéléchie,
une qualité noble des cœurs tranquilles, une
vertu aussi éloignée du rêve mystique que de
l'appétit charnel. Au fond, il n'y voit guère
qu'une disposition très saine au mariage. Pour
lui, le véritable amant est absolument discret,
et la femme aimée aussi réservée et hautaine que
pure. « Les femmes honnêtes, dit-il, aiment
moins, mais sont parfaites. » De cette première

vue excellente découle logiquement toute la
morale en action de Francesco. Il proscrit toutes
les faiblesses humaines qui mettent en péril la
chasteté : la gourmandise, le jeu, la richesse
excessive, les regards complaisants portés sur
les femmes légères. « Fuis comme la peste les
femmes sans pudeur, n'écoute que les dames
sages; arrête peu tes yeux sur leur visage et
moins encore sur leurs mains. » Le conseil vaut
pour la campagne comme pour la ville ; « Si
tu trouves l'hôtesse agréable, feins de ne point
la voir, car elle te vendra bien cher son amer
sourire. » Quant à l'épouse à rechercher, j'ose
à peine dire à aimer, qu'elle ne soit ni belle,
ni laide, ni lettrée, ni bavarde; qu'elle ne chante
pas trop souvent à sa fenêtre; qu'elle n'aime
point la promenade; que, dans la rue, elle ne
regarde ni à droite ni à gauche. Ce notaire, si
Florence avait suivi sa doctrine, n'aurait assurément point rédigé beaucoup de contrats de
mariage.

Mais Barberino, une fois son client marié, le
suit à travers la vie, avec une sollicitude touchante, et, à chaque pas, l'avertit d'un danger,
lui dénonce une embûche. Comptez de combien
de gens il veut qu'on se méfie : les gens calmes
comme eau dormante, les gens tristes, ceux qui
ne regardent pas en face, ceux qui froncent les

sourcils, ceux qui clignent de la paupière, les
bellâtres, ceux qui baissent la tête en société,
ceux qui vont pompeusement, « comme s'ils por-
taient une poutre, » ceux qui marchent en sau-
tillant comme les petits garçons! Si l'on est en
compagnie d'honnêtes gens authentiques, qu'on
s'entretienne de Dieu avec les gens d'Église, de
remèdes avec les médecins, de morale avec les
philosophes, de plaisirs purs avec les jeunes
gens, de belles petites histoires, *belle novelette*,
aussi neuves que possible, avec les dames ver-
tueuses.

Pour les voyages, il a tout prévu. On empor-
tera double bagage, double bourse. On n'étalera
jamais son argent. Il faut des chevaux qui ne
soient ni blancs ni marqués d'un signe particu-
lier. En quittant l'hôtellerie, on ne dira point le
chemin qu'on va suivre. A l'occasion, il est utile
de changer de nom et de vêtement. Ne liez
pas conversation avec les premiers venus. Un
pont est toujours préférable à un gué. Pour les
montagnes, il convient d'emporter des fourrures.
On ne s'aventurera dans les cols qu'à l'heure
recommandée par les gens du pays. On ne boira
pas à une fontaine sans s'être informé sur la
nature de l'eau. En mer, autres affaires : un bon
navire, un patron qui ne louche pas; des poules
et des chapons, de bons vins, un moulin à bras,

un barbier, un médecin, un aumônier. Si l'on
découvre au loin quelque navire suspect, il
faut, sans retard, mettre le cap vers le rivage.
« Enfin, dit Francesco, toujours en ses *Préceptes
d'Amour*, si vous naviguez avec votre femme à
bord, munissez-vous d'un cercueil pour le cas
où Madame mourrait en mer, d'une croix à lui
mettre entre les mains, d'une inscription priant
de l'enterrer honorablement si le flot la porte au
rivage. Il y faudra joindre une bourse d'argent
pour les messes funéraires et pour la tombe. »

Il est aisé de prévoir, dès à présent, le
caractère dominant des *Nouvelles* de maître Barberino : ce sont des moralités.

Elles inspirent l'horreur du péché et l'amour
de la vertu. Elles étalent les conséquences lamentables non seulement du vice, mais de la simple
galanterie, de la légèreté, de la coquetterie, de
toutes les vanités mondaines. Elles sont écrites
en langue sèche et claire, appuyées de témoi-
gnages et de preuves, presque toutes historiques et empruntées pour la plupart aux troubadours provençaux, dont notre conteur avait lu les
ouvrages. On connaissait les *Nouvelles* éparses
dans le *Reggimento*. M. Antoine Thomas nous a
révélé celles que renferme le manuscrit du *Commentaire des Documents*. Francesco, pour ajouter
à l'autorité de son récit, paraît parfois lui-même

comme témoin : « Je me souviens d'avoir rencontré une noble dame. » « Comme je me trou-
vais en cette abbaye, l'abbé, en me contant une
histoire, me montra un jeune homme qui descendait des personnages dont il me parlait. » « En
passant par l'Auvergne, on me fit voir près de
Notre-Dame du Puy un château. » Il faut bien
croire sur parole un narrateur si exact, même
quand l'aventure a tout l'air d'un conte bleu.
Telle est celle d'un chevalier savoyard à qui le
roi d'Angleterre, séduit par la renommée de ses
mérites, offre en mariage sa propre fille, « fontaine de toutes les beautés. » Il passe la Manche,
se rend à la cour, admire la fiancée, mais se
laisse bien plus charmer par la bonne éducation
d'une petite fille de neuf ans, la fille de messire
Guillaume, son hôte. Le Savoyard, sans hésiter,
renonce à la princesse, demande la main de la
petite Gioietta, l'obtient, épouse l'enfant « sans
dot » et l'emporte dans un panier d'osier attaché
au dos d'un cheval. L'histoire est invraisem-
blable, mais la moralité en est radieuse. Un chevalier normand avait deux filles : une belle, de
tête folle, âgée de quinze ans; l'autre, de treize
ans, moins belle mais très sage. L'aînée, Margarita, ne pensait qu'au mariage et feignit, pour
décider son père, d'être la maîtresse d'un écuyer.
La voilà mariée, et mal mariée, avec le rustre.

La sage, Joanna, déclara qu'elle resterait fille, et, en récompense de sa réserve, épousa, onze années plus tard, le frère du duc de Normandie. Celui-ci étant mort sans héritier direct, Joanna devint duchesse « et s'assit sur le trône ducal, tandis que la belle Margarita demeura à terre comme les autres. »

Tout ceci est à la fois édifiant et enfantin. Mais Francesco a dans son répertoire d'autres *Nouvelles* réellement atroces, qu'il conte avec une parfaite sérénité. Une dame jeune, ni belle ni laide, passait par la ville d'Orange. Quelques chevaliers la suivent par désœuvrement, avec des louanges sur ses grâces qui lui font perdre la tête. Elle se pare et ne quitte plus sa fenêtre, la rue ou les églises. Toute la jeunesse d'Orange la suit à son tour. Elle a toujours sur les talons un cortège d'admirateurs ironiques. Ni son père, ni son mari ne parviennent à la guérir de sa ridicule fantaisie. Un jour, les enfants d'Orange se mirent de la fête et « lui jetèrent tant de pierres qu'elle mourut. »

Ce conte, emprunté au troubadour Pierre Vidal, n'est encore qu'un accident tragique. Celui-ci, qui sort de la même source, n'est plus qu'un crime abominable. Un jour, le frère du duc de Bourgogne, revenant de France, vit sa belle-sœur accourir à lui; il la pressa si tendrement

sur son cœur que le duc, témoin de cette effu-
sion, conçut aussitôt les plus graves soupçons.
Le soir, il dit à sa femme : « Que signifient de
pareilles manières ? » Elle lui répondit : « C'est
par amonr pour vous que votre frère a agi ainsi,
et moi, en le laissant faire, je ne crois pas avoir
mal fait. — Au contraire, vous deviez lui
adresser des reproches sévères. » La conversation en resta là, mais, quelques jours après, le
duc invita son frère, le plaça à côté de sa femme
et leur versa secrètement du poison à tous deux :
trois jours après ils étaient morts.

Francesco est assurément un chrétien de
vieille roche, très convaincu de la perversité
originelle de notre nature, préoccupé de la rude
discipline à laquelle il convient de plier l'homme
pour le rende bon. Il croit à la tentation quoti-
dienne de l'âme, et la vision triste du tentateur
le hante. Voici un conte du *Reggimento* que
Boccace eût écrit d'un ton bien différent, l'histoire d'une fille très belle, âgée de vingt-cinq
ans, qui s'était retirée seule en une cellule, près
de Noyon, en plein désert. L'ermitage semblait
inaccessible. Néanmoins, tous les mauvais garçons
de la contrée, « comme me l'a raconté un chanoine de la cathédrale, » rôdaient sans cesse
aux alentours, pour l'induire à mal ; elle leur
parlait de sa petite fenêtre, « sans se laisser

voir, » et sa pureté constante était un vrai
miracle. Vainement un sage religieux lui repré-
senta-t-il le danger de ces colloques : « Je suis,
dit-elle, si ferme dans l'amour divin que si le
serpent d'Ève, avec la ruse de tous les démons,
venait me tenter, je ne le craindrais point. »
Mais ledit serpent l'avait bien entendue. La
nuit d'après, elle eut un songe; elle se crut
reine, et que le roi son époux « lui faisait
grande fête. » Le lendemain, adieu rosaire,
office, oraisons! elle ne pensait plus à Dieu. Le
rêve infernal revint, et quand le serpent la sentit
en humeur de damnation, il se présenta sous la
forme d'une belle comtesse et lui annonça que
le fils du roi demandait sa main. Elle répondit
qu'elle était libre encore, n'ayant point fait vœu
de virginité et qu'elle ne demandait pas mieux
que d'obéir. Le diable alors fit signe à un des
garçons de monter à l'ermitage; mais Dieu eut
pitié de la malheureuse et lui dépêcha un ange.
La comtesse, exorcisée par l'ange, redevint serpent, et, vaincue, s'en alla en disant : « Je suis le
serpent d'Ève : tu as cru en savoir plus que moi
et je t'ai trompée. » La jeune fille s'évanouit,
puis appela le bon religieux, lequel la conduisit,
en toute hâte, à un couvent de femmes. Elle y
pleura longtemps sa faiblesse, et y mourut enfin
en renom de grande sainteté.

La fantastique histoire est contée très gravement par Barberino afin de prouver aux femmes
vouées à la vie religieuse de quels périls le démon
les menace jour et nuit. La nouvelle suivante
est plus étrange encore; elle semble sortir de
quelque chronique monacale du x⁰ siècle. Des
gentilshommes ont chassé des nonnes de leur
couvent pour mettre à leur place leurs propres
filles, âgées de dix-huit ans, sous la crosse d'une
sainte abbesse. Mais bientôt les jeunes vierges ne
pensent plus qu'à festiner, à se farder, « à se
faire belles. » Dieu, résolu à les punir et à
venger les anciennes résidentes, envoie un ange
à Satan, et propose au tentateur de perdre les
joyeuses petites sœurs. Satan ne se fait pas
prier et charge de la mission un diable de confiance, très malin, nommé Rasis. Celui-ci commence par une visite à l'abbesse. Il a pris la
figure d'une respectable vieille, et annonce la
venue prochaine de trois filles naturelles du roi
d'Espagne qui apporteront au monastère une
riche donation. Puis, sous la forme d'un jeune
homme, Rasis racole dans le pays trois adoles-
cents, âgés de treize, quatorze et quinze ans,
« très beaux et très blonds. » « Je veux, dit-il,
vous rendre riches, vous raser la tête et la voiler
à la mode des pucelles et vous faire entrer là
dans ce couvent, où sont les plus belles créa-

tures du monde, avec lesquelles vous aurez du plaisir. » Il leur donne à chacun, dans un panier d'osier, trois cents fleurs desséchées qu'il fait briller comme ducats d'or, leur en promettant mille pour le jour où ils quitteront la clôture. Il les laisse, et les attend, sous son masque de vieille dame, à la porte de l'abbaye. Il présente les fausses novices à l'abbesse avec quatre mille cailloux qui semblent autant de florins d'or. Voilà les loups dans la bergerie. Ils y firent un ravage terrible. Au bout de neuf mois, craignant un scandale inouï, ils s'enfuirent du bercail. Alors les gens de la contrée et les parents des douze petites nonnes, avertis de l'aventure, envahirent le couvent, lapidèrent les jeunes religieuses, enterrèrent toutes vives les servantes, brûlèrent la pauvres abbesse, rôtirent un frère convers qui s'était glissé dans la cellule d'une des nonnes, et rappelèrent les premières occupantes au monastère d'où on les avait chassées. Quant aux trois louveteaux, ils trouvent sur un pont le jeune homme aux paroles dorées avec qui ils avaient conclu le pacte diabolique et lui réclament naïvement les trois mille ducats. Rasis reçoit fort mal leur requête et les jette, par-dessus le parapet du pont, dans la rivière, où ils se noient.

Dans ce conte, la complicité du bon Dieu et

de Satan me paraît bien inquiétante. Quoi! un si cruel martyre et la damnation éternelle à ces pauvres filles, pour un peu de fard aux joues et le trop grand amour des friandises monastiques! Et quel singulier phénomène que cette conscience du notaire florentin, si dégagée de la religion étroite, si libre du côté des hommes d'Église, où pénétraient cependant une théologie si trouble et des images si douloureuses! Francesco tenait encore au bon vieux temps, celui où la peur du diable était le commencement de toute sagesse. Quelques années avant lui, le rédacteur du *Novellino*, d'un esprit plus clair et plus réellement italien, avait orienté le conte vers l'avenir. Moins soucieux de l'édification et de la discipline morale que de l'agrément de son lecteur, le scribe anonyme des *Cent Nouvelles antiques* tendait de loin la main à Boccace.

CHAPITRE II

BOCCACE. — LE PROLOGUE DU DÉCAMÉRON
ET LA RENAISSANCE

I

Voulez-vous bien comprendre l'originalité de
Boccace et de son œuvre et juger la valeur du
Décaméron, embrassez d'abord d'un rapide coup
d'œil la vie et l'œuvre de son grand ami, le poète
Pétrarque, dont le conteur consola la vieillesse
et à qui il ne survécut que d'une année. Pétrarque
est l'initiateur de la Renaissance. Au delà de
Rome, de Cicéron, de Virgile, il entrevoit et
salue la maîtresse intellectuelle de Rome et de l'humanité, la Grèce antique. Il étudie le grec sous
deux ou trois maîtres, dépense la moitié de sa
fortune dans la recherche des manuscrits grecs,
forme toute une académie de jeunes lettrés, de
patriciens, et Boccace lui-même à l'apostolat de

5

l'antiquité. Déjà vieux, valétudinaire, il dort et
mange à peine, travaille seize heures par jour,
écrit encore la nuit à tâtons sur son lit. Il ne parvient pas à déchiffrer Homère, mais il en caresse
amoureusement le manuscrit ; il sent sa fin prochaine, lègue ses chers livres à la république de
Venise et redouble d'ardeur. « Je vais plus vite,
je suis comme un voyageur fatigué. Jour et nuit,
tour à tour, je lis et j'écris, passant d'un travail
à l'autre, me reposant de l'un par l'autre ; il sera
temps de dormir quand nous serons sous terre. »
Il meurt avec une grâce merveilleuse. Un matin
d'été, dans sa maison d'Arqua, on le trouve
endormi de l'éternel sommeil, le front couché sur
un livre.

Il a vu l'aurore d'une civilisation très noble, et
cependant, en lui, de sa jeunesse à sa dernière
lecture, tout est mélancolie et découragement.
Cette âme vibrante, lyrique et maladive, qui n'a
jamais su se détacher d'elle-même, ne nous rend
que ses émotions, ses tristesses et ses souffrances, amours chimériques et douloureuses,
ennuis d'exil, espoirs évanouis, rêves de citoyen
enflammé par les souvenirs de Tite-Live, que les
misères d'un âge affreux ont dissipés, vanité de
la gloire et de la liberté, amertume de la vieillesse, charmes de la solitude, douceur de la mort.
Toutes ses passions ont été déçues, tous ses efforts

impuissants, toutes ses missions diplomatiques
stériles. Les fantômes qu'il a poursuivis ont
échappé à son étreinte : Laure, la dame mystérieuse d'Avignon — jeune fille ou jeune femme,
nous ne savons[1], — la République romaine, le
principat mystique de Rienzi, le secret de la
langue grecque. Mais il n'a pu ni ramener à
Rome l'Église d'Avignon, ni rappeler en Italie
le protectorat de l'Empire. Autour de lui, le
moyen âge tombe en ruines, et lui, qui fut l'ouvrier inconscient de l'avenir, l'adversaire ironique
de la scolastique, il s'attarde, par certaines formes
de son art et les habitudes de sa pensée, au
moyen âge. La poésie de ses sonnets se fond trop
souvent dans l'abstraction ou la subtilité; ses
traités de morale ont la sécheresse du xiie siècle;
tel chapitre de ses dialogues sur la *Vie solitaire*
ou la *Paix des religieux* semble une page déta-
chée de l'*Imitation*. Et, sur le front pâle de celui
que l'on appelle volontiers « le premier homme
moderne, » la lueur d'aurore prend parfois la
teinte attristante du crépuscule.

Combien différent Boccace n'apparaît-il pas
tout d'abord! Moins grand par la pensée, moins
pur par le cœur, mais plus vivant, d'un esprit

1. Il faut renoncer, depuis les critiques d'Ad. Bartoli, au
traditionnel état civil de Laure, prétendue demoiselle de Noves
ou dame de Sade.

plus éveillé et plus heureux, on ne l'imagine point enfermé dans le désert de Vaucluse ou la retraite ombreuse d'Arqua. « Il était, dit Philippe Villani, agréable et de caractère joyeux, plaisant en ses propos et amoureux des beaux discours. » C'est un homme de conversation et de plaisir qui n'entend rien an platonisme, à qui la gaieté d'une société polie est aussi nécessaire que la lumière du jour. La cour riante de Naples, au temps de Robert d'Anjou, est véritablement son cadre naturel. On y lit des vers d'amour et on les commente, sans ennui, car les dames ne sont point farouches. « Souvent, dit-il, telle y entre Lucrèce, qui retourne Cléopâtre à sa maison. » L'allégresse de Naples, la sensualité légère qu'on y respire, le sourire voluptueux de son golfe, les mœurs bruyantes, l'insouciance morale de son peuple charmèrent Boccace autant que la solennité un peu funèbre de Rome et de sa campagne enchantait Pétrarque. Est-il né près de Florence ou à Paris, est-il par sa mère et son berceau Français ou Toscan? on ne le saura sans doute jamais très sûrement. La veine gauloise est en lui fort visible, mais la finesse florentine, le sens inné de l'élégance, le goût passionné des choses charmantes, le sont bien plus encore. Reçut-il un jour quelque degré de cléricature? nous ne le saurons pas davantage. Tout jeune homme, il fut contraint par son père d'étudier le droit canon, la banque, le commerce : il préféra aux Décrétales la lecture de nos fabliaux et de nos romans. Dès qu'il se sentit à peu près le maître de sa destinée, il se jeta à la fois, non sans étourderie, dans la littérature et les aventures amoureuses.

De cette première période littéraire et de ses amours napolitaines, il nous reste des sonnets, le petit roman de *Madonna Fiammetta*, les demi-confidences indiscrètes du *Filocopo* et de la *Teseide*, inspirés, l'un, par notre *Floire et Blanchefleur*, l'autre par la vénérable histoire médiévale de Thésée, duc féodal d'Athènes; puis l'*Amorosa Visione* où « la dame gentille, plaisante et belle, » là « belle Lombarde, » la Gloire et une foule de personnes augustes, Saturne, Avicenne, Cicéron, Hécube, Nemrod, Caton, Absalon, Dante et Pâris défilent et gesticulent avec la raideur familière aux héros des très vieilles tapisseries; le *Filostrato*, roman chevaleresque et homérique, en octaves, où le grand prêtre grec Calchas paraît près de sa fille Chryséis, en qualité d'évêque de Troie, *in partibus infidelium*, enfin, le *Ninfale Fiesolano*, un joli poème bucolique et mytholo gique d'amour heureux, qui finit bien mal et trop tôt par le repentir tardif de la nymphe de Fiesole et le désespoir du berger Africo L'amant se tue naïvement, comme il convient, au bord du ruisseau témoin de son bonheur d'un seul jour. Ici, Boccace ne fait plus penser à nos trouvères ni aux pâles tapisseries de nos aïeux : il s'est inspiré d'Ovide et fait pressentir le Corrège.

Les plus belles fêtes ont une fin. Le père de Boccace, guelfe de vieille roche, du fond de son comptoir florentin, suivait d'assez méchante humeur la vie poétique et joyeuse de son héritier, à la cour angevine. En 1341, il le rappela à Florence. La première entrevue fut certainement pénible. « L'aspect horrible de ce vieillard froid, rustique et avare m'attriste et m'effraie chaque jour davantage, » écrit Giovanni dans son *Ameto*. Ajoutez que le séjour de Florence était bien moins riant alors que celui de Naples. Un duc d'Athènes, en chair et en os, plus difficile à vivre que le classique Thésée, Gaultier de Brienne, durant près d'une année, pendit les mécontents, vida le coffre-fort des bourgeois et leur enleva leurs filles. En quelques mois, Boccace eut en raccourci le spectacle des agitations qui troublaient Florence depuis plus de deux siècles : coups d'État, conspirations, émeutes, incendies, massacres et proscriptions, et, du haut du campanile communal, la clameur lugubre du tocsin. L'incorrigible jeune homme, loin de se convertir à cette vie nouvelle, souhaitait passionnément de s'enfuir à Naples. « O

combien est heureux celui qui se possède en
pleine liberté, ô vie de plaisir, plus belle qu'aucune autre ! »

O lieto vivere e più ch'altro bello!

Il revint donc à ses premières amours. Mais
Robert le Sage était mort; André, neveu et
gendre du bon roi, assassiné, avait été jeté par
les fenêtres du palais; Louis de Hongrie, frère
de la victime, chassait Jeanne, la reine sanglante, et s'emparait violemment du royaume;
les chants et les rires avaient céssé et les amours
pleuraient sur les rives du golfe charmant. La
peste de 1348 rappela Boccace à Florence. Son
père venait de mourir et laissait à sa tutelle un
très jeune frère, Giacomo, issu d'un second et
récent mariage du vieux marchand. Florence et
la Toscane étaient en deuil. Toutes sortes d'im-
pressions graves, l'influence morale de Pétrarque,
alors dans toute sa gloire, l'étude assidue de
Dante, la maturité commençante de la vie, pro-
duisent alors sur l'esprit de Giovanni un effet
singulier, comme une soudaine fécondation. Il
suffit qu'un souffle de tristesse l'ait effleuré pour
que son propre génie lui soit révélé, et qu'il
prenne des choses humaines une conscience
nouvelle, plus généreuse et plus claire. Sa
période lyrique est désormais close Il renonce

à répandre l'histoire de son cœur en des poésies
ou des romans d'une assez médiocre invention.
Il s'est beaucoup diverti jusqu'alors; mais il vient
de traverser des heures mauvaises, et tout ce
qu'il a aimé comme le peu qu'il a souffert de la
vie lui dévoile les joies ou les misères de la vie
d'autrui. Le sens dramatique s'éveille en lui.
Montrer, sans mélancolie aucune, les passions,
les ridicules, les vices de son temps, non point
sur des tréteaux et par l'artifice du dialogue,
mais par des contes, telle sera l'œuvre du grand
écrivain. A la *Divine Comédie* qu'il devait com-
menter, déjà vieux, devant les petits-fils des
hommes que Dante avait brûlés et marqués d'infamie, Boccace fera succéder la comédie italienne, surtout florentine, souvent aussi la tragédie humaine, avec ses horreurs et ses larmes.
Les modèles que lui laissaient les premiers
conteurs florentins étaient bien imparfaits, mais,
à peine aura-t-il touché au genre qu'il le trans-
formera, et la *Nouvelle* sortie de ses mains
paraîtra le premier grand monument littéraire
de la Renaissance. S'il eut assez de pitié ou de
courage pour suivre, à travers Florence pesti-
férée, le corps de l'honnête et pudique Francesco
da Barberino, peut-être, tout en cheminant, a-t-il
médité le plan du *Décaméron* et, rentré au logis,
en a-t-il écrit la première page.

II

Cette page est bien lugubre. C'est la chronique
de la peste de 1348. Boccace la dédie « aux
dames compatissantes, *donne pietose*, » si souvent
invoquées par Dante en sa *Vita nuova*. Ne
cherchez point ici une fantaisie d'esprit raffiné,
atteint de *morbidezza*, la mélancolique ironie
d'un poète pessimiste épris des contrastes violents de la mort et de la vie, le charnier d'Ézé-
chiel ou le cimetière d'Hamlet. Non, l'idée de ce
Florentin, fils adoptif de Naples, est plus simple,
très méridionale et, je l'avoue, légèrement
païenne. Afin de la bien pénétrer, arrêtons-nous
un instant aux vigiles mortuaires du *Décaméron*.

Cette peste était le retour d'un accident familier. Dix fois par siècle, les navires marchands
et les caravanes de Venise, de Gênes, de Pise,
ramenaient à l'Italie et à l'Europe le fléau asiatique. Les symptômes et la marche de la maladie,
cent fois décrits, sont à peu près les mêmes,
depuis la peste d'Athènes racontée par Thucy-
dide, jusqu'à la peste de Milan, en 1576, et celle
de Marseille, en 1720. Dans chacune de ces
catastrophes, reparaît le même désarroi moral,

la fuite des peureux, la désertion des plus impé-
rieux devoirs, l'oubli de la famille, la trahison
des amis, les gens sages qui pèsent prudemment
leur manger et leur boire et jusqu'à l'air qu'ils
respirent et plongent le nez dans les drogues,
les parfums et les fleurs; les étourdis, qui se
jettent éperdument dans toutes les débauches;
les femmes, qui perdent toute pudeur; les
malades délaissés, l'avidité féroce des serviteurs.
Ici, quelques traits, pris sur le vif, accentuent
la peinture traditionnelle de la crise. Boccace
a vu, dans une rue de Florence, deux porcs
occupés à fouiller et à secouer des griffes et des
dents les haillons d'un mort; tout à coup ils
tournèrent, pris de vertige, sur eux-mêmes et
tombèrent morts. A peine quelques voisins osaient
accompagner les morts jusqu'à l'église. Les confréries « des nobles et distingués citoyens »
cédaient la place à d'immondes fossoyeurs qui
emportaient le cercueil à la course vers l'église
la plus voisine, précédés de quatre ou six clercs,
con poco lume, avec peu de cierges, et parfois
« sans aucun cierge. » Puis on précipitait la
triste dépouille à la première sépulture « inoc-
cupée » que l'on trouvait sur le chemin. Chaque
matin, le clergé recueillait, en passant, alignées
sur des tables, devant leurs maisons, des familles
entières. Deux clercs venaient-ils, avec une seule

croix, chercher un mort, en un clin d'œil ils se voyaient à la tête d'une procession de cercueils qui couraient sur leurs talons. Bientôt les cimetières regorgèrent d'habitants ; on creusa alors, près des églises, des fosses profondes où les corps étaient déposés « par couches, » à la façon des « marchandises dans la cale des navires, » recouverts de quelques poignées de terre, jusqu'à ce que la tombe fût comblée de cadavres. On mourait en foule dans la campagne, et les troupeaux, privés de leurs bergers, erraient le jour à travers champs et rentraient le soir d'eux-mêmes à la maison vide. A Florence et dans le *contado* florentin, plus de cent mille personnes moururent. « On déjeunait le matin, dit Boccace, avec ses parents et ses amis ; on soupait le soir avec ses ancêtres dans l'autre monde. »

Le noir archange passa sur la chrétienté entière, et le monde se crut arrivé à son dernier soir. Il mourut, selon certains chroniqueurs, soixante personnes sur cent. A Constantinople, on perdit le fils de l'empereur Andronicus ; en France, la reine et trois princes du sang ; à Florence, l'historien Jean Villani ; à Rome, sept cardinaux ; en Provence, la bien-aimée de Pétrarque, Laure, dont nous cherchons encore la tombe et le nom de famille.

Or, un mardi matin, se rencontraient, à l'issue

de la messe, dans la claire église de Santa-Maria-
Novella, à Florence, sept jeunes dames, en
grands habits de deuil, qui n'avaient nulle envie
de goûter de sitôt au banquet funèbre. La plus
âgée n'avait pas plus de vingt-huit ans, la plus
jeune moins de dix-huit. « Chacune d'elles était
sage et de noble race, belle et de mœurs pures
et d'une grâce honnête. » La doyenne de l'aimable cercle, Pampinea, prit la parole, et se fit
l'interprète des terreurs et des ennuis de ses
compagnes : « En vérité, on voit dans Florence
beaucoup trop d'enterrements ; les fossoyeurs et
les mauvais sujets y tiennent insolemment le haut
du pavé et chantent des chansons bien liber-
tines. Ici, dans l'église des dominicains, on ne
voit presque plus de frères, et il est fort triste de
penser que les autres sont morts. » Quand Pampinea rentre chez elle, elle ne trouve plus, de
toute sa maison, que sa femme de chambre, et
cette désolation lui « fait dresser les cheveux. »
Dans la rue, elle croit apercevoir « les pâles fantômes de ses amis morts. » « Nous serions bien
sottes, dit-elle, de séjourner plus longtemps dans
une ville où les nonnes elles-mêmes se rient de
la clôture et se donnent du bon temps. Notre vie
vaut autant que la vie d'autrui et elle ne tient
pas à nos corps par des liens plus solides que
chez les autres. Allons-nous-en donc ensemble à

la campagne, dans nos villas, afin de fuir à la
fois la mort et les mauvais exemples, et livrons-
nous à l'allégresse et au plaisir, en tout honneur,
bien entendu, et au grand air pur des champs,
des bois et de la mer. »

La très discrète Filomena répondit : « C'est
une sage pensée et nous ne demandons pas
mieux ; mais vous savez, mesdames, combien les
femmes sont malhabiles à tenir leur maison et à
se conduire en l'absence de tout homme. Nous
sommes mobiles, fantasques, soupçonneuses et
timides à l'excès. J'ai grand'peur que notre compagnie ne se brouille et ne se sépare bientôt. —
Cela est bien vrai, dit Élisa avec candeur, mais
comment faire pour emmener des cavaliers qui
nous protègent et nous conseillent dans notre
solitude ? »

Trois jeunes gens entraient, à l'heure même,
dans Santa-Maria-Novella, non pour y entendre
une messe basse, mais pour y retrouver leurs
dames, qui étaient parmi les sept Florentines.
On se fit la révérence, et Pampinea proposa aux
cavaliers de conduire l'exode féminin. Ils accep-
tèrent de bonne grâce, et le mercredi dès l'aurore, ce monde charmant s'enfuyait à deux milles
de la triste nécropole, dans une villa située sur
une colline, entourée d'un parc, de jardins et de
prairies. Les caves étaient fournies de vins pré-

cieux ; les vastes chambres, très fraîches, jon-
chées de fleurs et ornées de peintures riantes.
Pampinea fut élue reine du joli royaume et cou-
ronnée d'une guirlande de fleurs. Elle choisit ses
ministres et donna un règlement à la communauté. Après le repas du matin, on chantait, on
dansait, on errait dans les prairies ; puis, à l'heure
brûlante de midi, on se quittait pour la sieste ;
vers trois heures, on se réunissait de nouveau
sur un tapis d'herbes fleuries, et là, assis en
cercle, au souffle frais de la brise marine, au
chant lointain des cigales, pendant dix soirs
d'été, les cénobites de cette douce Thélème, les
dames comme les jeunes cavaliers, racontèrent
des histoires.

Ce *Prologue du Décaméron* est une grande
nouveauté. C'est un adieu au moyen âge, à l'ascétisme monacal, à la religion de la mort. Pour la
première fois, un écrivain proteste contre la tristesse séculaire des races chrétiennes. La mort
souveraine, invincible, méchante ; la mort consolatrice et maternelle, qui ouvre la porte de la vie
véritable ; la mort indifférente et fatale qui foule
aux pieds l'homme en sa fleur :

> Tout homme de la femme yssant,
> Rempli de misère et d'encombre,
> Ainsi que fleur tost finissant,
> Sort et puis fuyt comme fait l'umbre ;

l'Italie se détourne de la formidable vision, car
elle n'a pas le courage de l'envisager avec le
calme dédain des sages antiques, la résignation
et le respect des grands chrétiens, et la vie seule
lui semble bonne, la joie seule excellente et le
rire plus divin que les larmes. Elle se fait déjà
une conscience nouvelle, voluptueuse et légère.
L'enfer de son plus grand poète est un cauchemar
inquiétant qu'elle rejette pour toujours. Elle
revient à l'inspiration sensuelle des clercs errants
du temps jadis :

> *Fronde sub arboris amœna*
> *Suave est qüiescere,*
> *Suavius ludere in gramine*
> *Cum virgine speciosa.*

Le *Triomphe de la Mort*, de Pétrarque, qui est
sans doute d'une date plus récente que le *Décaméron*, se rattachera encore aux idées et aux
émotions d'autrefois. L'ombre de Laure morte dit
au poète : « Je suis vraiment vivante, et c'est toi
qui es mort et qui sera mort jusqu'à l'heure dernière qui t'enlèvera à la terre. La mort est la fin
d'une prison ténébreuse pour les âmes gentilles ;
pour les autres, qui ont mis leurs soins dans la
fange, elle est une douleur. »

Regardez maintenant, au Campo Santo de Pise,
le *Triomphe de la Mort*, qui est de l'école florentine d'Orcagna, et contemporain de Boccace. Au

dernier plan de la fresque, c'est encore la tradition macabre qui passera, hors d'Italie, aux
peuples austères et tristes, à Albert Dürer et à
Holbein. La mort, toute en noire, fauche pêle-
mêle les rois, les papes, les clercs, les abbesses,
et court à une retraite ombreuse où, sous les
orangers chargés de fruits d'or, autour desquels
voltigent des amours, des cavaliers et des dames
écoutent un concert de musique. Plus bas, dans
le désert farouche, les Pères ascétiques s'age-
nouillent et prient. Voilà pour le passé. Et voici,
au premier plan du tableau, le Verbe de la Renaissance. Une chevauchée brillante, jeunes seigneurs
et jeunes dames, est arrêtée brusquement par
trois sépulcres ouverts, par trois cadavres de rois
couronnés : l'un, livide et difforme, l'autre,
rongé des vers, le troisième, squelette décharné.
Le cortège se penche avec plus d'ennui que de
terreur vers la poussière humaine, et la contemple
avec des gestes de déplaisir plutôt que de pitié.
Mais n'en doutez pas, jeunes dames et jeunes seigneurs vont tourner bride, non point du côté des
Ermites qui jeûnent au désert, mais vers la lumi-
neuse villa florentine où les attendent, parmi les
myrtes et les buissons d'églantiers, les heureux
conteurs du *Décaméron* [1].

1. Dans une page charmante du vieux Salimbene, n'aper-
cevons-nous pas comme une esquisse du tableau de Boccace,

III

Si chacun de ces contes est une œuvre d'art, c'est qu'il répond à la vue profonde et périlleuse de la Renaissance sur la vie et le bonheur. Pour l'Italie nouvelle, la condition première du bonheur est la sérénité, telle que la voulait Épicure, la paix du cœur, la joie secrète d'une âme qui se sent supérieure aux accidents de la fortune,

les dames et les jeunes cavaliers conversant, chantant ou jouant du violon à l'ombre des treilles? A Pise, en 1229, on pouvait rencontrer d'aimables scènes telles que celle-ci, dont le chroniqueur, alors petit moinillon, fut le témoin. Il allait par la ville, en compagnie d'un frère quêteur, récoltant des croûtes de pain : « Une cour se présenta à nous et nous y entrâmes tous les deux. Une vigne feuillue était étendue sur toute cette cour, verdure délectable aux yeux, ombre suave pour la sieste. Là étaient des léopards et d'autres bêtes d'outre-mer, que nous regardâmes longtemps avec plaisir; car on voit volontiers des choses rares et belles. Il y avait aussi des jeunes filles et des jeunes garçons du même âge, que la beauté de leurs vêtements et la grâce de leurs figures rendaient très aimables. Tous, les garçons et les filles, avaient en mains des violes et cithares et d'autres instruments de musique, dont ils jouaient des airs très doux, accompagnés de gestes conve-nables. Il n'y avait aucun tumulte, personne ne parlait, tous écoutaient en grand silence. Leur chant était rare et beau, aussi bien par les paroles que par la variété des voix et le mode musical, et le cœur en recevait une joie infinie. Ils ne nous disaient rien et nous ne leur dîmes rien. Et tant que nous fûmes là, ils ne cessèrent point de chanter et de faire de la musique. Nous demeurâmes longtemps et nous eûmes bien de la peine à nous retirer. Comment cet appareil de fête s'offrit à nous, je l'ignore; nous ne l'avions jamais rencontré jusqu'alors, nous ne le revîmes jamais plus. »

6

aux misères de l'histoire, comme à ses passions
et à ses souffrances propres. L'homme paraît
alors le maître de sa destinée, comme le sculpteur
l'est de sa statue, et sa vie est véritablement digne
d'envie. Il est le maître même des angoisses de
son honneur, des révoltes de sa conscience. Il
peut aller droit, sans entrave ni scrupule, sans
miséricorde ni douceur, jusqu'à l'extrémité de ses
désirs, assouvir son orgueil et sa sensualité, tem-
pérer même par la froide sagesse les violences de
son égoïsme. Tels les grands virtuoses du xve et
du xvie siècle italien, capitaines, papes, condottières et tyrans, impassibles ouvriers d'une histoire tragique.

Ajoutez les artistes. L'artiste, lui aussi, est un
virtuose. Peintre, conteur, sculpteur ou poète, il
tient, en quelque sorte, son cœur dans sa main,
et il en règle toutes les ardeurs. Il aime, il sourit,
il pleure, il hait ou il adore à l'heure qu'il lui
plaît de choisir. S'il abaisse son regard sur les
choses humaines, il n'en jouit ou il n'en souffre
qu'autant qu'il lui convient. Les émotions qu'il
reçoit du spectacle du monde, celles mêmes qui
sortent de son âme, se transforment en un idéal
impersonnel, et son chant poétique est d'autant
plus sonore et pur que l'accent en est moins
intime. Il est le passant tranquille de Lucrèce
qui, du rocher où il se tient, contemple la tem-

pête et l'agonie des naufragés et prête l'oreille à
la clameur de l'ouragan. C'est au temps même où
Pétrarque se lamentait sur la ruine de l'Italie,
son inconsolable deuil, que Boccace écrivit le
Décaméron. Ici apparaît, pour la première fois,
la sérénité indifférente de la Renaissance, et de
Boccace à l'Arioste, comme dans l'œuvre des
peintres et des sculpteurs italiens, florentins,
lombards, romains ou vénitiens, à quel signe
soupçonnerait-on que ces écrivains et ces artistes
ont habité « l'hôtellerie de douleur, » sur laquelle
Dante avait appelé la pitié de la chrétienté, cette
Italie outragée et torturée par les grands virtuoses politiques dont je parlais tout à l'heure?
Un seul, peut-être, échappa à cette ataraxie
superbe : Michel-Ange. Il marqua d'une énigme
douloureuse les tombeaux inachevés des Médicis,
et imprima sur les murailles de la Sixtine quelques-unes des terreurs de son siècle. Mais son
siècle ne le comprit point, et le vieux Jules II,
dont l'âme était cependant très haute, quand on
lui montra les formidables prophètes d'Israël,
debout parmi des scènes d'exil, ne sut que mur-
murer d'un ton grondeur : « Il n'y a pas d'or
dans tout cela! »

Ce n'est pas le tout, pour l'artiste de Renaissance italienne, d'avoir assuré son cœur contre
le trouble ou la tristesse : il faut qu'il ait encore

la sympathie esthétique pour toutes les formes de
la vie, pour les sentiments qui ne sont pas les
siens, pour les passions contre l'assaut desquelles
il s'est fortifié, même pour les plus affligeants
épisodes de cette mêlée humaine d'où il s'est
retiré, et les ridicules et les faiblesses de sa race,
de sa cité et de son temps, dont il se persuade
qu'il est exempt. Quand il a reproduit la vie,
con amore, dans toute son énergie ou toute sa
grâce, l'œuvre d'art est accomplie. A l'artiste,
elle a donné la joie de la création, à nous, qui
feuilletons ces pages ou qui nous arrêtons en face
de ces tableaux, elle rend le plus délicat des plaisirs, l'évocation des hôtes familiers de notre
esprit ou de notre cœur, l'image de nos amours
ou de nos souffrances, la parodie de nos vices, la
mesure de notre petitesse, la glorification de nos
enthousiasmes, la clef de nos songes. Que nous
importe d'être les dupes de ces enchanteurs : ils
nous ont charmés et tout est bien. Certes, la plupart des peintres de la Renaissance ont été de
grands voluptueux; mais, quand ils peignaient
une *Madone*, une *Sainte Famille*, un *Ecce Homo*,
une *Crucifixion*, leur imagination, bercée par le
rêve mystique, s'était faite d'abord très chaste et
très pieuse, et, jusqu'aux jours de la décadence,
ils demeurèrent fidèles à la tradition de tendresse
et de respect que Giotto, Masaccio et Frà Ange-

lico avaient léguée à l'Italie. Je connais peu
d'œuvres plus chrétiennes et plus pathétiques
que la *Déposition* du Pérugin, qui est au palais
Pitti. Au delà des personnages évangéliques, age-
nouillés au premier plan autour de Jésus mort et
recueillis comme au pied d'un autel, la nature
elle-même s'est faite religieuse : elle semble
fêter, par la noblesse du paysage, la pureté du
ciel, la paix des collines azurées, par les eaux
transparentes et les prairies en fleurs, l'espoir de
la résurrection toute prochaine. Et cependant, le
maître ombrien, pénétré d'incrédulité florentine,
« n'eut aucune religion, dit Vasari, et l'on ne
réussit jamais à le persuader de l'immortalité de
l'âme; avec des paroles bien dignes de sa cervelle de granit, il refusa toujours obstinément la
bonne voie, il n'avait foi qu'aux biens terrestres. »

Tout ce que le récit comporte de vie, de mouvement, de couleur, toute l'illusion de réalité
qu'il peut donner au lecteur, se rencontre en
Boccace. Mais le réalisme florentin de la Renaissance répugne à toute vie grossière, à toute couleur crue. Quand les sept dames du *Décaméron*
ont entendu conter par l'un de leurs trois cavaliers quelque histoire un peu vive, elles rient et
rougissent tout à la fois et baissent un instant
leurs beaux yeux sur l'herbe émaillée de virgi-
nales pâquerettes; elles risquent volontiers, à

demi-voix, une remarque édifiante sur les périls
du péché ou la sottise des pauvres gens qui ont
péché sans élégance ni esprit. Forment-elles, dans
le secret de leurs consciences, de fermes propos
de vertu ou seulement de prudence? Je ne le crois
pas, car elles ne sont point là au sermon de la
paroisse Santa-Maria-Novella, et le conteur ne
s'est point proposé de leur aplanir la voie du
salut. Il n'a voulu que les divertir ou les émouvoir, même jusqu'aux soupirs et aux pleurs. Boccace fait, je le veux, semblant de moraliser au
préambule de ses *Nouvelles*; mais ce n'est guère
qu'une précaution littéraire, une façon de sous-
titre qu'il attache à ses contes, un catalogue rai-
sonné de ses peintures. Il promène la joyeuse
compagnie le long d'une galerie de tableaux très
différente, sans doute, d'une fresque d'église, où
les scènes pathétiques s'entremêlent aux scènes
plaisantes, mais où celles-ci, grâce à certains arti-
fices de clair-obscur, ou même au voile léger que
l'écrivain y jette, à l'occasion, d'une main fort
adroite, se dérobent à temps pour n'être point
choquantes. L'admirable artiste n'a point affaire
à de petites nonnes envolées par-dessus les murs
de leur couvent, mais à des femmes de « grande
valeur » et d'esprit cultivé, *valorose donne*, et bien
charmantes aussi, *vaghe donne*, — mariées, veuves
ou jeunes filles, il ne nous l'a pas dit, — qu'aucun

mystère, aucune singularité de la vie n'étonne beaucoup, et qui tiennent néanmoins aux délicatesses et aux demi-pudeurs d'une civilisation déjà très raffinée. La musique italienne, la musique sensuelle les caresse sans les troubler, mais elles aiment que certains airs soient joués en sourdine. Or jamais chef d'orchestre ne sut, mieux que Boccace, adoucir à propos l'éclat strident de ses cuivres et le chant ironique de ses violons.

IV

La Renaissance des Italiens se distingue essentiellement de la nôtre en ceci surtout qu'elle ne marque point un saut brusque, une révolution hâtive dans l'ensemble de la vie intellectuelle et de la civilisation. Chez nous, la langue, la littérature, les arts et les mœurs se sont détachés et éloignés du moyen âge avec une étonnante rapidité. Entre Villon et Ronsard, Commines et Montaigne, Louis XI et François Ier, il semble que deux siècles au moins se sont écoulés. Le dernier représentant du vieux goût français, du symbolisme médiéval et de la vieille langue populaire, Rabelais, paraît, au milieu des cardinaux et des beaux esprits de la cour de Henri II, comme un survivant attardé de cet âge gothique dont il avait déploré la barbarie et l'*infélicité*. Le contact subit de l'Italie et de l'humanisme, en très peu d'années, mûrit et transforma le génie français. Pour l'Italie, l'évolution avait été autrement plus lente et plus conforme à la nature. C'est par transition imperceptible qu'elle alla de Giotto à Raphaël et au Corrège, des premiers sculpteurs de Pise à Donatello et à Cellini.

La littérature présente un développement tout pareil. Nos souvenirs chevaleresques, les romans de la Table-Ronde, les *matières* de France et de Bretagne, recueillies, dès la fin du xiiᵉ siècle, dans la vallée du Pô et la Marche de Trévise, reparaissaient bientôt en des poèmes de langue franco-italienne, puis d'italien pur, tels que la *Spagna* et les nombreux *Aspromonte* des xivᵉ et xvᵉ siècles. Dans le même temps, en Toscane, la *matière* de France se confond avec les fictions du cycle d'Artus, s'enrichit du merveilleux, des aventures amoureuses, de la grande liberté d'invention de la Table-Ronde. Chansons de geste et romans passent en une multitude de compilations rimées et d'ouvrages de prose; de ces derniers, au début du xivᵉ siècle, les *Reali di Francia* sont le type réellement populaire, et, à la fois, le prologue de toute une littérature où l'amour altère de plus en plus le caractère primitif des héros

carolingiens : Charlemagne, Renauld de Mon-
tauban, Milon d'Anglante perdent tous la tête
par amour, et, de moins en moins, les écrivains
prennent au sérieux ces hauts personnages : le
poème héroï-comique, découpé en octaves,
rehaussé d'épisodes miraculeux, plaisants ou tragiques, était né : Pulci et Bojardo lui impriment,
vers la fin du xvᵉ siècle, sa forme définitive, élégante et très rythmée. Moins d'un demi-siècle
plus tard, l'Arioste lisait à la cour de Ferrare
son *Orlando furioso*, l'œuvre exquise de la
Renaissance italienne. Durant plus de trois cents
ans l'Italie avait entendu chanter les exploits et
les amours et « la grande bonté des chevaliers
antiques; » les sources françaises, descendues
des Alpes, s'étaient lentement rejointes et se
perdaient enfin en un fleuve magnifique; mais
les derniers poètes gardaient toujours la mémoire
des lointaines origines chevaleresques de leurs
contes; Bojardo disait, tout comme l'Arioste :

> *Ed io cantando torno alla memoria*
> *De le prodezze de' tempi passati.*

De même que la peinture italienne avait maintenu,
en des formes de plus en plus belles et colorées,
l'inspiration mystique de la vieille foi, la littérature revêtit de fictions de plus en plus riantes ou
voluptueuses les traditions du monde féodal. Le

moyen âge avait donné la fleur ; la Renaissance, en son âge d'or, recueillit le fruit.

Le conte florentin ne connut pas d'autre loi de croissance. Boccace, au milieu du xive siècle, nous fait voir l'éclosion d'un art nouveau qui tient encore, par ses racines les plus profondes, à l'art du moyen âge. L'ironie de nos trouvères reparaît en lui ; mais l'ironie des conteurs français, quand elle s'adresse, par exemple, à l'Église, est enfantine, superficielle et fuyante : elle atteint çà et là quelque pauvre moine, quelque *prouvère* de campagne, engagés en un mauvais pas ; elle se permet, dans le *Roman de Renard,* quelque léger sacrilège : elle recule en face des graves infirmités morales contre lesquelles tonnaient les docteurs et les ascètes ; elle n'ose effleurer l'ombre même du dogme. Elle a beau se complaire à la satire ecclésiastique, ce sont toujours de joyeuses et inoffensives histoires de clercs en gaieté : *Saint Pierre et le Jongleur, le Vilain qui gagna Paradis en plaidant le Testament de l'Ane.* L'évêque est entré en fureur contre un bon curé qui a enterré son âne en terre chrétienne. Le curé apporte au prélat vingt livres que le laborieux animal a épargnés en vingt ans :

> Pour ce qu'il soit d'Enfer délivrez
> Les vos laisse en son testament.

« Que Dieu lui pardonne ses péchés, » répond
l'évêque, avec une mansuétude d'héritier :

Li asnes remest crestiens.

Chez Boccace — qu'encouragent les étonnantes audaces de Dante, les railleries prodiguées
par Pétrarque à l'Église d'Avignon, — l'ironie
est très libre, très consciente, encouragée par la
tradition de cet épicurisme florentin que Villani
signale dès le xie siècle, affermie en outre par les
sentiments nouveaux, pénétrés de rationalisme,
qui viennent des lettres païennes et cette indifférence croissante pour la religion des œuvres
qui éloignait peu à peu l'Italie de la pratique
chrétienne.

Boccace tire beaucoup de contes de l'immense
et séculaire trésor du conte universel ; mais il y
mêle aussi les aventures recueillies dans Florence
et les histoires, très souvent véritables, qui amu-
saient la cour de Robert d'Anjou, histoires
napolitaines, siciliennes, grecques, orientales,
africaines. Parfois, il se contente d'un motif
assez vague de moralité déjà traité par quelque
écrivain du moyen âge et le vivifie en le trans-
plantant sur la terre italienne. Ainsi, pour le
conte du *Trompeur trompé*, qui était aux *Gesta
Romanorum*, dans la *Disciplina Clericalis* et le
Castoiement d'un père à son fils. Le récit des

compilateurs scolastiques est d'une sécheresse admirable. Un soldat a confié mille talents à un vieillard. Celui-ci, plus tard, nie le dépôt. Une vieille s'offre à aider le soldat. Elle remplit de pierres dix vases de belle apparence, soigneusement clos. Puis elle se présente au vieillard, suivie d'un esclave portant l'un de ces vases. « Un étranger, dit-elle, voudrait vous confier toutes ses richesses, enfermées en dix amphores, dont voici la première. » Au même instant, entre, comme par hasard, le soldat, qui réclame encore son argent. L'usurier n'ose, cette fois, l'éconduire, dans la crainte de manquer l'autre affaire. Il lui rend ses talents. « Bien le bonjour, lui dit la vieille : cet homme et moi, nous allons chercher le reste des richesses. Attendez notre retour. » L'usurier attend encore.

Mille récits analogues ont dû courir à travers le moyen âge. En Italie, pays des changeurs, des *Lombards*, des prêteurs aux longues griffes et des esprits subtils, celui-ci parut assurément savoureux et fit fortune. Mais Boccace enlèvera ces masques inertes : des personnes bien vivantes, dont nous croirons reconnaître le visage et les mœurs, remplaceront les figures abstraites de tout à l'heure. Et l'action se passera *quelque part*, parmi des décors bien appropriés. Un jeune Florentin, Nicolò Salabaetto, « blond et très

aimable, » a remis aux douaniers de Palerme des
draps de laine, valant cinq cents florins d'or,
qu'il rapporte de la foire de Salerne. Une *bar-
bière*, c'est-à-dire une de ces dames aux paroles
de miel, qui s'entendent à merveille à raser leurs
clients et à prendre aux trop jeunes marchands
« leur navire, leur chair et leurs os, » Madonna
Jancofiore, jette son dévolu sur Nicolò. Elle lui
dépêche une vieille professionnelle, qui porte au
Florentin, « avec des larmes dans les yeux, » un
message, un anneau d'or et l'invitation à visiter
Jancofiore dans une maison de bains. Nicolò ne
se tient plus de joie et s'empresse d'accourir au
rendez-vous. C'était un bain de vapeur, et aucune
des cérémonies accoutumées, mousse de savon,
parfums de roses, aromates suaves, confitures,
vins siciliens, ne fut oubliée. Salabaetto « se
croyait en paradis. » Le soir, rencontre nouvelle
à la maison de la dame, souper en tête à tête,
dans un appartement luxueux, long rêve de
volupté. Au matin, le jeune Florentin reçoit en
cadeau, sans embarras, une bourse pleine de florins. Salabaetto n'avait pas perdu son temps.
Tout lui souriait : dans la journée même, il vendit
ses marchandises avec un gros bénéfice. Aussi
Jancofiore était, chaque soir, plus aimante. Un
jour, elle fond en larmes et conte une histoire à
frémir. Un sien frère, qui réside à Messine, lui

demande sur-le-champ mille florins d'or, faute
desquels on lui couperait la tête. Si la dame avait
seulement quinze jours devant les mains, elle
vendrait un de ses nombreux et riches domaines.
Mais le temps presse horriblement. Et de san-
gloter de plus belle et de s'évanouir. Salabaetto
n'hésite pas à offrir tout ce qu'il possède, ses
cinq cents bons florins d'or. Il les donne en vrai
chevalier, sans témoin ni écrit. Dès lors, brusque
changement à vue de la scène. L'amour s'envole.
La porte de la belle se ferme quotidiennement
au nez de l'amoureux. Il finit par comprendre
son malheur. Notre Florentin va se confesser à
Naples à un sien ami, homme *di sottile ingenio*,
Canigiano, trésorier de l'impératrice de Constantinople, un Florentin aiguisé de byzantinisme,
qui lui répond : « Tu as eu tort, tu as désobéi à
tes patrons, tu as jeté ton argent par la fenêtre,
pour le plaisir seulement. » Les deux compères
inventent alors une bonne ruse. Nicolò retourne
à Palerme, avec une pacotille de fausses marchandises, ballots et tonneaux d'huile, simples
chiffons et pure eau de mer, qu'il livre à la
douane et fait inscrire pour plus de 2 000 florins
d'or. Vous devinez la suite. Jancofiore, trompée
par le stratagème, se réconcilie avec son amant
et lui rend tout d'abord les 500 florins. A quelques jours de là, le malicieux personnage feint

une grande mélancolie. Un navire qui lui apportait, dit-il, pour 3 000 florins de marchandises, a
été pris par les corsaires de Monaco et ceux-ci
lui demandent, pour sa part de rachat, 1 000 florins. La dame les emprunte à un usurier, qui
reçoit en gage tout un magasin de la douane
palermitaine, avec toutes ses clefs et tous ses
rats. Salabaetto saute sur le premier navire en
partance pour Naples, emportant 1 500 florins
dans sa ceinture. Le tour était joué. L'histoire
archaïque du soldat, du vieux fripon et de la
bonne vieille, encore visible ici en ses lignes
élémentaires, n'était qu'une maigre et raide figu-
rine d'argile. La *nouvelle* de Boccace est une
ciselure de bronze florentin, fouillée en toutes
sortes de détails, spirituelle, complexe et touffue
comme une œuvre de Cellini.

V

De même pour tous les récits du *Décaméron*
empruntés aux fabliaux de France. Il y en a,
selon M. Bartoli, une vingtaine, qui roulent sur
le thème éternel de la sottise humaine dupée,
bafouée, des libertins pris au piège de leurs con-
voitises, du triomphe des habiles, des femmes

surtout. Le docte Victor le Clerc, à la suite de
Le Grand d'Aussy, Barbazan, du Méril, se per-
suada que Boccace avait arrangé et retouché les
ouvrages de nos trouvères d'une façon assez
fidèle pour que le mérite de la plus grande
invention leur demeurât acquis. Moins de naïveté,
une sensualité plus délicate et plus inquiétante,
une langue plus fine, telle serait, pour le vénérable érudit, toute la différence. Le *Décaméron*
ne serait ainsi qu'un « écho. » En vérité, il l'est
à la manière de La Fontaine « mettant en vers »
les fables d'Esope, si loin d'ailleurs que ce pauvre
sire soit de nos plaisants vieux conteurs. Ceux-ci,
Rutebeuf, Eustache d'Amiens, Jean de Condé,
Raoul de Houdun, inventent le canevas de farces
excellentes, mais le rôle joué par leurs personnages est d'une simplicité extrême. Ils ressemblent à des marionnettes dont les deux profils
porteraient chacun une grimace immobile : d'un
côté, la malice, la gaieté libertine, la convoitise
ardente, de l'autre, la déconvenue, le dépit
comique. Le geste de ces *pupazzi* est immuable,
l'allure toute mécanique est légèrement gauche.
L'action se déroule à travers les incidents d'une
fourberie souvent bien triviale, d'une escapade
d'amour parfois bien grossière : mais dès le début
de la fable on aperçoit sans peine toute la suite
de l'action. Les figures qui s'y meuvent nous

montreront peut-être tour à tour les deux faces
de leur profil; mais les héros du trouvère ne sau-
ront pas changer prestement le cours de l'intrigue, retourner la farce à leur avantage, ajouter
au drame un acte imprévu, entraîner en des sens
opposés la troupe des rieurs. La contre-intrigue
des fabliaux, si elle ose se dessiner, ne le fait
guère que par quelque tirade de morale fort honnête, mais assez puérile, quelque jeu de scène
très rapide, puis le rideau tombe, et, déjà, les
rieurs ne riaient plus.

Je prends deux fabliaux fameux, le *Cuvier* et
le *Chevalier qui fist sa femme confesse*, dont
Boccace s'est certainement souvenu dans le conte
de *Peronella qui met son amant en tonneau* et
celui du *Jaloux qui en forme de prêtre confessa
sa femme*. Sur le mince canevas du trouvère il
a su broder une tapisserie très riche, une comédie
vivante sur la farce gothique.

Notre *Cuvier* tiendrait en quatre lignes. Un
marchand voyageait pour ses affaires, loin de
son logis,

> En sa meson lessoit sa femme,
> Qui de son ostel estoit Dame.

Un clerc aussi y était maître et seigneur, en
l'absence du marchand. Un jour, comme « ils se
déduisoient, » le mari revient inopinément « de
Provins » avec trois autres marchands. Fâcheuse

7

surprise! La dame n'a que le temps de cacher
son clerc sous un cuvier. Le mari demande
« soupe au vin » et, sans malice aucune, met
lui-même la nappe sur la cuve. Les quatre compères festinent, au grand ennui du pauvre clerc,

> Qui ne menoit pas grand feste,
> Qu'il li menjuent sur la teste.

Or, le cuvier était le bien d'une voisine qui,
ayant besoin de l'ustensile, le fait quérir par sa
« meschine. » Le marchand ordonne qu'on le
rende sur l'heure. C'était découvrir le pot aux
roses. La bourgeoise renvoie à sa commère une
réponse entortillée où celle-ci entrevoit toute
la vérité. Compatissante autant que madrée, elle
appelle « un ribaud » qui passait « enmi la rue, »
et lui promet quelques liards s'il crie : « Au feu! »
de tous ses poumons. Le ribaud crie; les quatre
marchands, emportés par l'horreur naturelle
aux bourgeois pour l'incendie,

> Trestuit ensemble au cri saillirent.

A peine ont-ils tourné le dos, que la dame
soulève la cuve et fait évader le clerc

> Qui n'ot cure de plus atendre.

Mais la farce du cuvier a manqué ses plus plaisants effets. La complication comique échappe
au trouvère : ses personnages vont à tâtons,

sans s'affronter ni se mesurer entre eux. Le clerc,
une fois escamoté, ne compte plus et son rôle
disparaît. La bourgeoise est comme assommée
par le retour imprévu du marchand; le stratagème d'une voisine l'empêche seul de se noyer
sans s'être débattue : le mari n'a point l'occasion
même d'une ombre de jalousie. Il est trompé
et fort peu ridicule. Ces trois rôles imparfaits
sont repris et, pour ainsi dire, renversés par
Boccace.

C'est à Naples, en une rue écartée, déserte,
que se place l'aventure. Peronella, fileuse de
son métier, femme d'un pauvre maçon, reçoit
les hommages d'un joli jeune homme, Giannello,
qui lui rend visite chaque fois que le mari s'est
éloigné pour son travail. Un matin, celui-ci
revient sur ses pas et trouve porte close : « Béni
soit Dieu, dit-il, qui m'a donné une femme si
fidèle ! » Il frappe, et Peronella fait entrer
l'amant dans un tonneau. Puis, elle ouvre et
accueille son mari par une scène où se rencontrent les principaux ingrédients d'une bonne
querelle de ménage. Pourquoi rentre-t-il ses
outils à la main? Deviendrait-il paresseux? Comment mangera-t-on demain à la maison? Devra-
t-elle mettre ses jupons en gage? En vérité elle
se tue au travail, elle use ses doigts « pour
mettre de l'huile dans la lampe. » Toutes les voi-

sines s'apitoient sur elle ou s'en moquent. Puis
des larmes. Ah! que n'imite-t-elle la conduite
de toutes les autres qui ont deux ou trois amoureux et « font voir à leurs maris la lune pour le
soleil! » Et cela lui serait si facile! Elle est trop
bonne et trop sage. On lui a offert déjà de l'argent, des bijoux. Mais non, elle est de nature
tout à fait vertueuse. Enfin, pourquoi rentre-t-il
ce jour-là sans avoir travaillé?

Le bonhomme, une fois l'averse tombée,
répond : « C'est aujourd'hui la Saint-Galéon,
jour férié. » Mais il n'a pas perdu son temps, on
aura du pain à la maison pour plus d'un mois.
Il vient de conclure un marché d'or; il a vendu,
au prix de cinq sequins, ce gros tonneau qui
encombre le logis. L'acheteur le suit de près
pour emporter sa marchandise. « Cinq sequins,
réplique Peronella, tu es un sot; moi, pauvre
petite femme, *feminella*, je l'ai tout à l'heure
vendu sept sequins à un brave homme qui entrait
dedans pour l'examiner de plus près juste au
moment où tu as frappé à la porte. » Le maçon
renvoie le vrai acheteur; Giannello sort du tonneau et se plaint de la lie qui y demeure attachée.
« Qu'à cela ne tienne, dit Peronella, mon mari
va s'y mettre à son tour, afin de le bien nettoyer. » Le maçon retire sa jaquette, allume une
chandelle, prend un grattoir, descend dans la

fûtaille et la gratte en conscience. L'opération
est assez longue, à la grande joie des deux traîtres, qui, eux aussi, ne perdent point leur temps.
Puis Giannello emporte son tonneau et Peronella
embourse les sept sequins. Et rien ne manque
plus ce jour-là à la félicité des trois personnages.

La donnée du *Chevalier qui fist sa femme
confesse* n'est pas moins simple que celle du
Cuvier. La dame, étant tombée malade, prie son
mari de lui amener, pour la confesser, un moine,
très saint hommé, dont le couvent n'est pas fort
éloigné. Le chevalier, tout en chevauchant,

> Et de sa fame moult pensant,

songe qu'un moyen sûr de savoir

> S'ele est tant bone com l'en dit

est de faire lui-même le confesseur. L'abbé du
couvent, léger de scrupules canoniques, lui prête
robe et capuchon ; le chevalier

> Bien s'enbroncha au chaperon

et ainsi chaperonné s'assit au chevet de son
épouse qui

> De son seignor ne connut mie,

car la chambre était fort obscure, et le malin sire

> Sa parole entrechanjoit.

Mais la confession fut amère au chevalier. La dame ne lui cela aucune de ses nombreuses infidélités : elle a aimé ses pages et aussi certain neveu de son seigneur, cinq années de suite. Le faux confesseur boit l'aigre calice avec une bonne contenance, absout la pénitente, et s'en va tout mélancolique et méditant sa vengeance. A quelques jours de là, tout à coup, il accabla la dame d'injures si précises qu'elle vit clairement

> Que il l'eust fete confesse.

Elle ne perd point la tête. « Je savais bien que le moine, c'était vous ! »

> Ha! mauvès home traitier,
> Tu pris l'habit d'Ermitier
> Por moi prover à desloial;
>
> . . . .
> Moult ne poyse par Saint Symon,
> Que ne vous pris au chaperon,
> Ne que ne vous deschirai tout.

Que ne lui a-t-elle conté de plus gros péchés encore, afin de le mieux punir de sa félonie! Mais c'est fini, et pour toujours, entre elle et lui :

> Je ne vous dois jamais amer.

Au fond, l'aventure est plutôt triste. Le chevalier a commis un sacrilège, par la raison que sa femme s'est confessée de bonne foi. Celle-ci ne lui pardonnera jamais sa supercherie. C'est

en mentant qu'elle réussit à sauver à peu près
son honneur. Le mari se voit odieux et se sent
stupide. Et voilà une maison troublée pour toujours. Les compères du pays, qui n'ont pas le
goût difficile, seront seuls à s'amuser de ce
drame féodal :

> Granz risées et granz gabois
> En firent en Bessinois.

Boccace va réparer le point faible du fabliau.
Il y met l'idée joyeuse que le trouvère n'avait
point su imaginer et qui éclairera tout le conte
italien : la femme, avant de s'agenouiller au confessionnal, avait reconnu les traits et la voix de
son mari. Ce n'est plus alors qu'une confession
pour rire. Il a voulu la tromper et c'est elle qui
le trompera et sur l'heure, allégrement, avec
une mine confite et des soupirs de contrition :
par un faux aveu elle l'obligera à se faire l'innocent complice de sa rusée pénitente et l'artisan
de sa propre infortune conjugale. Il était jaloux
avec excès, ce riche marchand de Rimini; sa
femme était belle, fort éveillée, et il ne lui per
mettait point, à la maison, de regarder par la
fenêtre. Il avait lu certainement son Francesco
da Barberino, et le mettait à profit. Pour distraire
son ennui, la recluse élargit une fente de la
muraille et communique bientôt en paroles avec

un jeune et aimable voisin. Mais comment recevoir Philippe en ses appartements? Cependant, la fête de Noël approchait, la *Pasqua di Natale*. Elle demande au marchand la permission de se rendre à l'église afin de s'y confesser « et d'y communier, comme font les bons chrétiens. » Notre jaloux est fort troublé par cette pieuse requête. Sa femme a donc des péchés sur la conscience? S'il pouvait en recevoir lui-même la confidence! « Vous n'irez qu'à notre chapelle et ne prendrez que notre aumônier ou tel autre prêtre qu'il vous donnera pour vous entendre. » « La dame comprit alors *à moitié*. » Le matin de Noël, à l'aurore, elle se rend à l'église où se trouve la chapelle patrimoniale de son mari. Celui-ci l'y avait devancée, et, d'accord avec l'aumônier, déguisé en prêtre, la tête dans un vaste capuchon serré aux joues, il attendait, assis au chœur. Il tenait des cailloux dans sa bouche, afin de changer sa voix. L'aumônier, son complice, le montre dans l'ombre comme le confesseur du jour, et la dame, qui achève aussitôt de comprendre : « C'est bien, dit-elle, je vais lui donner ce qu'il est venu chercher. »

Elle le lui donne, en effet, et très libéralement. « Mon Père, j'aime un prêtre qui, chaque nuit, vient chez moi. C'est un vrai sorcier : il ouvre les serrures rien qu'en les touchant et quant à

mon mari, il l'endort par des paroles magiques. »
Le confesseur, très déconfit, furieux, gronde,
tempête, refuse l'absolution, menace des feux de
l'enfer. Il promet néanmoins de prier pour cette
âme en perdition, impose la pénitence et sort du
saint réduit *soffiando*, en soufflant de rage mal
étouffée. Elle, très calme, « se releva et alla
entendre la messe. »

Les époux se retrouvent à la maison, le mari,
farouche, la femme, heureuse de voir, sur le
visage de son seigneur, « quelle mauvaise Pâques
elle lui avait donnée. » Le soir venu il feint
d'aller dîner en ville; mais il se cache, entouré
d'un véritable arsenal, dans une chambre du
rez-de-chaussée, attendant le prêtre nocturne,
décidé à le massacrer sur place. La femme
avertit le jouvenceau qui promet de descendre
chez elle par le chemin du toit. Philippe tient
scrupuleusement sa promesse et le marchand de
Rimini veille toute cette nuit, l'oreille au guet,
transi de froid, écrasé de sommeil. Plusieurs
nuits se passent ainsi, le mari, à demi gelé et
terrible, au pied de l'escalier, Philippe se cou-
lant par une lucarne et la pénitente très peu soucieuse des flammes de l'enfer. La colère du jaloux
finit par faire explosion. « Le nom du prêtre! »
crie-t-il sottement. Elle lui rit au nez. L'inévi-
table explication tourne à la confusion du jaloux.

« Tu n'es qu'une bête, qui ne mérites point une femme aussi sage et vertueuse que moi. Oui, j'aime un prêtre et bien à tort, car c'est toi-même, prêtre postiche. Reviens à toi : prends garde qu'on ne se gausse à tes dépens et renonce à cette veillée « solennelle » de chaque nuit : je te le jure, si je voulais te tromper, cela ne me serait pas difficile et tu ne t'en douterais pas. » La leçon était dure; elle fut efficace. L'époux se guérit comme par enchantement de ses soupçons trop fondés; Philippe n'eut plus à courir sur les toits « à la façon des chats, » car la maison lui fut ouverte et la bonne dame mena désormais la vie la plus libre et la plus joyeuse du monde.

VI

Retrouver, chez nos vieux conteurs, quelques sources du *Décaméron*, est une œuvre facile. Poursuivre, dans les entrailles du passé, la source première d'un conte, en marquer l'apparition et les circuits, en décrire les affluents, est un travail plus délicat où excellent plusieurs critiques contemporains, en France comme à l'étranger. Mais quand l'historien a noté les étapes d'une vision romanesque à travers le

temps et l'espace, tout a-t-il été dit? Ne peut-on
encore signaler, en quelque sorte, l'état moral
de la question, je veux dire les conditions déter-
minantes de la forme décisive d'un conte, laquelle
n'est point sans doute le résultat d'un pur
caprice de l'écrivain, mais doit répondre au goût,
par conséquent aux mœurs d'une certaine heure,
à l'émotion d'un siècle, aux prédilections intel-
lectuelles d'une cité ou d'une province? J'aimerais à tenter cette expérience sur un conte
étrange de Boccace, la huitième nouvelle de la
cinquième journée du *Décaméron*, qui semble
un épisode digne de *la Divine Comédie*, où figurent deux damnés échappés de l'enfer pour l'édification des humains et la terreur des demoiselles
trop orgueilleuses.

Un jeune gentilhomme de Ravenne, Nastagio
degli Onesti, riche, aimable, soupirait pour une
jeune fille de la famille Traversari. Il soupirait
en vain, se ruinait follement. La charmante
enfant prenait ses cadeaux et refusait son cœur.
Nastagio, désespéré, se retire dans la *Pineta* de
Ravenne. Le voilà ermite. Un jour, comme il
erre, tout pensif, dans la forêt, il entend le cri
de détresse et la lamentation aiguë d'une femme
et voit bientôt, courant vers lui, une jeune fille
nue, les cheveux en désordre, que poursuivent
deux dogues; le corps de la malheureuse, déchiré

par les ronces, est déjà tout sanglant : plus loin, monté sur un cheval noir, le visage sombre, irrité, tenant à la main un poignard, apparaît un cavalier vêtu de noir. Le bon Nastagio s'élance pour secourir la jeune femme ; le cavalier l'arrête en lui contant la chose la plus imprévue : « J'aimais cette femme, Nastagio, comme tu aimes la fille des Traversari. Elle m'a repoussé et désespéré. Je me suis tué. L'enfer m'a pris. Elle-même, mourant bientôt sans s'être repentie de sa malice, m'a rejoint en enfer. Chaque jour, je lui fais la chasse sur la terre, tantôt en un lieu, tantôt en un autre. Chaque vendredi, c'est ici, dans la *Pineta*, que je me venge. Laisse-moi faire, Nastagio, et regarde. » Le noir chasseur a rejoint la malheureuse. Mordue par les deux dogues, elle tombe la face contre terre. Le cavalier descend de cheval, d'un coup de poignard ouvre le flanc de la jeune fille, arrache le cœur et les entrailles et les jette à ses chiens qui dévorent l'affreuse dépouille. Mais voici la merveille de l'histoire : tout à coup, le lamentable débris humain se ranime, se redresse, et la damnée, intacte et rapide, s'enfuit à travers les pins du côté de la mer. Le cavalier et les chiens reprennent derrière elle leur course furibonde et disparaissent dans le désert mélancolique de Saint-Apollinaire-in-Classe.

Alors l'ingénieux Nastagio songe à mettre au
service de son amour la macabre aventure. Il
invite pour le prochain vendredi, à un banquet
champêtre, la famille Traversari, l'altière don-
zelle, sa mère, toutes les femmes, tous les cavaliers de cette hautaine lignée. Il fait asseoir sa
belle au bon endroit, en face de l'avenue par
laquelle déboucheront les hôtes de l'enfer. Bientôt
on entend venir la chevauchée fantastique; la fille
nue, la chevelure au vent, éplorée, sanglante,
appelle à son aide, implore miséricorde. Les
invités de Nastagio se lèvent pour la secourir. Le
chasseur infernal les arrête par le même discours. La scène de carnage atroce se renouvelle;
puis les lambeaux de la victime ressuscitent et
les deux spectres se tournent vers la mer et s'en-
gouffrent dans la brume.

Vous devinez la suite de cette histoire. La
jeune Traversari, fort émue, et qui craint l'enfer
comme le feu, le soir même de ce vendredi, fait
savoir à Nastagio qu'elle est toute à sa disposition. Deux jours plus tard, le mariage était
célébré. Et, depuis ce temps, ajoute Boccace,
jamais plus les dames de Ravenne ne furent
cruelles.

D'où vient cette lugubre imagination? Les
deux maisons des Traversari et des Anastagi
(c'est à celle-ci qu'appartient le chasseur démo-

niaque) sont mentionnées par Dante au quator-
zième chant du *Purgatoire*. Nous sommes donc
en présence d'une légende ravennate. De cette
légende, on a recherché les éléments essentiels.
Les premiers commentateurs méthodiques du
Décaméron ont cru en découvrir l'inspiration
initiale dans les récits attribués par Vincent de
Beauvais à un cistercien du xii° siècle, Elinandus,
camérier de l'archevêque de Reims. Un charbon-
nier vit, une nuit, accourir à lui une femme nue,
suivie d'un cavalier monté sur un cheval noir. La
femme, percée d'un coup de glaive, fut jetée par
l'homme dans la fosse ardente du charbon. Puis,
retirée vivante du bûcher et mise en selle, elle
disparut avec le chasseur. La scène se renouvela
plusieurs nuits de suite. Le comte de la région
voulut être témoin du spectacle. Il interrogea le
cavalier. Ici, une différence sensible distingue la
légende de Vincent de Beauvais du conte de
Boccace. Les deux personnages sont non des
damnés, mais des âmes du purgatoire, qui demandent des messes.

Le prodige de la ruine humaine qui renaît
pour de nouvelles souffrances répondait aux
préoccupations théologiques du temps. Comment
expliquer que le feu de l'enfer, qui doit anéantir
ce qu'il touche, ne détruit pas le damné, mettant
ainsi lui-même fin au supplice? Saint Augustin

avait jadis médité sur ce problème de physique
surnaturelle. Dante en avait donné une solution
aussi franche que celle de Vincent de Beauvais.
Ses voleurs, piqués à la nuque par des serpents,
s'évanouissent en une poignée de cendres qui se
reforment aussitôt et reprennent la structure
humaine. Cependant les vieilles légendes mona-
cales ne sauraient nous satisfaire à l'égard de la
figure caractéristique du conte, le chasseur. Il
est difficile de ne point entrevoir, dans la nouvelle florentine, le fantôme mythique du poly-
théisme scandinave et germanique, le chasseur
infernal, originairement Wuotan ou Odin, qui
poursuit, dans la forêt et sur la lande, l'humble
gibier des femmes, ou plutôt des femelles sauvages vivant dans la mousse et sous la feuillée.
On sait que l'effrayant cavalier prit maintes fois
la figure d'un personnage historique. La supersti-
tion populaire l'identifiait avec les hommes dont
le souvenir demeurait, tantôt douloureux, tantôt
grandiose. Or, Théodoric, le grand roi gothique,
le roi de Ravenne, Théodoric dont le tombeau
fastueux se dresse encore dans la solitude de la
Pineta, parut, à son tour, jouer le rôle funèbre
du chasseur légendaire. L'hypothèse de M. Adolfo
Bartoli, Théodoric inconsciemment repris par
Boccace, me paraît bien confirmée par les traditions que groupa le passé autour de ce nom glo-

rieux, et que M. Artur Graf a recueillies en son
livre sur *Rome dans la mémoire et l'imagination
du moyen âge*. Théodoric, qui fut arien et fit
périr de misère, au fond d'un cachot, le pape
Jean Ier, passa naturellement pour damné. Un
ermite le vit jeter dans le volcan de Lipari par
ce même Pape, rancunier, quoique bienheureux.
Dès lors, le roi maudit chevaucha à travers son
ancien royaume, éternellement. Selon la *Vilkina
Saga*, c'est le diable en personne, sous la forme
d'un énorme cheval noir, qui l'emporte; un
vieux poème allemand sur la cour d'Attila le
montre dans le désert de *Rumeney*, c'est-à-dire
de Romagne, bataillant contre les serpents. A
Vérone, enfin, on le regardait comme le fils de
Satan. C'est à lui qu'on attribuait la construction
de l'amphithéâtre romain. Jean de Vérone écrit,
en son *Historia imperialis* : « Son père le diable
lui donna un cheval et des chiens : Théodoric,
joyeux, sortit alors du bain et, couvert seulement
d'un linceul, sauta sur le cheval et ne reparut
jamais plus. On dit que la nuit il va chassant et
poursuit les nymphes. » Ces *nymphæ* du chroniqueur italien répondent aux femmes de la mousse
des *Sagen* germaniques. Au siècle même de Boccace, nous trouvons la légende en Espagne, dans
le *Livre des Exemples*. Ici, le démon, « chevalier
ténébreux, » paraît sur un grand cheval noir,

« lançant du feu par la bouche et les narines. »
Il invite Théodoric à sauter en croupe. Le prince
hérétique obéit allègrement. « C'est ainsi qu'il
fut emporté au feu des diables qu'il servira toujours. »

Résumons les éléments constitutifs de notre
conte. Les deux familles ravennates désignées
par Boccace ont une réalité historique. Le cavalier
féroce, la femme victime de sa fureur, massacrée,
brûlée, puis ranimée pour de nouvelles tortures,
se rencontrent dans les légendes ascétiques du
moyen âge. On trouve, dans Vincent de Beauvais,
d'autres exemples de résurrection inattendue
chez des damnés brûlés, dévorés ou mis en morceaux. Cette tradition, de nature théologique, est
reprise par Dante. Mais l'idée première de la
vision, le chasseur diabolique, remonte aux plus
vieux mythes du Nord. En Italie, elle s'incarne
dans la figure de Théodoric. C'est à travers une
vague Romagne et aux alentours de Vérone que
le spectre du roi hérétique poursuit son triste
gibier. Mais Vérone est encore loin de Ravenne.
Quelle crise d'ordre tout moral attirera vers la
dernière métropole de l'empire romain toutes ces
sources éparses, préparant, dans l'imagination
populaire, d'une façon latente, cette œuvre d'art,
un conte du *Décaméron* ?

Moins d'un demi-siècle auparavant, la vieille

8

cité byzantine avait donné l'hospitalité à un
homme dont l'apparition, au détour des rues
presque désertes, dans les demi-ténèbres des
églises peuplées de mosaïques farouches, trou-
blait le cœur des cavaliers et des clercs, épouvan
tait les enfants et les femmes. Quand on aperce
vait, grave et pâle, encadré en son capuchon
rouge, le visage de cet exilé qui avait visité,
vivant, le « royaume de l'éternelle douleur, » les
plus timides s'enfuyaient en murmurant : « Voilà
celui qui revient de l'enfer ! »

Nous savons bien que son véritable enfer,
c'était l'Italie sauvage de ce temps, « l'hôtellerie
de misère, » la Rome de Boniface VIII, souillée
de simonie, et sa chère Florence, repaire de
voleurs, de faussaires et d'impudiques. Mais les
bonnes gens de 1320, à Ravenne, croyaient dévotement au pèlerinage infernal de Dante. Il laissait, sur les chemins où il passait, sur les degrés
de « l'escalier d'autrui » qu'il gravissait, une
traînée d'effroi. On dut respirer le jour où l'on
apprit la nouvelle de sa mort. Mais la peur avait
fait son œuvre. Les légendes sombres poussaient
entre les pavés de Théodoric. La grande *Pineta*,
où gémissait le vent de l'Adriatique, était certainement hantée par des promeneurs venus de
l'autre monde. *Nemus defunctorum animabus et
dæmonibus plenum*, écrit Vincent de Beauvais

d'une autre forêt toute remplie de revenants et
de démons. Le souvenir d'amours tragiques gardé
par de vénérables familles patriciennes se réveilla
tout à coup dans l'âme de ce peuple et le conte
de Boccace cheminait déjà sous les arceaux mystérieux du formidable bois sacré.

VII

Du *Novellino* et de Francesco da Barberino à
Boccace, des vieux contes scolastiques et des
fabliaux au *Décaméron*, nous sommes assurés
que la transition n'est autre que le passage du
moyen âge à la Renaissance. C'est bien la grande
crise historique, précoce à la fois et d'un progrès
continu, chez les Italiens, tardive et presque
subite dans la civilisation et la littérature de la
France. Les sèches moralités des clercs, les récits
sommaires du *Novellino*, écrits en vue du mot
ingénieux, de la ruse divertissante, de la grave
sentence philosophique que le scribe florentin se
propose de mettre en pleine lumière, les paraboles du notaire Barberino, qui veut inspirer
l'amour de la vertu même par la crainte du
diable, les triviales et bouffonnes aventures
d'alcôve de nos trouvères se transforment en une

œuvre d'art très diverse, animée par le spirituel et léger naturalisme florentin, où tous les traits ont été choisis, aiguisés et accumulés pour donner au lecteur une sensation vive de réalité humaine. Ce livre n'est ni un bréviaire, ni une éthique, ni une *Disciplina,* ni un *Castoiement,* mais un tableau de la vie italienne. Ce n'est pas la faute du conteur si cette vie n'est pas toujours pure, si elle apparaît parfois scélérate et comme empourprée de sang. Il nous invite à jouir de son théâtre, tantôt comique, tantôt tragique, afin de nous distraire des ennuis quotidiens, de même qu'il convie les belles dames de son *Pro logue* à une villégiature riante et chantante, loin des tristesses désespérées de Florence. C'est à nous seuls de tirer des contes l'impression morale, bonne ou mauvaise, dont il se soucie assez peu. Allons d'abord à sa comédie. Les honnêtes gens peuvent y entrer sans crainte. Il est, en effet, très facile de n'assister qu'aux scènes qui ne sauraient chagriner les délicats, ou même de ne point attendre, pour sortir sans bruit de la salle, que les murmures des spectateurs vertueux forcent l'impresario à baisser le rideau.

CHAPITRE III

LA COMÉDIE ITALIENNE

I

Dans la comédie italienne de Boccace, un personnage tient à lui seul le grand premier rôle : c'est le Toscan de la vallée florentine, le Toscan de Florence, de Prato, de Pistoja, d'Arezzo. Par son agilité d'esprit, son élégante allégresse, sa malice, sa charmante perversité, il entraîne tous ses comparses en un tourbillon d'incidents, de fourberies, de mots plaisants et d'intrigues déplaisantes; il est le roi de ce théâtre. Dame Jancofiore, qui était cependant courtisane et Sicilienne, dupée et dépouillée par lui, salue ainsi le génie de son vainqueur : « *Chi ha à far con Tosco, non vuole esser losco.* Qui a affaire à un Toscan ne doit pas être borgne. » C'était le cri de toute l'Italie.

Dans la *Commedia dell Arte*, la comédie populaire et improvisée, si chère aux Italiens jusqu'au
temps de Goldoni, chaque province, chaque ville
a son masque traditionnel, Cassandre, Arlequin,
Pantalon, Polichinelle, Stenterello, Faggiolini,
des pères ridicules, des pédants imbéciles, de gais
sacripants, des bourgeois ou des paysans stupides.
Florence a le Florentin, qui se moque du reste
de la péninsule. Son Bruno et son Buffalmaco,
qui figurent çà et là au *Décaméron*, ne sont guère
toutefois que de malins farceurs qui tourmentent
un pauvre homme, le peintre Calandrino, « homme
simple et de mœurs naïves, » dont l'espèce devait
être fort rare en Toscane. Un jour, en compagnie
d'un jeune homme « d'un merveilleux agrément, »
ils trouvent Calandrino, au Baptistère de San-
Giovanni, contemplant les peintures et les bas-
reliefs de l'autel. Du marbre aux pierres, des
pierres aux cailloux du Mugnone, torrent qui
court de la montagne de Fiesole à l'Arno, la transition était facile. Nos trois compères affirment à
Calandrino que, dans le Mugnone, il y a certains
cailloux qui rendent invisible la personne qui les
porte. Ils s'y rendent tous les quatre, et quand
le peintre a les poches pleines des précieuses
pierres, les trois autres feignent de ne plus le
voir. « Il était tout à l'heure devant nous, dit
Buffalmaco, il sera allé dîner sans nous, » et de

le lapider vigoureusement dans les jambes et
dans le dos. Calandrino, trop heureux de tenir
son trésor, reçoit, sans souffler mot, mille horions.
Bruno, Buffalmaco et Calandrino sont des masques
de *Commedia dell'Arte* ; ils ont les traits simples
et énormes qui conviennent aux masques ; ils
jouent, à la porte du théâtre de Boccace, quelques parades ; ce ne sont encore que des Florentins de carnaval.

Étudiez, du haut en bas de la péninsule, les
types généraux des races italiennes, la gravité du
Lombard, la délicatesse efféminée et la *morbidezza* du Vénitien, la face honnête et brutale du
Romagnol, la noblesse fade ou la sévérité sombre
du Romain, la grimace éternelle, l'agitation, les
contorsions, la gaîté déraisonnable du Napolitain,
l'astuce tranquille du Sicilien ; ni à Milan, ni à
Venise, ni à Bologne, ni à Rome, ni à Naples, ni
à Palerme vous n'aurez le plaisir esthétique que
l'on goûte à Florence, à Pise, à Prato, à Fiesole, à
Pistoja, à San-Giovanni. Ici, jeunes ou vieux, gens
du monde, écoliers, hommes d'église, artistes,
marchands, artisans, lettrés, portefaix, jusqu'aux
tireurs de sable qui, jambes nues, fouillent, avec
un grand geste élégant, les eaux blondes de l'Arno,
ils sont tous, assurément, de race distinguée et
gens d'esprit. Ils sont courtois, affables, de belle
humeur, sensibles à la beauté, orgueilleux de

leur ville, respectueux de ses œuvres d'art expo-
sées en plein air, curieux de son histoire. Réunis
en foule, les jours de marché, sur la place de la
Seigneurie, au grand soleil, ils vont et viennent
paisiblement, conversant par petits groupes, sans
cris, sans querelles, et vont dîner d'un pas leste
quand la vieille cloche du Palais communal sonne
lentement midi. Ils font toutes choses légèrement
et avec grâce. Leur douceur de mœurs est admirable. Ils sont trop éveillés pour consentir à l'indo-
lence voluptueuse de Venise, trop fins pour imiter
les façons pompeuses du Romain, trop bien élevés
pour s'abandonner à l'assourdissante vocifération
du Napolitain. C'est un peuple réfléchi, ironique,
de conscience claire, et qui voit clairement au
fond de l'âme de son prochain. Il méprise les
idées creuses, les superstitions vaines, l'enthousiasme puéril, toutes les manifestations de la
sottise humaine. Il y a quelques années, un mal
suspect ayant emporté, en France, une douzaine
de valétudinaires, l'Italie avait allumé solennelle-
ment, sur ses frontières et à l'entrée de ses cités,
des fourneaux de fumigations. Milan, Venise,
villes très civilisées, fumigeaient discrètement
les voyageurs. La farouche Bologne leur imposait
un réel martyre. A Florence, comme je sortais
de la gare sans avoir respiré le poison prescrit
par le gouvernement : « On ne fumige donc pas

chez vous? » dis-je au grand gaillard qui portait
ma valise. « *Ah! signore, qui siamo a Firenze!*
Ah! monsieur, ici c'est Florence! »

Ces gens d'esprit étaient, longtemps avant
Boccace, les maîtres de la civilisation italienne.
Ils l'étaient par leurs industries de luxe, par
l'habileté financière de leurs banquiers qui prê-
taient aux rois et que les rois d'Angleterre n'ont
jamais remboursés, par le prestige de leurs arts
et de leur littérature. Mais cette maîtrise de
Florence se manifesta surtout par la diplomatie.
La politique extérieure est vraiment l'art souverain de cette cité, grâce auquel elle s'est longtemps tirée des plus mauvais pas, échappant à
ses ennemis, les empereurs allemands; aux papes,
ses bons amis; à la France, aux Aragons, aux
Sforza. C'était bien la panthère mouchetée, si
souple et si féline, — *lonza leggiera e presta
molto,* — la panthère symbolique qui bondit
autour de Dante, dans la noire forêt enchantée.
Florence sut ourdir des ligues qu'elle laissait se
débrouiller sans elle. Elle excella dans la pêche
en eau trouble. Elle n'aimait pas les méchants
coups et se réjouissait de les voir tombant sur
Venise, sa grande rivale maritime. Elle mit le
plus rare génie d'observation au service de
l'égoïsme communal le plus résolu. La Seigneurie, sans cesse renversée par le contre-coup

des agitations démocratiques, tenait néanmoins,
et d'une main très sûre, le fil de toutes les affaires
italiennes. Et, du haut de son campanile, Florence
surveillait encore, au delà des Alpes et de la mer,
le jeu de la chrétienté, France, Empire, Espagne.
Comparez l'un à l'autre Machiavel et son contem
porain Giustinian, orateur de Venise près le Saint-
Siège dans les dernières années d'Alexandre VI, au
début des guerres européennes d'Italie. Le Vénitien ne se préoccupe que de l'intérêt de sa république à l'heure présente; il le démêle avec une
dextérité parfaite, mais sa politique n'est qu'au
jour le jour et son horizon borné. Le Florentin
pénètre jusqu'au fond du cœur des princes ou
des hommes d'État; il recherche dans leurs passions mêmes le secret de leurs plans, il prévoit
les complications de la politique générale du
monde et prophétise les crises prochaines de
l'Italie. C'est un psychologue de première valeur.
La diplomatie, c'est-à-dire l'art de lire couram-
ment dans les âmes les plus ténébreuses et
d'inspirer doucement à l'adversaire les desseins
les plus funestes, fut ainsi, pendant tout le moyen
âge, la fonction naturelle des Florentins, comme
le change était celle des Lombards et le commerce
du Levant, de l'Égypte et des Pays-Bas celle des
Vénitiens. C'est aux bords de l'Arno que les
puissances de toutes grandeurs enrôlaient, pour

leur service propre, de bons artistes politiques.
Au jubilé de 1300, Boniface VIII venait de recevoir au Latran Arnolfo, Giotto et Dante, ambassadeurs de la Seigneurie florentine. On annonce
ensuite à l'audience apostolique les ambassadeurs de France, d'Angleterre, d'Allemagne, de
Bohême, de Raguse, de Vérone, de Naples, de
Sicile, de Pise, de Camerino, de l'Ordre de Saint-
Jean et du Grand Khan des Tartares. Et c'étaient
encore des Florentins de Florence.

II

Remettre vivement à leur place, par une
impertinence ou un bon mot, les fâcheux, les
insolents et les superbes, est un talent fort
agréable à pratiquer, que Boccace aime à signaler en ses compatriotes. De la part d'hommes
tels que Giotto ou le grand lyrique Guido Cavalcanti, ces triomphantes reparties n'ont rien qui
nous étonne. Mais dans la bouche d'artisans
tels que le boulanger Cisti, elles sont pour nous
charmer. Cisti était doué « d'un très haut esprit,
d'*altissimo ingenio*. » Il arriva qu'au temps de
Boniface VIII des gentilshommes, ambassadeurs du pape, passaient chaque matin, pour se

rendre à l'église, devant le four de Cisti, en compagnie de leur hôte, messer Geri Spina, un Guelfe fort en faveur à la cour de Rome. Ce boulanger, bien qu'il enfournât lui-même ses pains, était néanmoins un riche bourgeois d'arts mineurs, et sa cave était réputée dans toute la ville pour l'excellence de ses vins blancs et rouges, les premiers crus de la Toscane. On était alors dans les jours les plus chauds de l'année et le brave homme imagina que l'ambassade du Saint-Père accepterait volontiers, tout en allant à la messe, un verre de son bon vin blanc. Mais, trop discret pour le leur offrir, il fit disposer tous les jours devant sa porte un seau d'eau bien fraîche, un vase d'étain rempli de vin d'or et deux verres si clairs « qu'ils semblaient d'argent. » Puis, tout endimanché, avec un blanc tablier, dès qu'approchait le noble cortège il se mettait à boire délicatement, *saporitamente*, d'un air de si engageante sensualité, « qu'il eût donné envie à des morts. » Un jour, messer Geri s'arrête en face du buveur. « Eh! Cisti, ton vin est donc bien exquis? — A votre service, messire. »

Les ambassadeurs du pape ne se font point prier. On apporte un banc. Cisti commande à ses garçons de chercher quatre nouveaux verres et, lui-même, il sert le pur breuvage à ces hauts seigneurs. Chaque matin, il renouvelle « sa grande

courtoisie. » A quelque temps de là, Geri donnait un grand festin aux principaux citoyens de
Florence : il y invite Cisti, qui refuse modeste-
ment. Geri ordonne alors à son maître d'hôtel
d'aller remplir chez le boulanger un *fiasco*, afin
d'offrir à chacun de ses invités un verre à dessert
du vin d'ambassadeurs. Le valet présente à Cisti
une véritable futaille. L'autre hausse les épaules.
« Va-t'en, ce n'est pas messire Geri qui t'envoie. »
L'homme revient chez son maître, le *fiasco* vide.
« Retourne, dit celui-ci, dis bien que tu viens
de ma part et, s'il répond encore non, demande-
lui alors où se peut-il que je t'envoie. » Nouveau
refus de Cisti. « Non, mon garçon, ce n'est
point messire Geri. — Et où croyez-vous donc
qu'il m'ait commandé d'aller ? — A l'Arno. »
Cette fois, Geri comprit, il voulut voir le fiasco
et gourmanda son serviteur. Une troisième fois,
il l'expédie à Cisti, mais avec une bouteile de
taille raisonnable. « A la bonne heure, je sais
maintenant de chez qui tu viens. » Il remplit la
bouteille *lietamente*, avec une figure riante, et,
le jour même, un petit tonneau qu'il fit porter
tout doucement, *soavemente*, au palais Spina. Il
accompagnait son présent et dit au seigneur :
« Messire, votre grand *fiasco* ne me faisait point
peur, mais j'ai cru que vous aviez oublié mes
petits gobelets et que mon vin n'est point pour

être bu à l'ordinaire. Je vous l'ai rappelé ce
matin. Mais voici toute la provision, je vous la
donne de bon cœur. » Et, dans la suite, le grand
Guelfe et le grand boulanger demeurèrent toujours bons amis.

Cisti est un bourgeois fort digne de respect.
Mais tous les Florentins du *Décaméron* ne méri-
tent pas le même compliment. Dès qu'ils se sont
jetés en quelque intrigue d'amour, ils trahissent
sans scrupule, même leur meilleur ami, si cet ami
est l'époux. Quant aux dames de Boccace, c'est
avec génie qu'elles sont perfides. L'histoire de
George Dandin est, sans doute, aussi vieille que
le genre humain. Monna Ghita, femme de Tofano,
riche marchand d'Arezzo, y ajoute quelques raffinements de cruauté qui ne sont pas dans Molière.
Tofano était jaloux d'instinct, et, de plus, il
aimait à boire, deux raisons qui décidèrent bientôt
Ghita à prendre un amant. Une nuit, Tofano tire
les verrous de sa maison et attend, le nez à la
fenêtre, le retour de sa moitié. Vers minuit, elle
apparaît enfin; le mari de douleur, *il doloroso
marito*, refuse de lui ouvrir et menace de tout
conter à ses beaux-parents et aux voisins. Ghita
supplie et jure de son innocence : elle est allée
à la veillée dans le quartier, car, seule, elle s'en-
nuie trop au logis. Chansons! répond l'impi-
toyable époux. « Eh bien, crie la femme, à qui

l'amour avait aiguisé l'esprit, je me précipite
dans le puits. On croira qu'étant ivre tu m'y as
noyée, tu te sauveras en exil, proscrit par le
bando, perdant tous tes biens, ou, si tu demeures,
on te coupera la tête, comme à un assassin. »
Une pierre énorme tombe au fond du puits. Et
c'est alors la scène de Molière, la femme à la
fenêtre, le mari à la porte, bien au frais et
furieux. Nous n'avons pas encore à ce moment le
couple de Sottenville. Mais aux cris de Ghita,
accablant d'injures le malheureux, voisins et
voisines ont sauté à bas du lit, et les voilà dans
la rue, disant son fait à Tofano, plaignant l'épouse
outragée ; l'aventure devient, sur l'heure, un
scandale communal : « de proche en proche, la
rumeur vole jusqu'aux parents de Ghita, ». qui
accourent, je pense en bonnet de nuit, et achèvent
la confusion de leur gendre. Ils remmènent Ghita
à sa chambre de jeune fille, et le pauvre homme,
objet de la risée publique, obtient, non sans
peine, qu'on lui rende sa femme à qui il fait le
serment de n'être plus jaloux. Désormais, il
ferma les yeux. Ghita ne lui demandait pas
davantage.

Voici un imbroglio plus sérieux. Deux amants
à la fois dans la maison conjugale et le mari qui
rentre à l'improviste. Dans ce quadrille, qui
promettait de tourner au tragique, madonna Isa-

betta, « jeune dame gentille et très belle, »
évolue avec un à-propos et une grâce sans
pareils. C'est, bien entendu, à Florence, « ville
où tous les biens abondent, » que ceci est
advenu. Isabetta, dont le mari — Boccace ne
l'a pas nommé — était un gentilhomme fort
honorable, aimait le jeune Leonetto, « très
agréable et de mœurs aimables. » Un autre cavalier, messer Lambertuccio, « homme déplaisant
et de fâcheuse humeur, » de son côté s'éprend de
la belle, et, par d'horribles menaces, triomphe
de ses dédains. Isabetta passait alors l'été dans
sa villa des champs, aux environs de Florence.
Un jour, son mari monte à cheval, déclarant
qu'il part pour un petit voyage dans la campagne. La dame s'empresse d'avertir par un
billet Leonetto de l'heureuse circonstance. Le
galant accourt. Mais Lambertuccio arrivait, lui
aussi, par un autre chemin. La femme de
chambre, toute troublée, annonce à sa maîtresse
le malencontreux visiteur. « Fais-le monter, »
dit Isabetta, et, tandis que le cavalier attache
dans la cour son palefroi au gond d'une fenêtre,
elle cache Leonetto derrière les rideaux de son
lit. Puis, prenant un visage joyeux, elle va recevoir Lambertuccio sur le palier de l'escalier.
Mais bientôt, la suivante, épouvantée, reparaît :
« Madame, messer revient ! Il doit être déjà dans

la cour du palais. » La pauvre femme eut une
minute terrible. Elle ne pouvait escamoter Lambertuccio dont le cheval, en bas, dénonçait la
présence et, « se sentant deux cavaliers dans la
maison, » elle se crut morte. Mais elle se remet
aussitôt, tend un couteau nu à Lambertuccio et
le supplie de courir au-devant du mari, avec une
figure irritée, de se jeter par les escaliers en
criant : « Je jure par Dieu que je te retrouverai
ailleurs ! » puis, de sauter à cheval et de fuir. Le
mari était encore dans la cour, tout ébahi d'y
voir un cheval ; il fut bien plus surpris encore de
l'allure emportée et des paroles étranges de
Lambertuccio qui, sans lui dire un mot, enfour-
cha sa monture, piqua des deux et disparut.
Isabetta attendait son mari en haut de l'escalier,
et, avant de répondre à ses questions, le conduisit tout près de sa chambre entr'ouverte, afin
que Leonetto entendît bien ses paroles : « Messire, j'ai eu une belle peur. Un jeune homme que
je ne connais pas est entré jusqu'ici en courant,
poursuivi par messer Lambertuccio tenant un
couteau à la main. Le malheureux, tout tremblant, s'est réfugié dans l'appartement. —
Madame, dit-il, secourez-moi, que je ne meure
point à vos pieds. — Mais l'autre approchait,
criant : Où es-tu, traître ? — Je me plaçai sur le
seuil et l'empêchai d'aller plus loin, et, par

9

courtoisie, il céda à ma prière et se retira dans l'état où vous l'avez vu. » Le mari approuve sa femme et la remercie d'avoir sauvé l'honneur de sa maison. « Quelle honte si cet homme avait été tué sous notre toit! » Cependant il veut découvrir le mystérieux fugitif, qui avait eu le temps d'apprendre son rôle et qui sortit, encore bien ému, de ses rideaux. Il conta bravement que Lambertuccio l'avait pris pour un autre, et devait être un peu fou. « Ne crains rien, dit l'honnête mari, je te prends sous ma sauvegarde. » Il fit souper Leonetto entre sa femme et lui, puis lui donna un cheval et le ramena à Florence, jusqu'à sa porte. Le soir même, il joignit Lambertuccio « en secret; » fidèle à la leçon que Madonna lui fit au départ, tout en croyant assurer la tranquillité de Leonetto, il apaisa l'inquiétude du fier gentilhomme qui se demandait comment finirait une aventure dont il ne comprit jamais le premier mot.

De ce conte singulier nous devons retenir une vue, ou plutôt une sensation que renouvellera plus d'une fois encore l'histoire de la *Nouvelle* italienne. Songez que, sans la présence d'esprit (je n'ose dire l'impudence) d'Isabetta, la blanche villa, ses escaliers de marbre et la chambre de la jeune femme, si tièdement assoupie en une demi-nuit voluptueuse, pou-

vaient se trouver tout à coup inondés de sang
Lambertuccio surprend Leonetto derrière les
tentures et le poignarde; dans sa fuite, il rencontre le mari qui, devinant l'outrage fait à son
blason, le tue sur le seuil du palais : il entre chez
sa femme, son couteau rouge et fumant à la
main; ses yeux rencontrent le cadavre du jeune
Florentin, sur lequel se pâme la triste amoureuse, il la tue. Un mari toscan et gentilhomme,
du xive siècle, n'est point un époux de fabliau
champenois. La comédie de Boccace n'est souvent séparée du drame que par une frontière
bien indécise. On n'y rit point toujours de très
bon cœur. Les aventures égrillardes, les nonnes
trop curieuses qui cherchent, dans le jardin du
couvent, le fruit défendu, les bons moines *ocieux*
qui détournent de leurs devoirs des commères
faciles à la tentation, ne sont au *Décaméron* que
de gais intermèdes, d'une saveur médiocrement
italienne, saynètes licencieuses qui relèvent, en
quelque sorte, du patrimoine littéraire de tout
l'Occident. Je les passe sous silence, sans faire
à Boccace le moindre tort. Mais l'angoisse même
que l'on éprouve à la lecture du vrai conte florentin est un attrait nouveau, d'un charme très
fort. Ce ne sont plus fleurettes bourgeoises, au
léger parfum, vite évaporé, ces roses du *Décamé-*
ron, roses pâles ou roses de pourpre, d'une sen-

teur aiguë et troublante, épanouies dans les jardins mystérieux de San Miniato ou de Fiesole, où
l'on respire à la fois la douceur de l'amour et la
terreur du crime.

Je sais bien que l'amour de Leonetto et d'Isabetta, l'amour de Lambertuccio pour Isabetta, ne
sont point d'une nature très noble. Le lyrisme de
la passion, même coupable, auquel nous ont
habitués le roman et le théâtre modernes, ne se
concilie point encore, sur la scène italienne de
Boccace, avec l'intention purement comique du
conte. Dans son indulgence pour l'entraînement
des sens, l'écrivain a voulu que la plupart des
Nouvelles où il se montre finissent au contentement de tous les personnages, ou de presque
tous, le mari devant être çà et là sacrifié. Et si
une fois, l'amour apparaît avec une grâce plus
ingénue, le conteur, après avoir fait passer
l'amant par une minute pénible, achève l'avan-
ture au moyen d'une bouffonnerie de foire,
comme pour nous reposer de notre court atten-
drissement ou se moquer de notre émotion.

Lodovico, fils d'un gentilhomme florentin, en-
richi à Paris dans le commerce, est entré au service du roi de France. Un jour, des chevaliers de
cour, revenus du Saint-Sépulcre, s'entretiennent
en sa présence de la beauté des femmes françaises
ou anglaises : l'un d'eux déclare que, de toutes

les dames qu'il a vues à travers le monde, la plus
belle est Béatrice, femme d'Egano de'Galluzzi,
noble de Bologne. Lodovico n'avait encore jamais
aimé. Il s'enflamme pour la belle inconnue et,
en dépit de son père qui veut l'envoyer à la croisade, il part pour Bologne. Il voit Béatrice à une
fête, et décide qu'il sera son amant. Il prend le
nom d'Anichino et se présente en qualité de page
à Egano, qui le reçoit à son service et met bientôt
en lui une confiance sans bornes. Un jour, le
maître étant à la chasse, Anichino joue aux
échecs avec Béatrice et la laisse gagner, « de quoi
la dame faisait une merveilleuse fête. » Puis, il
soupire si douloureusement qu'elle lui demande
la cause de son chagrin. « *Per quanto ben che tu
mi vuogli*, dit-elle avec tendresse déjà, pour tout le
bien que tu me veux. » Parole imprudente et
trop douce à ouïr ; le jeune homme, les yeux
pleins de larmes, dévoile à Béatrice le secret de
son cœur, il implore sa pitié, lui demande son
amour, si elle veut bien le donner, la permission
de l'aimer en silence et sans espoir, si elle l'ordonne. Ici Boccace ouvre une parenthèse : « O
singulière douceur de l'âme bolonaise, toujours
prête à céder aux amoureux désirs ! » La dame
ne songe plus à jouer aux échecs. Elle soupire,
soupire encore et répond : « Mon doux Anichino,
courage : je n'ai jamais aimé ni gentilhomme ni

seigneur, mais tes paroles ont fait que je suis plus
à toi dorénavant que je ne suis à moi! »

Elle l'attendra donc à minuit, dans la chambre
conjugale même, dont la porte ne sera point
fermée : puis, en guise d'arrhes, elle lui donne
un baiser très suave. Egano rentre de la chasse,
rompu de fatigue, va se coucher innocemment
dans l'un des deux lits. Il dort à poings fermés.
Le page se dirige tout doucement vers l'autre lit.
Béatrice, qui veillait, lui prend une main qu'elle
retient avec force, puis élevant la voix, elle
réveille son mari. « Lequel de vos serviteurs
jugez-vous le plus loyal et chérissez-vous le plus?
— Anichino, » répond le bon gentilhomme. Le
page, fort inquiet de la tournure que les choses
semblaient prendre, faisait de vains efforts pour
échapper à la main de Béatrice. « C'est un traître,
continue celle-ci. Il a osé me parler d'amour et
m'attend, après minuit, dans le jardin, au pied
du pin. Si tu veux éprouver sa fidélité, revêts une
de mes robes et, la tête sous un voile, va-t'en au
jardin et demeure jusqu'à ce qu'il y vienne. »
Egano, fort ému, se relève, s'habille en femme à
tâtons et descend au jardin. Anichino se rassure
et Béatrice pousse les verrous.

Ici commence la farce, où se mêle une vague
réminiscence du stratagème inventé par Tristan
et la blonde Yseult pour tromper le roi Marc.

Egano attendait patiemment, attentif au moindre
bruit, dans l'ombre de son arbre. Tout à coup —
il avait attendu longtemps déjà — il voit accourir
Anichino, un bâton de saule à la main : « Ah !
mauvaise femme, dit le page, tu es donc venue
et tu as cru que je voulais tromper mon cher
maître ! Tant pis pour toi ! » Il brandit son bâton
sous le nez de l'époux. Celui-ci se sauve à toutes
jambes, avec Anichino sur ses talons. Il reçoit,
chemin faisant, le long du dos, quelques coups
très sensibles. Il rentre chez sa femme et lui
conte l'affaire. « Dieu soit loué ! dit Béatrice et,
puisqu'il est si dévoué à ton honneur, il te convient de l'aimer encore davantage. » Egano était
battu et très content, et, désormais, les trois personnages vécurent à Bologne parfaitement heureux.

III

Dans les contes d'amour de Boccace, le beau
rôle, je veux dire l'art de débrouiller lestement
une situation périlleuse, échoit à la femme. Mais
il est tel chef-d'œuvre d'effronterie que seul un
Florentin peut accomplir. Tel est le cas de Ser
Ciapperello ou Ciappelletto, de Prato, procureur

de Musciatto Franzesi, chevalier français venu à
Florence à la suite de Charles de Valois que
Boniface VIII avait appelé en Toscane, comme
pacificateur. Ce Franzesi laissait en Bourgogne
des intérêts fort compromis par la malice des
gens de ce pays; il chercha l'homme capable de
tenir tête aux Bourguignons : il ne pouvait
choisir de mandataire plus astucieux que Ser
Ciappelletto.

C'était un notaire, qui rougissait de pure
honte quand un de ses contrats n'était point
falsifié et qui fabriquait, « avec un souverain
plaisir, » de faux testaments. Il aimait à prêter
de faux serments. Il se délectait aux querelles
suscitées par lui entre parents et amis. Invité
à quelque assassinat, toujours il s'y rendait.
Il tuait volontiers de sa propre main. Il blas-
phémait journellement Dieu et les saints, « n'allait jamais à l'église et traitait les sacrements
comme choses viles, en paroles abominables, »
il hantait les tavernes et les mauvais lieux;
il était gourmand, ivrogne, joueur, pipeur
de dés, en somme « le plus triste personnage
qu'il y eût au monde. » Mais, tout de même,
homme de beaucoup d'esprit, ainsi qu'on va le
voir.

Il se rend à Dijon, pour les affaires de son
patron, chez deux frères florentins, usuriers de

profession. Mais il était vieux, usé jusqu'à la
corde, et ne tarde pas à tomber malade. Les
médecins se déclarent impuissants à le sauver.
Les deux Florentins se font part de leur embarras,
et, de sa chambre, Ciappelletto entend leurs
discours : « Nous ne pouvons, sans nous com-
promettre, le mettre dehors dans l'état où il se
trouve. D'autre part, c'est un tel impie qu'il
refusera les sacrements, aucune église n'accueil-
lera son corps, et on l'enterrera comme un chien.
Et, si même il se confesse, aucun prêtre ne
consentira à l'absoudre, tant ses péchés furent
horribles; il sera encore jeté en pleins champs,
hors de la terre chrétienne. Les gens d'ici, que
nous volons et qui ne pensent qu'à nous voler,
diront : Voyez tous ces maudits Lombards, que
l'Église renie; ils nous chasseront, nous dépouil-
leront et peut-être nous tueront. » Le malade
alors les appelle à son chevet. « Soyez tranquilles, tout s'arrangera, un péché de plus, après
tous les autres, n'est pas de conséquence. Faites-
moi venir le meilleur et le plus saint moine que
vous pourrez. » On leur donne, au couvent, un
très vieux frère « de sainte et bonne vie, grand
maître en Écriture, vénérable objet de la dévotion de toute la ville. » La confession commence.
C'est une effroyable parodie. Le mourant joue le
petit saint avec une insolence diabolique. « Mon

Père, c'est ma coutume, chaque fois que je me confesse, de reprendre tous les péchés commis depuis mon enfance. Interrogez-moi donc sur toute ma vie, sans craindre de me fatiguer, car je ne veux pas perdre mon âme rachetée par le sang précieux du Sauveur. » Le pauvre moine, édifié par une piété si candide, interroge son pénitent : « Avez-vous péché par gourmandise? » Certes, oui, car, s'étant imposé, outre les carêmes et jeûnes réglementaires, trois jours d'abstinence par semaine, il lui arrivait de manger son pain sec et de boire son eau claire avec trop de plaisir, comme il eût fait de coupables friandises, surtout dans le temps où il se trouvait en pèlerinage. « Avez-vous péché par avarice ou dérobé le bien d'autrui? — Mon père, ne vous inquiétez pas de me voir chez ces usuriers. J'étais venu pour les corriger de cet abominable vice. Il est vrai, j'ai été riche, mais j'ai donné aux pauvres du bon Dieu la plus grande partie de mon héritage : alors, afin de partager toujours avec les indigents, j'ai fait le commerce et j'ai désiré gagner de l'argent pour le répandre en charités. — N'avez-vous point péché par colère? — Assurément, mais c'était contre les mauvais chrétiens, contre les jeunes gens qui vont au cabaret et n'entrent jamais à l'église, suivent les voies du monde et négligent celles de Dieu. » Pour le

faux témoignage ou la médisance, le faux poids
et le reste, même antienne. Oui, un jour qu'il vit
un sien voisin battre sa femme, il le dénonça aux
parents de la malheureuse. Une autre fois, un
client lui avait payé quatre sous au delà du prix
convenu pour une pièce de drap. Il ne découvrit
l'erreur qu'un mois plus tard, mit de côté les
quatre sous pour les rendre; mais l'acheteur
n'ayant jamais donné signe de vie, il les a distri-
bués aux pauvres.

Le confesseur perdait tout son latin et ne faisait que rassurer cette virginale conscience. Au
moment de l'absolution, Ciappelletto crie :
« Attendez, j'en retrouve encore d'autres. Un
samedi, après l'heure de nones, je fis balayer la
maison par mon valet, sans aucun respect pour
la sainteté du dimanche. — Ce n'est rien, »
réplique le moine. Et c'est alors au pénitent de
parler sévèrement. « Ne dites pas que ce n'est
rien, car le dimanche est un jour trop vénérable,
étant celui où Notre-Seigneur ressuscita de la
mort à la vie! » Une fois aussi, il a craché dans
une église. Le frère sourit : « Mon fils, n'en
parlez pas; nous, qui sommes des religieux, nous
crachons à l'église toute la journée. » Alors les
rôles se renversent tout à fait : le vieil aigrefin
florentin se fâche et gronde pour de bon son
père spirituel : « Et vous faites grande vilenie,

car on ne doit tenir aucun lieu plus net que le
temple sacré où s'offre le divin sacrifice. » Puis,
nouveaux soupirs, larmes et signes d'angoisse.
Il reste un dernier péché, accroupi dans un
recoin perdu de sa conscience, un péché si
affreux qu'il n'a jamais osé le confesser, et qu'il
n'est pas possible que Dieu le lui pardonne. Le
moine a recours, pour calmer cette âme souffrante, aux plus généreuses espérances de sa
théologie : un tel repentir ne suffirait-il point
pour effacer en une seule âme tous les péchés du
genre humain ! Mais Ciappelletto ne veut pas être
consolé. Il ne cédera qu'à la promesse d'être aidé
par les prières incessantes du saint homme.
Enfin, il dévoile la faute dans toute son horreur :
étant tout petit, il a dit un gros mot à sa mère,
« à sa douce mère qui l'a porté neuf mois dans
son sein et plus de cent fois à son cou ! » Enfin,
voilà notre drôle absous et béni : on lui appor-
tera tout à l'heure le saint viatique et l'extrême-
onction. Derrière la porte, les deux usuriers, ses
hôtes, s'émerveillaient d'une si superbe impudence que les approches de la mort et du jugement de Dieu ne parvenaient point à troubler.
Ciappelletto, après avoir reçu les derniers sacrements, mourut vers le soir. Et ici la comédie
— j'avoue qu'elle est d'une couleur un peu
lugubre — fait un tour nouveau et nous

donne son acte le plus inattendu et le plus plaisant.

Le confesseur est persuadé qu'un saint vient de quitter cette vallée de larmes. Avant de quitter le mourant, il a obtenu de lui une demande de sépulture au cloître de son couvent. D'accord, avec le prieur, il fait « sonner au chapitre, » et devant la communauté réunie, il ouvre son cœur. Dieu fera sans doute beaucoup de miracles dus à l'intercession de ce grand mort, et il convient de recevoir ses reliques par la plus démonstrative dévotion. Le soir même, les bons moines firent, autour de Ser Ciappelletto, « une vigile solennelle, » et, le lendemain matin, tous les frères en surplis et en chapes, le bréviaire à la main, précédés de la croix, allèrent, avec des cantiques, lever le corps et le portèrent à leur église, suivis de toute la ville de Dijon. Le confesseur monta en chaire, célébra l'innocence de son pénitent, la blancheur immaculée de son âme, sans oublier le fameux gros mot adressé à sa mère, transition oratoire qui lui permit de s'emporter contre le débordement de paroles blasphématoires chez les Dijonnais. L'office funèbre accompli, on défila devant le Florentin, on lui baisa les pieds et les mains, on découpa sa robe en petits morceaux ; la nuit venue, il fut déposé en un sarcophage dans une chapelle, et,

dès le lendemain, les dévots accoururent en foule
à la tombe du thaumaturge, allumant de petits
cierges, marmottant des prières et des vœux,
accrochant aux murailles des ex-voto de cire.
Ser Ciappelletto était devenu San Ciappelletto,
et les miracles obtenus par sa grâce ne se comp-
taient plus.

Cette *nouvelle* ouvre la première journée du
Décaméron. Elle est suivie de l'histoire d'un juif
de Paris, Abraham, allant à Rome, afin de considérer, en son plus auguste sanctuaire, l'Église
chrétienne et se convertissant au spectacle même
des abus et des vices qui pullulent *ad limina
Apostolorum*. Dieu, pense-t-il, et son Saint-Esprit
sont évidemment avec une Église si perverse,
sinon, comment pourrait-elle durer, depuis de
si longs siècles? Il revient à Paris, enchanté de
son voyage, et se fait sans retard baptiser à
Notre-Dame. Le troisième conte est celui des
Trois Anneaux, l'audacieuse allégorie du *Novellino*, à laquelle Boccace n'ajoute qu'un très discret développement littéraire. Ce frontispice
original de l'œuvre donne à réfléchir. Boccace
n'eût été ni un Florentin, ni même un Italien du
xive siècle, si la préoccupation des choses religieuses n'avait tenu une place considérable,
peut-être même la plus grande, au *Décaméron*.
Je sais bien que Florence nourrissait alors, parmi

ses fiers Gibelins, un grand nombre d'esprits
absolument libres, dédaigneux de toute foi posi-
tive, des épicuriens, disaient les Guelfes, qui ne
croyaient ni à l'âme ni à la vie future. Jadis, à
l'époque de Dante, le capitaine Farinata degli
Uberti et le poète Guido Cavalcanti avaient
étonné, par leur incrédulité, la charmante ville.
Dante, qui vénérait le premier et aimait tendrement le second, a mis dans son *Enfer* l'homme
de guerre, et, à côté de lui, le père du poète.
Mais Farinata, debout jusqu'à la ceinture dans
son sépulcre enflammé, la tête haute, le front
très noble, « semble avoir l'enfer en grand
mépris. » Ces Gibelins toscans, en qui persista
l'ironique indifférence religieuse de l'empereur
Frédéric II, n'étaient, après tout, qu'un groupe
assez restreint de la société florentine. A Florence, comme dans le reste de l'Italie, les lettrés,
les politiques, les hauts bourgeois souhaitaient
toujours de retenir à leur doigt le véritable
anneau légué à l'un de ses fils par le Père céleste,
et c'est de l'antique Église de Rome qu'ils l'at-
tendaient. Les défaillances de cette Église éveil-
laient donc en eux de sincères angoisses. Les
faiblesses des pasteurs les irritaient, et, quand
ils apercevaient des loups parmi les blanches
brebis, ils criaient au loup! de toutes leurs
forces. C'est pourquoi, à chaque journée, l'écho

de leur clameur court à travers les bocages fleuris du *Décaméron*.

IV

Le péché capital des mauvais clercs et des moines irréguliers était l'hypocrisie, qui couvrait tous les autres manquements à la discipline chrétienne. L'Église souffrait de ce mal dans toutes les provinces de son obédience. Nos trouvères l'avaient décrit d'une façon très précise. Faux-Semblant dit au *Roman de la Rose* :

> Et se font povre et si se vivent
> De bons morciaux délicieux;
> Et boivent les vins précieux ;
> Et la povreté vont preschant,
> Et les grans richesses peschant...
> Et tous jors povres nous faignons....
> Nous sommes, ce vous fais savoir,
> Cil que tout ont sans rien avoir.

Papelardie est la digne commère de Faux-Semblant :

> C'est cele qui en recelée (en cachette),
> Quand nul ne s'en puet prendre garde,
> De nul mal faire ne se tarde,
> Et fait dehors le marmiteus,
> Si a le vis (visage) simple et piteus,
> Et semble sainte créature;
> Mais sous ciel n'a male adventure
> Qu'ele ne pense en son corage.

Le *Roman de la Rose* et Rutebeuf dénoncent surtout les moines mendiants, dont les empiétements avaient si fort inquiété pour leurs privilèges, au milieu du XIIIᵉ siècle, les clercs de l'Université de Paris. Cette accusation d'hypocrisie, lancée contre les mineurs et les prêcheurs, paraît, pour la France du moins, quelque peu vague, peut-être partiale. Nous voyons plus clair dans l'état moral de l'Église et du monachisme italien. Les origines de la maladie, le développement et les gestes de l'hypocrisie, dans la péninsule, apparaissent, en effet, ici à la limpide lumière de l'histoire.

En Italie, le mal était sorti de l'abondance du bien. La rénovation du christianisme inaugurée par l'apostolat franciscain avait été une œuvre de grande liberté religieuse accomplie dans les rangs profonds de la démocratie communale. A l'Église aristocratique et féodale des évêques et des abbés bénédictins, saint François avait juxtaposé l'Église populaire de ses frères qui, dans les villes et les bourgs, sous les arbres des champs, promenaient un Évangile d'indulgence, de fraternité sociale, de libre conscience individuelle. L'Italie s'était livrée, avec une singulière allégresse, à ces humbles apôtres qui semaient, pour la consolation des misérables, des serfs, des proscrits, la parole sainte. Ils avaient adouci les rigueurs du dogme et de la pratique chrétienne, remplacé la justice par la miséricorde, arraché les ronces qui hérissaient le sentier du royaume de Dieu. En quelques années, des Alpes à la Sicile, l'enthousiasme de la religion nouvelle avait soulevé ce monde si vivant de bourgeois, d'artisans, d'écoliers, de clercs errants, de pèlerins et d'artistes, et l'Italie entière fut comme transfigurée par le Verbe d'Assise.

L'exemple de saint François et de ses premiers disciples fut étonnamment contagieux. Tandis que la milice du *Poverello*, multipliée à l'infini, allait et venait sans relâche sur tous les chemins de la péninsule, de toutes parts, dans les cités populeuses, comme dans les solitudes des Apennins ou de la campagne romaine, se levaient de nouveaux apôtres, qui prétendirent retoucher, eux aussi, à leur guise, le vieux christianisme et interpréter, selon leur inspiration personnelle, les mystères de l'Esprit-Saint. Durant au moins un demi-siècle, la création dogmatique fut continue, très variée, souvent d'une extraordinaire témérité. Partout surgirent des illuminés, des fondateurs de sectes, des condottières de mysticisme, des irréguliers ou des déserteurs de l'ordre franciscain, des fraticelles, et, parmi eux, quelques fous et beaucoup de charlatans. Rome, surprise de cette intensité de vie religieuse, inquiète de cette anarchie croissante, avertissait, condamnait, fulminait. Mais le fleuve avait rompu ses digues, aucune autorité n'était plus assez forte pour en comprimer l'élan.

Un moine naïf et curieux, qui vagabonda toute sa vie entre Naples et Paris, Frà Salimbene, nous a tracé, dans sa chronique, l'image de cette chrétienté bariolée dont les derniers représentants déconcertaient encore les premiers papes d'Avignon. Tantôt l'invention religieuse se manifeste par la prédication d'un exalté qui fonde une Église « pour lui tout seul, » s'habille en saint Jean-Baptiste et, suivi d'une multitude d'enfants qui portent des cierges allumés et des branches d'arbres, joue, avant ses sermons, « d'une terrible trompette de cuivre. » Tantôt l'on voit les déserts se peupler d'ermites; sur les plus âpres plateaux de l'Apennin, dans les trous de rochers, on trouve des anachorètes. Ici des laïques s'enferment au fond des cloîtres cisterciens pour y écrire des prophéties; là, des foules d'hommes et de femmes, nobles et gens du peuple, nus jusqu'à la ceinture, précédés de leurs évêques et de leurs moines et se fouettant avec une vigueur fanatique, parcourent la Lombardie et l'Émilie et annoncent la fin prochaine du monde. A Pérouse, à Rome, on se flagellait nu dans les rues. « Celui qui ne se fouettait pas était réputé pire que le diable. »

Les *Gaudentes*, les *Frères joyeux*, ne se fouettaient point, mais se réunissaient en confréries de plaisance, et vivaient gaiement avec des comédiens, *cum hystrionibus*. Puis, ce sont les *ribauds*, les *truands*, les *trufatores* (fourbes), les hommes vêtus de sacs, *saccati*, ou *boscarioli*, qui prêchent et campent dans les bois et quêtent dans les villes : l'un d'eux devint archevêque d'Arles : les *Apostoli*, bandes de dangereux vagabonds, qui pratiquent la communauté des femmes, et dont le chef, Gherardino Segalello, un franciscain défroqué, se fait passer pour le fils de Dieu. Il renouvelle les expériences de transcendante chasteté du Bienheureux Robert d'Arbrissel; autour de lui ses disciples chantent : *Pater! Pater!*

Le miracle perpétuel accroît encore cette frénésie. On rencontre des thaumaturges dans tous les carrefours. L'art de fabriquer de fausses reliques, si prospère déjà au xie siècle, selon le moine Glaber, fait ici des merveilles. A Crémone et à Parme, les portefaix de la halle aux vins inventent un saint, leur ancien confrère, Albert de Crémone. Les corporations de petits métiers, bannières en tête, venaient processionnellement en vénérer les ossements; les malades, les infirmes se faisaient porter au pied de sa châsse. Les curés commandaient aux peintres, pour leurs paroisses, des représentations de la vie du saint « afin d'ob-

tenir du peuple de plus riches offrandes. » La
plaisanterie eût duré longtemps, si un chanoine
de Parme, vicaire de l'évêque, ne s'était avisé de
flairer d'assez près l'une des reliques, solennelle-
ment déposée, en un reliquaire, sur le maître-
autel de la cathédrale. Or, c'était tout bonnement
une gousse d'ail !

On vit alors entre les fanatiques, les faussaires,
les bateleurs et l'Église une véritable lutte pour
la vie. Chaque paroisse, chaque confrérie, chaque
couvent voulut avoir ses guérisons miraculeuses,
son prédicateur plus fort que les portes de
l'enfer, ses conversions de pécheurs endurcis.
Entre les moines mendiants et les irréguliers de
toute robe, ce fut une course effrénée à l'aumône,
au florin d'or, à la croûte de pain. Mais le miracle
importait par-dessus tout. Salimbene en raconte
de bien plaisants, avec une touchante sincérité ;
il écrit même cette ligne qui nous révèle tout un
monde : « En l'an 1233, sous Grégoire IX, les
frères mineurs et les prêcheurs s'entendirent sur
les miracles à faire au temps des fêtes de
Pâques. »

C'est ainsi que la fraude, l'industrieux charlatanisme et, par conséquent, l'hypocrisie envahirent et gâtèrent cette Église italienne que François
d'Assise avait cru purifier par l'amour et rajeunir
par la liberté. Bientôt les chrétiens austères se

méfièrent du moine errant, du sermonnaire d'occasion, du confesseur trop empressé, de l'ermite
trop mystérieux. Dans le *Fiore*, imitation florentine de notre *Roman de la Rose*, *Falsembiante*
laisse soupçonner, sous son noir manteau, toute
une floraison de péchés capitaux. Les fidèles
guettèrent l'hypocrite avec le zèle que l'Église
mettait à rechercher l'hérétique. Nous avons vu
Barberino défendant aux veuves d'entr'ouvrir aux
clercs la porte de leurs logis. Les gestes trop
chargés d'onction, des roulements d'yeux trop
pathétiques, trop de larmes dans la voix rendirent suspects les prédicateurs. N'oublions pas,
d'ailleurs, qu'ici il s'agit surtout de Florence ou
de l'Italie supérieure, nullement de Naples. C'est
un Romagnol, Benvenuto d'Imola, le commenta-
teur de Dante, qui écrit : « J'ai vu un illustre
hypocrite qui, devant prêcher, dès le matin, la
passion du Seigneur, but du malvoisie en abondance et ainsi sa malice se répandit en gémissements et en larmes, et il provoqua des milliers
d'hommes à pleurer avec lui et, par ce stratagème,
il extirpa en peu de temps beaucoup d'argent avec
lequel, plus tard, il acheta un bon évêché, convertissant en simonie le gain de l'hypocrisie. »

Dante ne pouvait prendre qu'au tragique l'hypocrisie religieuse. C'est une des plus sombres
visions de son Enfer, cette longue procession de

fantômes chargés de chapes de plomb doré, le
capuchon dominicain rabattu sur le front, les
yeux louches, qui se traîne lente, interminable,
muette, dans le brouillard, les hypocrites farouches, méchants, continuateurs des Pharisiens et
du pontife Caïphe. Boccace nous réserve une
satire plus gaie. Le miracle de saint Henri de
Trévise semble détaché de la chronique de Salimbene. Cet Henri, un Allemand, était un brave
homme, mort en odeur de sainteté. Quand il
rendit l'âme, les cloches de Trévise sonnèrent
toutes seules. Sur son tombeau, dans la cathédrale, les aveugles, les boiteux et les sourds s'en-
tassaient dévotement. Tout allait bien, quand
trois Florentins, bouffons de cour, Stecchi, Martellino et Marchese, passant par Trévise, s'avisè-
rent de se divertir aux dépens du saint. Ils
quittèrent leur hôtellerie, et, dans un endroit
écarté, Martellino se contrefit de la tête en bas :
yeux, bouche, cou, dos, bras et jambes, tout se
mit de travers : imaginez Quasimodo. Soutenu
par ses deux acolytes, il se fraya un chemin à travers la foule qui criait : « Place! place! » et, dans
l'église même, il fut mollement couché par des
gentilshommes sur la pierre miraculeuse. Le
miracle ne se fit pas attendre : morceau par morceau, Martellino se redressa, aux cris de bénédic-
tion de l'assistance. Malheureusement, se trouvait

là un quatrième Florentin qui reconnut notre
homme, dès qu'il eut repris sa forme primitive,
et, sans mauvais dessein, vendit la mèche. La
foule, furieuse, se jeta sur le miraculé, l'accabla
de coups et le traîna hors du saint lieu, pour le
mettre à mort. Stecchi et Marchese suivaient
criant : « A mort! » comme les autres et ne
sachant comment sauver leur ami. Mais ils étaient
gens de ressources. Marchese aperçoit les sbires de
la Seigneurie, court à eux, et montrant le dolent
Martellino : « Ce coquin m'a coupé ma bourse où
il y avait cent florins d'or. » Les sergents s'empressent de tirer, non sans peine, le faux estropié
des griffes trévisanes; tous les Trévisans de suivre,
en criant : « A moi aussi il a coupé la bourse! »
On le mène au juge du podestat. Celui-ci est fort
en peine du cas de ce voleur universel, et, pour
s'éclaircir l'esprit, il fait appliquer Martellino à
un engin de torture. Cela allait de mal en pis.
Mais le Florentin n'était point un sot. « Seigneur,
dit-il au juge, demandez à chacun de ces messieurs depuis combien de jours je lui ai coupé la
bourse. » « Huit, six, quatre, » répondent les
faux volés. « Seigneur, faites rechercher à la
police, sur le registre des étrangers, depuis
combien de jours je suis à Trévise. Interrogez
l'hôtelier, mais ne me laissez pas massacrer par
ces gens-là. » Déjà Marchese et Stecchi couraient

à l'hôtellerie. L'hôte les conduisit à un certain
Sandro Agolanti, familier du podestat, qui con-
sentit à leur venir en aide. Le podestat était, par
bonheur, un seigneur aimant à rire, que tout ceci
divertit fort et qui renvoya Martellino absous. Ce
fut, sans aucun doute, son dernier miracle.

Martellino est à peine un hypocrite et c'est
un laïque. Mais, au *Décaméron*, les vrais faussaires de la maison de Dieu, clercs ou moines,
sont en assez grand nombre. Voici le grand
Inquisiteur de Florence, un mineur, qui est en
même temps le grand investigateur des bourses
bien garnies : il apprend qu'un bourgeois fort à
l'aise s'est vanté de posséder en ses caves un vin
si exquis que le Christ même pourrait le boire.
Blasphème et sacrilège. Procès d'hérésie. Le
bourgeois s'en tire à peu près avec beaucoup
d'argent, « graisse excellente pour guérir la
pestilentielle avarice de frères qui n'osent pas
toucher du doigt les pièces de monnaie. » En
outre, il doit entendre chaque matin la messe à
Santa-Croce et se présenter au Père Inquisiteur
à l'heure du dîner de celui-ci. Mais il ne tarde
pas à se libérer de sa pénitence par un mot
piquant qui fait rire les convives de Sa Révérence. Quand l'Inquisition souriait, au moins en
Italie, elle était désarmée.

C'est un grand art que celui des hypocrites

sensuels. Un abbé toscan (Boccace ne nomme pas
l'abbaye) attire dans son jardin un paysan riche,
Ferondo, et sa femme, « une personne très
belle. » Là, il leur parle de la béatitude éternelle
et des œuvres très saintes des chrétiens et des
chrétiennes d'autrefois avec tant de charme, que
la dame brûle d'envie de se confesser à lui.
« Mon Père, je suis bien malheureuse, car j'ai
un mari à la fois stupide et jaloux; que faut-il
que je fasse? » L'abbé, très satisfait de cette
entrée en matière, répond : « J'ai le remède,
afin de le guérir, nous le mettrons en purgatoire,
pour un temps seulement; puis, nous le rappelle-
rons à cette vie; mais, durant cette expiation,
vous aurez soin de ne point vous remarier. »
Et, sans plus de cérémonie, il lui offre, pour
cette période de veuvage, des consolations peu
canoniques. Elle se récrie : « Vous n'êtes donc
point un saint, comme je le croyais ! » Et l'abbé
(assurément un arrière-grand-oncle de Tartuffe)
répond : « Mais cela n'empêche pas du tout la
sainteté, qui réside dans l'âme seule. Pourquoi
votre beauté est-elle sans pareille? Vous pouvez
bien vous en glorifier, en pensant qu'elle charme
les saints eux-mêmes, habitués à voir les beautés
du ciel. Enfin, pour être abbé, je n'en suis pas
moins homme comme les autres — *come che io
sia abate, io sono uomo come gli altri* — et, vous

le voyez, je ne suis pas encore vieux. » Qu'elle accepte donc la grâce que Dieu lui offre, et, par-dessus le marché, un présent de joyaux, et, sur-le-champ, un anneau d'or. La belle, toute hon-teuse, et presque à demi séduite, consent, mais à la condition que Ferondo sera d'abord dans sa niche, au purgatoire.

L'opération est menée rapidement. Le paysan, invité par l'abbé, boit un verre de vin somnifère, dont la recette vient du Vieux de la Montagne. Il semble vraiment mort et on le met au sépulcre. La nuit d'après, aidé d'un moine de Bologne, l'abbé retire son homme du sarcophage, le revêt d'une robe monacale et l'enferme en un caveau, couché sur une botte de paille. Quant à lui, chaque soir, il se rend chez la veuve, revêtu des habits mêmes du défunt, et tout le pays croit que l'âme en peine de Ferondo va demander des messes à sa femme éplorée. Cependant, le frère de Bologne visite son faux mort, qui s'est bientôt réveillé; il l'informe de son séjour d'outre-tombe, le bat de verges avec une voix épouvan-table et lui apporte à dîner. « Mais les morts mangent-ils? interroge Ferondo. — Certaine-ment, et voici ce que ta femme a porté ce matin à l'église pour des messes. » Le mort boit et fait la grimace. Pourquoi n'a-t-elle pas donné au curé du tonneau qui est contre le mur? En guise

de dessert, nouvelle tournée de verges, avec
commentaire d'édification. « Le bon Dieu te punit
pour avoir été jaloux, ayant la meilleure femme
de la contrée. » Ferondo, qui ne voit goutte dans
sa cave, demande si sa femme n'a pas offert de
chandelles. « Oui, dit le moine, mais on les a
brûlées pour la messe. » Au bout de dix mois,
on endort de nouveau le paysan et on le recouche,
avec ses habits, dans son premier tombeau. Il
se réveille, voit un rayon de lumière, se démène
et crie : « Ouvrez ! ouvrez ! » et finit par rejeter
le couvercle du funèbre monument. Les moines,
qui ne sont pas dans le secret de la comédie, courent, frappés de terreur, chez l'abbé. « Mes
enfants, ne craignez rien ! prenez la croix et l'eau
bénite, suivez-moi et allons voir ce qu'a fait la
puissance de Dieu pour exaucer mes prières. »
Ce fut une touchante cérémonie. Le bonhomme,
persuadé qu'il ressuscite, inondé d'eau bénite,
retourne à sa maison : tout le pays, à sa vue,
s'enfuit en se signant. Il finit par rassurer tout
le monde, sa femme aussi, qui ne tarde pas beaucoup à lui donner un beau garçon. Lui, il vivra
désormais très satisfait de son voyage au purgatoire, ami intime du bon abbé, donnant à ses
voisins des nouvelles de leurs parents et amis
morts, et répétant volontiers l'entretien particu-
lier qu'il eut là-bas avec Ragnolo Braghiello,

c'est-à-dire l'Ange Gabriel. C'est le rêve éveillé
de don Quichotte, sortant de la caverne de Mon-
tésinos.

Si ce moine a réussi trop effrontément au gré
de son caprice, c'est que Boccace lui pardonne
son hypocrisie en faveur de son esprit, et que,
dans la vieille Florence, l'esprit a toujours raison.
Cet autre, Alberto della Massa, le pire coquin
d'Imola, ancien voleur, ruffian, faussaire et
homicide, qui s'est fait frère mendiant, prédicateur et prêtre, finira comme il le méritait, c'est-
à-dire fort mal. C'est à Venise que nous le
trouvons sous le masque apostolique. « A l'autel,
quand il célébrait, s'il y avait une grande assistance, il pleurait la passion du Sauveur. »
A force de prêcher et de pleurer, il était devenu
l'homme de confiance des Vénitiens, dépositaire
des testaments et des fortunes, confesseur et
directeur des cavaliers et des dames. « Le loup
changé en berger : » sa réputation de sainteté
« dépassait celle de saint François d'Assise. »
Arrive à son confessionnal une Vénitienne
légère de cervelle, « comme elles sont toutes à
Venise, » dont le mari naviguait alors « dans les
mers de Flandre. » A une question insidieuse du
frère, elle répond que sa beauté est trop digne
du paradis pour s'abandonner à un amour terrestre. Alberto la renvoie et, quelques jours plus

tard, accompagné d'un ami sûr, il se rend chez
la belle et lui conte une histoire à dormir debout.
L'ange Gabriel, un bâton à la main, est entré dans
sa cellule et l'a battu pour avoir reproché à sa
pénitente d'estimer trop la grâce de sa personne
Elle est si divinement belle, dit l'ange, que si je
ne craignais de l'effrayer, j'irais lui faire visite.
La sotte, croyant à la vision du frère, le prie de
calmer les scrupules de Gabriel : elle le recevra
très volontiers, sous la forme qu'il lui plaira de
choisir. « Eh bien ! dit le fourbe, permettez qu'il
se présente avec mon propre corps. Pendant ce
temps, il mettra mon âme en paradis. » Tout alla
bien : Frà Alberto, tout en blanc, avec de grandes
ailes, fit, cette nuit, sa première visite, suivie de
beaucoup d'autres. Mais la bavarde Vénitienne
ne put s'empêcher de confier l'aveu de son
bonheur à une voisine, et, en deux jours, volant
de lagune en lagune, l'angélique comédie fut la
fable de Venise. Les parents de la pauvre dame
furent curieux de connaître l'ange et de savoir
« s'il pouvait s'envoler. » Une belle nuit, Gabriel
n'eut d'autre moyen de s'enfuir que de se jeter
par la fenêtre dans le Grand Canal. Il gagna à la
nage la maison d'un « bon homme, » à qui il
raconta vaguement son aventure et qui le mit
dans son lit. Quand il fit jour, le charitable
Vénitien se rendit au Rialto, entendit l'histoire

de l'ange, dont on n'avait plus trouvé que la robe et les ailes. Il revint fort aise au logis, et exigea de Frà Alberto un engagement de cinquante écus pour ne point être livré à ses persécuteurs. Le moine signa. Mais il fallait rentrer au couvent. L'autre eut une idée. On était en carnaval. Ce jour-là, sur la place Saint-Marc, c'était une chasse d'hommes déguisés en bêtes sauvages. La chasse finie, chacun peut emmener où il lui plaît la bête qu'il a présentée à la fête. Bien enduit de miel, roulé ensuite dans des plumes de poules, une chaîne au cou, un masque au visage, un bâton dans une main, traînant de l'autre deux grands chiens, l'ange fut conduit par son bourreau à travers Venise jusqu'à Saint-Marc, tandis qu'au Rialto on criait le secret de la comédie. Le sauvage à plumes, attaché à une colonne, tout noir de mouches, le masque enlevé, fut livré d'abord à la risée et aux outrages de la foule ; puis les parents et cousins de la dame parurent, au nombre de six, lui jetèrent un manteau sur les épaules et le traînèrent jusqu'à leur maison où ils le renfermèrent jusqu'à sa mort. Mais nous ignorons si les cinquante écus furent jamais payés au « bon homme » du Grand Canal.

Il manque encore une figure à cette galerie d'hypocrites, dont je ne montre point les plus impurs exemplaires : le charlatan joyeux, inoffensif, baladin et prédicateur, qui se contente d'un bénéfice honnête et d'un bon souper, exhibe de fausses reliques comme d'autres feraient des serpents ou des crocodiles empaillés, amuse la multitude tout en l'édifiant et ne se déconcerte d'aucun accident survenu dans sa mystique machination. C'est un bon moine quêteur de saint Antoine, *frate Cipolla*, frère Oignon, qui chaque année vient, à époque fixe, recueillir les liards des fidèles de Certaldo même, la cité paternelle de Boccace. Les oignons de Toscane étaient renommés, dit le conteur. Étaient-ils plus exquis à Certaldo et servaient-ils, dans le populaire, de sobriquet pour désigner les gens très rusés? Je dois, sur ce point, à M. de Nolhac un renseignement assez curieux. Sur un manuscrit de Pline l'Ancien, qui provient de la bibliothèque de Pétrarque, est une note marginale au passage relatif aux oignons et qui n'est point de l'écriture du poëte : *Nondum Certaldenses erant.* M. de Nolhac croit y reconnaître la main de Boccace. La *cipolla* fournit ainsi au *Décaméron* un trait de caricature, comme la truffe, *tartuffo*, a produit Tartuffe.

Ce frère Oignon était « petit de taille, rouge de poil et d'une face riante, le meilleur brigand du monde, » ignorant, grand hâbleur, ancien

compère de tout le monde dans la contrée. Un
dimanche d'août, pendant la messe, il donne
rendez-vous aux fidèles pour l'heure d'après
nones, au son des cloches, afin d'obtenir, en
échange de leurs aumônes, la protection de saint
Antoine pour leurs ânes, leurs bœufs et leurs
porcs. Il prêchera, fera baiser la croix, et exhi-
bera une relique insigne, qu'il a rapportée lui-
même de Terre Sainte, à savoir une plume
perdue par l'ange Gabriel dans la chambre de la
Vierge Marie, le jour de l'Annonciation. Or, dans
l'assistance se trouvaient, par hasard, deux jeunes
gens « très malicieux, » Giovanni del Bragoniera
et Biagio Pizzini. C'étaient des amis, mais des
amis traîtres. Frère Oignon, déjeunant au château, laissait à l'hôtellerie son reliquaire et les
cose sacre, sous la garde d'un valet en qui s'étaient
amassés tous les défauts et tous les vices, le très
paresseux, ivrogne et répugnant Guccio Porco.
La servante de l'auberge, une grosse maritorne,
étant du goût du personnage, Guccio s'était établi
dans la cuisine, guettant de l'œil la rôtissoire et
la rôtisseuse. Les deux jeunes Florentins montèrent donc sans difficulté à la chambre du frère,
ouvrirent la *casseta sacra*, enlevèrent la plume
et la remplacèrent par quelques poignées de
charbon. A l'heure fixée, au moment du prône,
Cipolla, ayant bien déjeuné et fait une petite

11

sieste, se tint sous le porche de l'église, entre
deux cierges allumés, le capuchon rabattu sur le
dos. Dans le campanile, les cloches carillonnaient.
Frère Oignon tira lentement la cassette de son
étui de soie et, avant de l'ouvrir, prêcha en l'honneur de l'ange Gabriel. Puis il souleva le couvercle. Plus de plume, des charbons. Il blas-
phéma, mais en pensée seulement et sans se
troubler, ni « changer de couleur : » « O mon
Dieu ! que ta puissance est grande ! » Suit alors
un long discours bouffon où il raconte une mission qu'il fit jadis en une contrée de géographie
fantastique, aux pays de *Truffia* et de *Buffia*,
« où je trouvai, dit-il, beaucoup de nos frères et
des moines des autres ordres, » un véritable iti-
néraire à la Pantagruel. Un jour, le patriarche de
Jérusalem lui a fait voir les plus étonnantes
reliques, un doigt du Saint-Esprit, le toupet du
séraphin qui apparut à saint François, une côte
du *Verbum Caro factum est*, un rayon de l'étoile
des Trois Mages, une ampoule pleine de la sueur
de saint Michel. Puis, la fameuse plume, que le
vénérable prélat lui a donnée. Elle est dans une
petite châsse très semblable à une autre où sont
renfermés des charbons sur lesquels fut rôti saint
Laurent martyr. « Voyez, mes frères, l'admirable
événement : dans deux jours, c'est la fête de saint
Laurent, et voilà que le bon Dieu m'a fait apporter

le reliquaire des saints charbons! » Il entonne la
Laude de saint Laurent, bénit la foule prosternée
devant la relique, et, sur les chemises des hommes
et les voiles des femmes, trace des croix avec ses
charbons qui, « une fois réintégrés dans leur cassette, deviendront aussi gros qu'auparavant. »
Giovanni et Biagio, qui avaient étouffé de rire
durant le sermon et la cérémonie, se croisèrent
comme les autres. Le soir même, ils rendirent la
plume à frère Oignon et tous trois soupèrent
joyeusement à l'hôtellerie, aux frais de saint Laurent, le diacre martyr.

V

Cette comédie du *Décaméron* est florentine par
ses principaux personnages, comme par le théâtre
de la plupart de ses intrigues. Boccace n'a bien
connu, en Italie, ou plutôt il n'a aimé que la
Toscane et Naples. Des Vénitiens, des Lombards,
des Génois, des Romains, des gens de la
Romagne, il ne fait que des comparses ou des
figures destinées aux mauvais coups, tels que Frà
Alberto d'Imola. A Venise, à Gênes, à Pérouse,
sont les avares, les imbéciles, les libertins gros-
siers. Il semble que Rome, veuve de son pape et
de son grand monde ecclésiastique, n'ait pu

fournir au conteur ni un type, ni une scène originale. La satire placée dans la bouche d'Abraham,
le juif de Paris, n'est formée que de traits généraux, de critiques abstraites, telles qu'il s'en
rencontrait chez les écrivains ascétiques eux-
mêmes, depuis Pierre Damien et saint Bernard.
Le vide laissé par Rome au *Décaméron* a une
réelle signification historique. Au temps de sainte
Catherine de Sienne et des derniers pontifes
d'Avignon, la pauvre ville éternelle, accablée de
misères, oubliée par les pèlerins, n'était plus
qu'une ruine immense, où se perdaient moins de
vingt mille habitants. Les ronces croissaient sur
le tombeau des Apôtres, et la vision mystique de
Rome, tête du monde, *Roma caput mundi*, s'était
retirée de la chrétienté.

Mais Boccace a vécu, dans Naples, les plus
beaux jours de sa jeunesse. La vie napolitaine lui
a dévoilé quelques-uns de ses secrets. Secrets de
Polichinelle, à la vérité : ici, la vie populaire
s'étale en plein air, le long de la Marine, au môle,
sur les degrés des églises, à Santa Lucia, au beau
milieu des ruelles fangeuses; aux paroles, ou
plutôt aux clameurs, aux gestes et aux contorsions
des personnes, il est aisé de deviner les mœurs
intimes, le train accoutumé de la maison : de l'in-
digence et de la fourberie, toutes les dépravations
d'une servitude séculaire, une religion d'idolâtres,

l'hallucination constante du bien d'autrui, un monde très remuant et très perfide, d'une gaieté un peu maladive, un peuple amusant et pittoresque, à qui a manqué seulement la visite de Callot ou de Goya. Parmi les croquis de ces deux grands observateurs de la malice humaine, on trouverait plus d'une illustration au conte suivant de Boccace.

Un jeune Pérugin, Andreuccio, courtier en chevaux, s'est rendu, pour sa première expédition loin de sa montagne, à la foire de Naples, avec cinq cents florins d'or dans sa bourse. Il entre dans la bruyante fourmilière un dimanche soir, descend à l'hôtellerie, se renseigne et, le lendemain matin, se dirige vers le marché. Il montre à tout venant sa riche sacoche et fait sottement tinter ses florins.

Une Sicilienne jeune et belle, d'humeur complaisante, suivie d'une vieille jouant les suivantes de bonne maison, passe à travers la foule, entend la sonnerie des florins, décide qu'ils tomberont dans ses mains. Le hasard veut que la vieille, de son côté, reconnaisse Andreuccio, dont elle a servi jadis le père à Palerme et à Pérouse. Elle court au jeune homme, l'embrasse, le confesse, prend un rendez-vous à l'hôtellerie, puis elle rend à la Sicilienne ses précieuses informations. Celle-ci arrête son plan d'opération, occupe la vieille et

la retient au logis et dépêche à Andreuccio sa
femme de chambre. Le Pérugin était assis seul à
la porte de l'auberge, respirant l'air marin. « Messire, dit la soubrette, une noble dame de la ville
voudrait bien vous parler. » Andreuccio, convaincu
que c'est une bonne fortune qui lui sourit, suit la
fille, qui le conduit en une rue équivoque, appelée
Malpertugio, *Maupertuis*, le nom même du castel
de notre vieux Renart. Au bas de l'escalier :
« Madame ! voici Andreuccio ! » Et la dame apparaît au haut, richement vêtue, charmante ; elle
embrasse l'étranger sur le front, en versant des
larmes de félicité. Elle l'entraîne dans sa chambre,
toute parfumée de roses et de fleurs d'oranger ;
sur des traverses sont étendues des étoffes de
soie, « selon la coutume napolitaine. » On s'as-
sied au pied du lit, sur un coffre ; commence une
révélation que le jeune homme n'avait certainement point souhaitée : « Andreuccio, je suis ta
sœur ! Ton père a aimé ma mère, une veuve de
Palerme, et nous a abandonnés, quand j'étais
encore toute petite. » Suit tout un roman. Elle a
épousé un gentilhomme de Girgenti qui, pour
ses relations politiques avec le roi de Naples
Charles II d'Anjou, fut chassé de Sicile par le roi
Frédéric d'Aragon. Son mari s'est réfugié à
Naples, mais le roi angevin l'a comblé de ses
faveurs et a rétabli sa fortune. Ayant ainsi parlé,

elle l'embrassa derechef et pleura sur le front du
jeune homme. Andreuccio, naïf, ne doute point
que sa vraie sœur ne soit à ses côtés, il met la
dame au courant de ses affaires de famille. Il
goûte alors une joie très pure.

Tous deux boivent fraternellement du vin grec
et mangent des confitures. Le soir vient. Le
Pérugin veut s'en retourner à l'hôtellerie où d'autres courtiers de chevaux l'attendent pour souper.
La Sicilienne se récrie : « Quitter si tôt une sœur
si chère! » Elle enverra plutôt un valet prévenir
les gens de là-bas qui se mettront bien à table
sans son frère. Andreuccio ne demande pas mieux
que de demeurer; il soupe comme un prince et
le repas dure jusqu'à la nuit noire. Mais, alors,
il est trop tard pour s'aventurer à travers les rues
dangereuses de Naples. Donc, le malheureux se
résout à ne point sortir avant le jour de cette
caverne. A minuit, la dame se retire « avec ses
femmes, » dans son appartement, laissant les
fleurs d'oranger, le lit aux courtines soyeuses et
un petit valet à son bien-aimé frère. Celui-ci
retire ses vêtements et s'apprête aux douceurs
du sommeil.

Ici, se place un incident, d'une trivialité toute
rabelaisienne, qu'il faut bien indiquer, car il
importe à la suite de l'action. Souvenez-vous du
premier acte du *Malade imaginaire*. Andreuccio

a ouvert une petite porte donnant sur la chambre
fleurie, et indiquée par le petit valet. Une planche
traîtresse s'effondre sous ses pas, et il tombe
d'assez haut, mais sans se blesser, le long d'une
muraille infâme, au fond d'une sorte de puits
pratiqué entre deux maisons; il crie à l'aide; le
petit valet court avertir sa dame et celle-ci s'empresse d'enlever les vêtements du pauvre diable
et la bourse aux florins d'or. Le Pérugin, désespéré, se hisse jusqu'à la crête d'un petit
mur, descend dans la rue, retourne à la porte
du logis, qu'il secoue de toutes ses forces, toujours criant et suppliant. Les voisins, réveillés,
se montrent aux fenêtres; une servante de la
Sicilienne, tout en se frottant les yeux, paraît
à son tour. « Qui frappe en bas? — Ne me
reconnais-tu pas? Je suis Andreuccio, frère de
Mme Fleur de Lys. — Bonhomme, si tu as trop
bu, passe ton chemin, je ne sais de quel
Andreuccio tu radotes. » Elle referme sa fenêtre.
L'autre, tout enragé, se saisit d'une grosse pierre
et fait sonner la porte comme un tambour. Colère
croissante des voisins qui voudraient bien dormir.
« C'est indigne de faire à cette heure un tel
vacarme à la porte des courtisanes. Va-t'en et
retourne demain matin. »

Alors intervient à la fenêtre, avec une voix
féroce et sonore, un personnage qui, jusqu'à

présent, manquait à la fête, « un grand bache-
lier, la face couverte d'une épaisse barbe noire,
qui bâillait comme s'il sortait du lit, » le chevalier et surintendant de la belle. Il menace de
rosser le Pérugin. Les voisins, à la vue de
l'homme barbu, jugent que les choses se gâtent
sérieusement. « Par Dieu, bonhomme, sauve-toi
vite, si tu ne veux être assassiné sur la place. »
Andreuccio, pris de peur, presque nu et se faisant horreur à lui-même, marche donc au
hasard à travers Naples endormie. De loin, il
aperçoit deux hommes qui cheminent avec une
lanterne. Il les croit « de la famille de la cour, »
c'est-à-dire sbires de la police et se jette dans
une masure. Ils y entrent, eux aussi, en faisant
un étrange bruit de ferrailles, soupçonnent vite,
sans l'avoir vu, la présence d'un tiers, et levant
leur lanterne, découvrent notre déplorable héros.

Ces seigneurs étaient, de leur métier, tire-laine
et crocheteurs de serrures. Ils se firent conter
l'aventure. « C'est à la maison de Scarabone
Buttafuoco; tu peux remercier Dieu de la chute
qui t'a tiré de ce repaire; autrement, tu n'en
serais jamais sorti vivant. Ne pleure pas sur tes
florins perdus; tu n'en retrouveras pas un seul;
viens avec nous; nous allons à une bonne affaire;
pour ta part, tu récupéreras et au delà l'argent
qu'on t'a volé. » Andreuccio répondit qu'il était

leur homme. Or, la veille, on avait enseveli à
la cathédrale, revêtu d'ornements d'or, portant
au doigt un admirable rubis, l'archevêque de
Naples, Messer Filippo Minutolo; il s'agissait
simplement de dépouiller le cadavre. Le Pérugin,
que sa détresse avait rendu stupide, les suivit.
En chemin, l'idée vint aux voleurs qu'il ne serait
point hors de propos de nettoyer leur compagnon. Un puits, muni de sa poulie et d'une corde
sans seau, se présente; ils attachent Andreuccio
et le descendent. Mais voilà que des sbires,
pressés par la soif, se dirigent, eux aussi, vers
le puits : les voleurs décampent et se glissent
dans l'ombre à pas de loup : les sbires tirent
la corde et ramènent le Pérugin en chemise,
rafraîchi et purifié; leur premier mouvement,
à la vue de ce fantôme qui monte à eux, est de
s'enfuir, en abandonnant leurs armes et leurs
manteaux. Andreuccio se raccroche à la mar-
gelle : il rejoint ses amis qui retournaient au
puits afin de l'en tirer. Tout en riant de la
lâcheté des sbires, on se hâte vers Saint-Janvier.
Ils entrent dans la cathédrale comme en un
moulin, *assai leggiermente*, et vont droit au
sarcophage épiscopal. Ils en soulèvent le couvercle et l'étançonnent, afin de livrer passage
à un corps de voleur. Mais qui descendra, vivant,
au sépulcre? « Ce n'est pas moi, dit chacun des

trois associés. — Tu entreras, disent les deux bandits, ou nous t'assommerons. » Andreuccio, tout tremblant, se coule dans le tombeau. « Ces gens-là, pense-t-il, emporteront tout le trésor et se moqueront de moi : faisons-nous d'abord notre part. » Il se passe au doigt l'anneau pastoral et livre à ses complices tour à tour la croix d'or, la mitre, les gants brodés d'or, la chape, l'étole, jusqu'à la chemise du prélat. « Et l'anneau? » interrogent les deux autres. « Je ne trouve point d'anneau. » Nos voleurs font brusquement retomber le couvercle et s'en vont : Andreuccio essaie en vain de soulever, de la tête et des épaules, la pierre du sépulcre. Le voilà bien enfermé, jusqu'au jour du Jugement. Il mourra d'une mort horrible, sur le cadavre de l'archevêque. Et si, par hasard, on le délivre, il sera pendu en qualité de voleur et de sacrilège.

Une rumeur court sous les voûtes de Saint-Janvier. Il y a des gens qui vont et viennent dans les ténèbres et parlent bas. Ils se rapprochent du tombeau. Le Pérugin se meurt d'épouvante. On a soulevé et maintenu le couvercle, mais personne n'a le cœur de descendre sur le corps de Sa Grandeur. Après un long débat, un prêtre dit : « Vous avez peur? Craignez-vous donc qu'il ne vous mange? Les morts ne mangent pas les vivants. Moi, j'entrerai. » Le prêtre passe les jambes dans le sarcophage : Andreuccio se redresse et le tire vivement à lui. Le clerc impie pousse un hurlement de terreur et se jette hors de la tombe, et toute la troupe s'enfuit « comme s'ils avaient cent mille diables à leurs talons. » Notre homme ne s'attarde pas davantage à son douloureux tête-à-tête avec le mort. Il sort de la cathédrale, légèrement vêtu, une bague épiscopale au doigt. Le jour approchait. Il parvient au port et, de là, retrouve heureusement le chemin de son hôtellerie. L'hôte, un Napolitain de vieille race, lui conseille de filer sans retard sur la route de Rome; il ne demanda pas mieux que de suivre le conseil, étant rassasié des enchantements de Naples, et trop heureux d'avoir échappé, en une seule nuit, à trois ou quatre morts diversement fâcheuses. Il rentra donc à Pérouse, riche d'expérience, rapportant non pas des chevaux, mais le rubis de l'archevêque.

Nous voici bien loin de la douceur et de l'ironie florentines. Ce conte est comique, non par l'esprit de finesse des personnages, gens de sac et de corde, mais par l'accumulation d'infortunes grotesques qui pleuvent sur l'enfant de Pérouse. C'est bien de l'art napolitain, une peinture chargée de couleurs crues, faites pour la lumière brûlante, une musique coupée de notes aigres et railleuses.

Au petit théâtre populaire de San Carlino, la pièce, dominée et réglée par Polichinelle, se trouverait dans son cadre naturel, en présence de son vrai public. Mais l'on sait que les coups de bâton de cet idéal Napolitain sont parfois mortels. A Naples et sur les bords de la mer de Sicile, en vue de l'île azurée de Caprée, Boccace avait respiré l'air d'une des régions les plus tragiques du monde. Il put voir un jour, en 1343, le cadavre d'André de Hongrie, égorgé par l'amant de sa femme, la reine Jeanne, petite-fille du roi Robert d'Anjou. On lui conta là-bas bien des histoires d'amour où le crime se mêlait à la volupté, où la *vendetta* scélérate gâtait les fêtes les plus joyeuses. C'est à Naples, et non point à Florence, qu'il puisa l'inspiration des plus sombres drames du *Décaméron*.

CHAPITRE IV

BOCCACE
LES DRAMES DU « DÉCAMÉRON »

I

Voilà bien des siècles que les sages, les poètes et les théologiens crient aux oreilles des hommes, sur un ton de grande mélancolie : « L'amour est une passion aventureuse, douloureuse, très souvent mortelle. » Ils en décrivent ou en pleurent les amertumes, les périls, les trahisons et les sottises. Mais les amoureux n'écoutent jamais les prophètes de malheurs, et il semble toujours que l'amour soit le suprême attrait et l'enchantement exquis de la vie humaine. Le vieux lyrique de Bologne, Guido Guinicelli, vaguement platonicien, comparait l'amour au soleil dont les rayons allument, sur la terre, les feux des pierres précieuses : si le soleil s'éteignait au

ciel, les diamants, les saphirs et les topazes ne
seraient plus que d'obscurs et méprisables cailloux. Ainsi l'amour, dit-il, enflamme ici-bas les
âmes nobles, et si l'amour venait à mourir, le
monde perdrait sur l'heure toute dignité et toute
grâce. L'Italie, qui rechercha si ardemment la
volupté, et la volupté amoureuse, et recueillit
si gaiement la sensualité païenne des *clerici
vagantes*, la sensualité toute bourgeoise de nos
fabliaux, accepta donc toutes les tristesses, toutes
les violences et tous les désespoirs d'une passion si nécessaire à la vie généreuse du cœur
humain.

Antérieurement à Boccace, elle avait écouté
les lamentations et vu couler les larmes de trois
amants de haut vol : Guido Cavalcanti, Dante et
Pétrarque. Guido, se rendant à Saint-Jacques de
Compostelle, avait aimé, à Toulouse, une dame
dont il n'a point révélé le nom et à qui il donnait rendez-vous dans les églises, mariée, sans
aucun doute, et d'une beauté sans pareille.
« Chants d'oiseaux, paroles d'amour, beaux
navires en pleine mer, blancheur de l'air aux
premières lueurs de l'aube, blanche neige tombant sans un souffle de vent, rivière limpide,
prairie émaillée de fleurs, or et argent, azur en
un brillant émail : tout cela n'est rien auprès de
la beauté de ma dame. » A Florence, il aima

Giovanna, *Monna Vanna*, et Dante a souhaité, en une gracieuse poésie, de naviguer avec son ami, Vanna et Béatrice, sur une barque toute murmurante de chants et de caresses d'amour. Aux bords de quel fleuve Guido a-t-il le plus pâti des rigueurs de la bien-aimée, sur la Garonne ou l'Arno? Nous ne savons. Mais sa souffrance remplit son œuvre presque entière, et, à travers le voile d'images subtiles dont il revêt son sentiment, nous entendons encore le cri de l'amour malheureux : « Mon âme dolente et peureuse — pleure sur les soupirs qu'elle trouve en mon cœur — et mes soupirs s'exhalent alors tout baignés de larmes. — Puis, il me semble qu'en mon esprit descende (*piova*, pleuve) la figure d'une femme pensive — qui vient contempler la mort de mon cœur. »

Les plaintes de Dante furent plus saisissantes encore. Ses amours, d'une gravité hiératique, mêlées de rêves et d'extases, illuminées ou assombries par des visions troublantes, gardèrent jusqu'à la mort de Béatrice la fraîcheur enfantine de leur premier matin. Le tourment emplissait son cœur :

Tutti li miei pensier parlan d'Amore;

un long gémissement éclate d'un bout à l'autre de la *Vita Nuova*, des *Canzones*, des *Sonnets* :

12

il faut que le monde entier compatisse au chagrin
du poëte : « O vous qui par la voie d'amour
passez, faites attention et voyez s'il est une douleur aussi pesante que la mienne.... Pleurez,
pleurez, amants, puisque Amour pleure, en
apprenant pourquoi il pleure. » Et quand Béatrice est partie « pour le ciel, le royaume où les
anges ont la paix, » il faut que Florence et jusqu'aux pèlerins venus des contrées lointaines,
pleurent avec Dante : « Que ne pleurez-vous,
quand vous passez au milieu de la cité dolente?
Si vous restez et prêtez l'oreille, mon cœur me
dit par ses soupirs que vous pleurerez et ne
partirez plus. Elle a perdu sa Béatrice! »

Plus touchant encore et plus humain fut peut-
être le deuil de Pétrarque. Avignon lui fut plus
cruelle que Toulouse n'avait été à Cavalcanti, et
Monna Vanna donna sans doute plus de joie à
Guido que Laure ne donna d'espoir à Messer
Francesco. L'exaltation maladive de Dante transforma et rasséréna son inconsolable amour.
Béatrice, couchée dans sa tombe de vierge, lui
parut plus adorable encore : elle était toujours
vivante, non seulement en son cœur, mais dans
la région angélique où montaient ses songes, où
il voyait passer, avec un sourire très pur, le
blanc fantôme de sa maîtresse. Béatrice transfigurée, vision de lumière, n'était plus la Floren-

tine que l'adolescent avait aimée et désirée, mais
une âme charmante et sacrée à laquelle n'allaient
plus les désirs du poète, mais ses sanglots et
ses prières. Laure ne prodigua point à Pétrarque
la volupté mystique qui berça les souffrances de
Dante. C'était une jeune femme qu'il rencontrait
aux églises d'Avignon, dont il souhaitait passionnément les tendresses, dont il célébra les charmes,
« les beaux yeux, la belle bouche digne d'un
ange, pleine de perles, de roses et de douces
paroles : » ce n'étaient point là entités méta-
physiques; mais la dame était peut-être mariée,
et, lui, il était homme d'Église; la dame fut
dédaigneuse ou prudente et, lui, timide, n'osa
point être trop pressant. Il écrivit des vers
sonores, supplia, offrit son cœur et ses rimes,
voyagea, revint, sollicita de nouveau, fit pleurer
les plus douces cordes de sa lyre, toujours vainement. Les années s'écoulaient, et cette passion
irritante, désespérée, alla fiévreusement jusqu'aux
jours que Pétrarque appelle l'automne de la vie,
« alors que l'amour s'apaise dans la chasteté et
qu'il est permis aux amants de s'asseoir l'un
près de l'autre et de converser sans péril. » Il
n'est même pas très sûr qu'il ait jamais goûté,
déjà vieillissant, à ce charme mélancolique d'ar-
rière-saison. Puis, Laure mourut et le poète
ensevelit dans les plus beaux de ses sonnets un

amour que n'avait jamais réjoui même la caresse
d'un sourire.

Boccace put ajouter, à toute cette lyrique
inquiétante, les confidences intimes de son ami
Pétrarque. Les deux pâles amoureuses de la
Divine Comédie, Francesca da Rimini et la Pia
de' Tolomei, ont peut-être glissé plus d'une fois,
toutes blanches, près de son chevet, aux heures
les plus heureuses de ses nuits napolitaines.
L'Italie lui criait, par la bouche de ses plus
grands poètes comme par la chronique de ses
familles tragiques, que l'amour est une torture,
un mal divin, un accès de démence. Il était trop
parfait artiste pour penser que le grand amour,
celui dont les amants peuvent mourir, se ren-
contrât en ses contes galants relevés de liberti-
nage gaulois et de luxure italienne; il aimait
trop sincèrement le spectacle multiple de la vie
pour détourner les yeux des scènes de désolation, de vengeance, de férocité que provoque
l'amour. Il trouvait enfin, dans ses propres aventures de jeunesse, la trace encore vive d'une
passion dont l'héroïne avait souffert affreuse-
ment et par laquelle il s'était laissé émouvoir
durant quelques jours, comme il convenait à un
poète de cour, épicurien et bucolique, curieux
de placer, dans le cadre virgilien de Naples et
de Baïa, un roman pathétique, la douleur

d'une maîtresse perdue au fond de ses souvenirs.

C'est une histoire très simple que cette
*Élégie de Mme Fiammetta, dédiée par elle-même
aux dames amoureuses.* Elle ne veut pas que son
livre tombe aux mains des jeunes hommes, qui
ne feraient que rire de sa peine. Pour les femmes
seules, qui la comprendront, elle a recueilli
« les larmes de misère, les violents soupirs, les
voix plaintives, les pensées tempétueuses qui lui
ont enlevé le sommeil, la joie des beaux jours,
l'amour de toute beauté. » Fiammetta était
mariée, et fut longtemps « contente de son
mari, tant qu'un amour furieux, avec un feu jusqu'alors inconnu, n'entra pas dans son jeune
cœur. » Un jour, dans une église — que le
lecteur se rappelle les sages avis de Barberino
sur le danger des églises trop souvent hantées,
— elle aperçoit un beau jeune homme qui la
regardait, tout le long de la messe, appuyé à une
colonne : il avait une barbe frisée d'adolescent
et semblait lui dire : « O femme, tu es notre
seule béatitude! » Elle eut quelque peine à ne
point lui crier : « Et vous êtes la mienne! »
Fiammetta était foudroyée par l'amour. Elle ne
pense plus qu'au jeune inconnu, le cherche dans
Naples, se consume en d'ardents désirs : elle le
découvre enfin et le possède. Bonheur éphémère.

Une nuit, Panfilo déclare que son père le rappelle impérieusement. Et lui, fils excellent, il
veut obéir à son père. D'ailleurs, l'absence sera
courte, il le jure. Mais déjà la jalousie a mordu
Fiammetta : si, loin d'elle, il en aimait une
autre! « alors mêlant ses larmes aux miennes et
pendu à mon cou, tant son cœur était lourd de
chagrin, Panfilo se lia par les plus doux et les
plus saints serments. Je l'accompagnai jusqu'à
la porte de mon palais, et voulant lui dire adieu,
la parole fut ravie à mes lèvres et le ciel à mes
yeux. »

Elle l'attendit, impatiente, pleurant, baisant
ses gages d'amour, relisant ses lettres, « cher-
chant encore sur sa couche à étreindre l'ombre
de Panfilo. » Mais l'amant ne revint plus. Le
fourbe, dit-on un jour à Fiammetta, s'était marié.
Elle éclate en sanglots, en imprécations; puis,
brisée, elle se crée un fantôme d'espoir, se dit
que ce mariage a peut-être été forcé, qu'elle le
reverra bientôt. Et l'Italienne court à l'église, se
jette aux pieds du Dieu « qui s'est livré pour le
salut du monde, » le supplie de mettre un terme
à son mal, de lui rendre au plus tôt son amant :
« C'est toi, Seigneur, qui m'as soumise à l'éternel
amour, toi qui m'as séparée de celui que j'aime
plus que moi-même. Si les malheureux sont
entendus de toi, prête l'oreille à ma plainte;

pour le peu de bien que j'ai pu faire, reçois mon
oraison, exauce mon vœu : cela ne te coûtera
guère, Seigneur, et me donnera un contentement
très grand. Rends-moi mon Panfilo. Tu sais bien,
toi à qui rien n'est caché, que je ne puis abandonner la pensée de mon gracieux amant. J'ai
voulu mourir mille fois déjà, et c'est l'espérance
que j'ai en ta bonté qui m'a donné la force de
vivre encore. N'est-ce pas un plus grand péché
de tuer sa pauvre âme avec son corps que de
reprendre son amour, comme je l'ai pris une
première fois ? N'aimes-tu pas mieux les pécheurs
qui vivent et te connaissent encore que les morts
désespérés, sans rédemption ? » Et, pour confir-
mer cette théologie napolitaine, elle fait brûler
de l'encens et des cierges et dépose de l'argent
sur l'autel.

Mais Panfilo ne reparaît toujours point. Elle
songe alors aux joies de la nouvelle épouse, et
cette vision la tue lentement ; elle perd le sommeil, la fièvre la brûle, elle néglige sa parure ;
on l'emmène, toute languissante, aux bords du
golfe de Baïa ; mais aucune fête ne distrait son
chagrin ; sa beauté se fane ; elle s'éteint et appelle
la mort. Or, elle était réservée à une torture
encore plus grande. Panfilo ne s'était point
marié ; il avait tranquillement changé de maîtresse. Fiammetta sort d'elle-même, folle de

rage, se laisse arracher par son mari l'amer
secret; elle rejette les consolations de sa nourrice qui l'invite à chercher un autre amant. Elle
se débat dans une démence furieuse. Elle écrit
cependant jusqu'au bout sa triste histoire pour
les *pietose donne*. « O mon tout petit livre, qui
sembles sortir du tombeau de ta maîtresse ! » Il
eût gagné à être plus petit encore, car Boccace
l'a gonflé d'une mythologie qui lui paraissait
neuve, et que nous jugeons bien vieillie. Mais
ôtez de la Fiammetta Vénus et tout l'Olympe,
Médée, Hécube, Phèdre, Sophonisbe, Massi-
nissa et l'histoire romaine, il restera une peinture pathétique des passions de l'amour, où le
cœur saigne, où la chair palpite. Fiammetta avait
lu, comme Francesca da Rimini, nos romans de
la Table-Ronde; elle se souvient, à la fin du récit,
de Tristan et d'Yseult, et envie leur sort : à la
même heure, Yseult expirant près de Tristan,
qui vient de mourir, et tous les deux terminant
ensemble leurs joies et leurs peines. Peut-être, à
la dernière minute de sa vie, Tristan, mortelle-
ment blessé, a-t-il pu douter d'Yseult, mais
Yseult n'avait jamais douté de Tristan, et elle
accourait, sur le vaisseau à la voile blanche, pour
enchanter la blessure du chevalier. Ici l'amour,
exaspéré par la trahison, par l'abandon sans
espoir, se convertit en haine universelle, haine

contre Panfilo et sa complice, haine contre les
femmes et surtout contre les hommes, « monde
ingrat qui se joue des femmes simples et ne
mérite point de lire cette histoire digne d'une
telle pitié. » La simplicité d'âme n'est peut-être
pas le trait original de Fiammetta; mais on
avouera sans peine que ni Cavalcanti, ni Dante,
ni Pétrarque, n'avaient connu et immortalisé un
si profond désordre de la conscience, un plus
désespéré naufrage de la passion.

II

Boccace comprend les passions de l'amour à la
façon dont les sages de l'antiquité, enivrés de
pur rationalisme, et trop épris de sérénité intellectuelle, comprirent toute passion. Pour lui,
l'amour, si légitime qu'il paraisse, si respectueux
qu'il se montre de la noblesse morale, est une
source de souffrance. Même, quand il finit bien,
il est toujours une épreuve et fait acheter la joie
au prix de bien des larmes.

Federigo degli Alberighi était le plus renommé
« donzel de Toscane » pour les œuvres de chevalerie et de courtoisie. Il aimait une jeune dame,
Monna Giovanna, « des plus belles et des plus
séduisantes de Florence; » mais il avait beau

donner des joutes, des fêtes et des cadeaux, la
dame, insensible, altière, ne répondait point à
ses soins. Frédéric, à force de coûteuses folies,
fut bientôt réduit à l'extrême misère; il ne lui
resta qu'une petite ferme et un faucon, « l'un
des meilleurs du monde. » Il se retira dans son
champ et, résigné, oublié, se consola de la pau-
vreté par le plaisir de la chasse. Giovanna devint
veuve; son jeune fils recueillit une grande fortune qui, selon le testament paternel, devait
revenir à la mère si l'enfant mourait sans héritier. La dame alla passer l'été en une villa proche
de la chaumière du cavalier. Celui-ci et le petit
garçon devinrent aussitôt grands amis; l'enfant
montrait, pour la chasse au faucon, un goût merveilleux. Il eut envie de posséder l'oiseau et
tomba malade, tant son désir était violent :
« Mère, si vous m'obtenez le faucon de Frédéric,
je crois que je guérirai très vite. » Giovanna se
trouva fort embarrassée. Elle savait que Frédéric
l'avait longtemps aimée et n'avait jamais reçu
d'elle même un regard bienveillant. « Comment
oserai-je lui demander l'oiseau qui est toute sa
vie, et prendre à un gentilhomme à qui n'est
demeuré aucun autre plaisir le dernier de ses
biens? » Mais l'enfant dépérissait. Elle lui promit
de se rendre le lendemain chez Frédéric, « et
l'enfant, tout joyeux, le jour même se porta

mieux. » Giovanna, accompagnée d'une suivante, rencontre le jeune homme à la porte du jardin où il cultivait ses fleurs. « Je veux, dit-elle, déjeuner aujourd'hui à votre table, afin de vous dédommager de vos chagrins. — Madame, je n'ai souffert aucune peine par vous, mais j'en ai reçu un bien infini, car, tout ce que je vaux, je le dois à votre grâce et à l'amour que je vous ai voué. » Il court à la maison pour apprêter le repas. Mais le foyer était froid, le buffet vide, et point d'argent pour acheter de quoi manger. Ses yeux tombent sur le faucon, « seule nourriture digne d'une telle dame. » Il lui tord le cou, le donne à plumer et à rôtir à sa servante. Quand la blanche nappe est mise sur la table, il revient, le visage joyeux, à Giovanna qu'il conduit au triste festin. Le déjeuner fini, avec de longs détours, elle demande à Frédéric l'oiseau qui seul peut rendre la vie à son fils. « Hélas! madame, vous l'avez mangé! Je n'avais aucun mets plus précieux à vous servir! » La veuve, touchée d'une telle preuve d'amour en une détresse si grande, s'en retourna à sa villa « toute mélancolique. » Et le petit mourut quelques jours plus tard. Giovanna dit alors à ses frères : « S'il vous plaît que je prenne un second mari, je n'en veux d'autre que Federigo degli Alberighi. — Il est trop pauvre, » disent

les frères. Elle leur répond par une grave
maxime qu'inventa jadis Périclès, et ils donnent
leur consentement. Ce fut une heureuse union.
Mais c'est vraiment dommage que la jeune femme
n'ait point demandé une heure plus tôt au cavalier l'oiseau qui eût sauvé le pauvre enfant.

Voici un gentilhomme qui recherche en amour
de bien curieux raffinements. Gualtieri, marquis
de Saluces, avait longtemps préféré la chasse au
mariage. Ses vassaux, désireux d'avoir un *mar-
chesino*, le priaient en vain de prendre femme. Il
finit par céder à leurs vœux et choisit une pauvre
bergère, très belle, fille de Giannucolo, paysan
du voisinage, nommée Griselda (Grisélidis), à qui
il fit promettre d'abord de lui obéir aveuglément
en toutes choses et de ne se troubler pour aucun
des caprices de son mari. Les noces furent magnifiques, « dignes d'une fille du roi de France. »
Griselda, dont l'âme et l'esprit étaient d'une rare
valeur, ne tarda pas à paraître marquise incomparable, « et si docile à son mari, que celui-ci se
tenait pour l'homme le plus heureux du monde. »
Elle lui donne bientôt une fille. Alors commence
pour elle une série d'épreuves bien cruelles.
Gualtieri lui enlève l'enfant; il annonce qu'une
fille ne pouvant gouverner après lui son domaine,
il doit la faire mourir. La petite, portée à Bologne,
est élevée secrètement, tandis que la mère la

croit véritablement morte. Griselda met au monde
un fils. Même comédie féroce. Le petit-fils d'un
paysan est indigne du marquisat; on l'arrache à
sa mère qui ne se doute point qu'il ne soit à son
tour massacré. Le marquis envoie le jeune garçon
rejoindre sa sœur en Romagne. Griselda accepte
ces affreuses fantaisies avec une douceur touchante. Enfin, quelques années plus tard, Gualtieri tente une dernière expérience. Il feint de
répudier Griselda et lui montre de fausses bulles,
expédiées de Rome, qui autorisent le divorce. Il
cherchera une autre femme et renverra l'infortunée à la masure paternelle et à ses moutons.
Griselda se résigne encore, retient ses larmes,
rend à son époux l'anneau conjugal : « Seigneur,
si vous jugez honnête que ce corps, qui vous a
donné vos enfants, soit vu par tous, je m'en irai
nue de votre maison : mais je vous prie, en récompense de la virginité que j'ai apportée ici, de me
laisser une chemise pour m'en retourner. » Gualtieri, qui avait la plus grande envie de pleurer,
lui répond, avec un visage dur : « Soit, emporte
une chemise, une seule. » Tous les assistants
imploraient vainement la pitié du maître. Griselda, en chemise, tête nue, pieds nus, sortit du
palais, accompagnée par les gémissements de
tous les vassaux, et revient chez son père. Elle
reprit sa robe de paysanne et les humbles travaux

de sa jeunesse, « supportant avec une grande âme l'assaut de la fortune méchante. »

L'étrange marquis invente alors une torture nouvelle. Il publie son prochain mariage avec une fille de la noble maison de Pagano, mande Griselda, la prie de remplir quelques jours l'office de maîtresse des cérémonies et de tout disposer pour les fêtes nuptiales : après les noces, elle s'en retournera chez elle. Bien que ces paroles fussent autant de coups de couteau dans son cœur, « elle accepte la mission, met toutes choses en ordre dans le palais comme si elle n'était qu'une petite servante. » Elle invite, sur l'ordre de Gualtieri, les belles dames de la contrée et les reçoit « dans ses pauvres vêtements, d'un visage riant, avec des manières seigneuriales. » Cependant, la fille de Griselda, qui avait alors douze ans et était « la plus belle créature qu'on eût jamais vue, » et son fils, âgé de six ans, arrivaient de Bologne en grand équipage : le marquis présente à ses vassaux la jeune fille comme sa fiancée et le jeune garçon comme son futur beau-frère. Griselda sourit aux deux enfants. « Que penses-tu de notre épousée? lui demande Gualtieri. — Seigneur, elle me paraît aussi sage que belle, et vous vivrez avec elle très heureux; mais je vous prie de toute mon âme de ne point lui infliger les douleurs de la première épouse,

car elle est trop jeune et trop délicatement élevée
pour souffrir ainsi : l'autre, au moins, n'était
qu'une paysanne. »

Alors éclate le coup de théâtre impatiemment
attendu par le lecteur. Le mari ouvre les bras à
sa très chère, très patiente et très douce com-
pagne, lui rend ses deux enfants, et tout son
cœur et toutes ses richesses : il fait même une
rente à son beau-père, le vieux Giannucolo. Il
avait assurément joué gros jeu et violé quelques-
unes des lois de la vieille morale classique. Il
avait savouré une volupté blâmable en tourmen-
tant la personne qu'il aimait le plus au monde ;
mais, enfin, ce n'était point l'œuvre d'un médiocre
virtuose que de mêler ainsi, pour la gloire éternelle d'un cœur de femme, la dureté d'un *pater-
familias* romain, la fantaisie romantique d'un
baron féodal, et la perversité ironique d'un
grand seigneur de la Renaissance.

III

Le marquis de Saluces était peut-être un sage,
tout pénétré de ce pessimisme, à la fois néo-pla-
tonicien et chrétien, qui, au moyen âge et parti-
culièrement en Italie, recouvrit d'une ombre
funèbre la doctrine poétique de l'amour. Tous les

lyriques du « doux style nouveau » ont chanté
l'invincible contradiction qui, en amour, rejette
la réalité à une distance infinie de l'idéal et du
rêve. Plus haute est l'âme des amants, plus
amères sont les désillusions de leur cœur : on
souffre d'aimer et d'être aimé, parce que la misère
morale de notre nature, par ses soupçons ou ses
défaillances, corrompt toutes les joies de l'amour,
ses espérances et ses extases et jusqu'à la mélancolie délicieuse de ses angoisses. On aime, on
pâtit, on pleure et il n'est plus possible de s'arracher aux étreintes de la passion qui ne permet
point, disait Dante, à qui est aimé de ne plus
aimer :

> *Amor che a nullo amato amar perdona.*

« C'est un mal et un tourment, un effroi et un
martyre, » avait dit Guido Cavalcanti :

> *Male e dolore, affanno con martire.*

Il en faut mourir, et il est heureux que l'on en
meure. Car la mort en détachant les amants du
limon charnel et des âpres conditions de la vie
terrestre, les rend à la paix et à la pureté des
choses éternelles. Elle est la grande consolatrice,
qui ferme les blessures du cœur, endort et berce
l'âme endolorie. La fraternité de l'amour et de la
mort « déposés le même jour dans le même ber-

ceau, » fut, de Cavalcanti à Leopardi, une idée
chère à la poésie italienne. Et, dans la cité
dolente elle-même, parmi la race perdue de ceux
qui ont « laissé toute espérance », les couples
d'amoureux, qu'emporte l'infernal ouragan, passent, sous les yeux de Dante, entrelacés, unis
pour toujours et bercés par la tempête, pareils
« aux blanches colombes qui, les ailes grandes
ouvertes, retournent au nid bien-aimé. »

Il arrive alors que le témoin de ces amours
surprises et consacrées par la mort se sent ému
d'une pitié et d'un respect sans mesure. Dante,
après avoir entendu le récit et les sanglots de
Francesca, s'évanouit et tombe « comme une personne qui meurt. » Et voici l'œuvre et le bienfait
suprême de la mort : l'amour heureux, l'amour
naïf, sensuel, parfois coupable, qui n'attirerait
guère l'attention du poète, du romancier ou du
conteur, dès qu'il finit en élégie ou en drame de
sang et se couche, expirant, dans ses voiles de
deuil, devient tout à coup le plus émouvant et le
plus attirant des spectacles. Aussi Boccace, fidèle
à la doctrine des grands lyriques de sa race, a-
t-il édifié, à l'ombre des cyprès du *Décaméron*, le
Campo-Santo des amants tragiques, région douloureuse qu'il nous faut maintenant visiter.

Je commence par les plus humbles tombes,
dont l'histoire est peut-être la plus attendris-

sante. Simona et Pasquino, deux enfants de
Florence, aussi charmants que pauvres, se sont
aimés sans plus de réflexions ou de scrupules
que les plus candides amants de la fable antique,
Daphnis et Chloé. Simona était fileuse, Pasquino
ouvrier d'un maître tisseur : le jeune garçon
apportait souvent à la jeune fille de la laine à
filer, et celle-ci, au doux murmure de son rouet,
ne songeait plus qu'à la bonne mine de Pasquino.
Un soir, le rouet s'arrêta et la fileuse ne fila
plus. Ce fut une ivresse timide, une joie inquiète
de quelques beaux jours. Pasquino, afin d'entretenir librement sa maîtresse loin des regards
soupçonneux du père, l'invita, en compagnie de
son amie Lagina, à faire la collation dans un
jardin. Simona, déjà rusée, feignit de se rendre
« au pardon de la Porte San-Gallo. » Elle rejoi-
gnit son amant, qui, de son côté, amenait un
ami, Puccino Stramba. Les deux couples se sépa-
rèrent sous les ombrages de leur petit paradis
terrestre et choisirent chacun une retraite ver-
doyante, pour y attendre l'heure du goûter.
Pasquino et Simona s'étaient assis dans l'herbe,
près d'une épaisse touffe de sauge, et, tout en
devisant, le jeune homme y cueillit une feuille
et la mordit. Tout à coup il pâlit, ses lèvres
tremblèrent, ses yeux se fermèrent : il était
mort. Lagina et Stramba accoururent aux cris

de la pauvre fille. « Ah! femme scélérate, tu l'as empoisonné! » Les voisins, attirés par le bruit, s'empressent autour de Simona, l'entraînent, tout éplorée, au palais du podestat. Le juge interroge les témoins, et, ne comprenant rien à l'aventure, se rend au jardin afin d'y poursuivre l'enquête près du cadavre. Pasquino était toujours étendu, livide, à côté de la touffe de sauge. Simona, afin de bien montrer au juge les détails de la triste scène, arrache une feuille, la déchire de ses dents, pâlit aussitôt et tombe morte sur le corps de son amant. « O âmes heureuses, dont le même jour vit le brûlant amour et le dernier soupir! Plus heureuses, si vous êtes allées ensemble au même séjour! Très heureuses, si l'on aime encore dans l'autre vie et si vous y aimez toujours comme vous fîtes ici-bas! » Le mystère est bientôt éclairci. Un crapaud monstrueux se tenait tapi sous la sauge dont il avait empoisonné le feuillage. On brûla, sous un amas de branchages, la plante et la bête maudite, et les amis de Pasquino portèrent les deux amoureux à l'église San-Paolo, leur paroisse, où ils furent ensevelis côte à côte.

Au moins s'étaient-ils aimés sans contrainte et nulle ombre de soupçon ou de regret n'avait attristé leur bonheur. Girolamo Sighieri, fils d'un riche marchand, fut bien moins heureux

que le petit artisan Pasquino. Son père était
mort et sa mère et ses tuteurs l'élevaient avec
une grande sollicitude. L'enfant, très jeune
encore, tout en jouant dans la rue avec ses petits
voisins, noua connaissance avec la fillette d'un
tailleur, la Salvestra. « Quand il grandit en âge,
l'amitié se changea en si violent amour que voir
son amie était toute sa joie. » Il n'avait alors que
quatorze ans. La mère découvrit cette grande
passion, lui en fit des reproches et le châtia,
mais vainement. Elle dit alors aux tuteurs : « Il
l'épousera sans aucun doute un jour à notre insu,
et, désormais, je serai toujours malheureuse :
s'il la voit mariée à un autre, il en mourra de
douleur. » Et la bonne femme ne voit d'autre
remède pour le cœur de son fils que de l'envoyer
à Paris afin d'y étudier le négoce et l'art de
grossir sa fortune. Il refuse d'abord, se querelle
violemment avec sa mère, finit par céder à ses
caresses et à ses larmes, à la condition qu'il ne
sera pas éloigné de Florence plus d'une année.
On le maintint à Paris deux ans. Il revint plus
amoureux que jamais de Salvestra : mais la jeune
fille était déjà mariée à « un beau jeune homme, »
simple tisserand. Éperdu de douleur, il a beau
passer et repasser devant le logis de la belle,
Salvestra ne le reconnaît plus. Il réussit à se
glisser une nuit dans la chambre conjugale, et

pose sa main sur le cœur de la jeune femme
couchée près de son mari. « O mon âme, dors-
tu déjà? Je suis ton Girolamo! » A voix basse,
elle le supplie de partir. « Il est passé, le temps
de notre enfance, où nous pouvions être amoureux l'un de l'autre. » Qu'il ait donc pitié d'elle
et ne tente rien qui lui fasse perdre l'honneur
et la paix de sa vie. Loyalement elle lui refuse
toute espérance. Alors il sent qu'il n'a plus qu'à
mourir et demande, en guise d'adieu, une grâce
singulière : qu'elle lui permette de s'étendre près
d'elle, dans le lit, quelques instants seulement,
car il est transi de froid, et, une fois réchauffé,
il s'en ira pour ne revenir jamais. Il se coucha
donc près d'elle, avec un grand respect, et,
« recueillant en sa pensée le long amour d'autrefois et la dure indifférence de l'heure présente,
il étouffa son souffle, serra les poings, et, sans
faire un mouvement, rendit l'âme aux côtés de sa
bien-aimée. »

« — Eh! Girolamo, pourquoi ne t'en vas-tu
point? » Salvestra ne tarde pas à comprendre
que son amoureux ne se réveillera plus. En une
situation si extraordinaire, la fille de Florence
ne demeure pas longtemps embarrassée. Elle
éveille son mari et lui soumet le cas de conscience, « comme s'il s'agissait de personnes
étrangères? » Que fallait-il faire? Le bonhomme

répond que l'on devait rapporter en secret le
mort à sa maison, sans blâmer la femme, car,
dit-il, je vois bien qu'elle n'a point failli. Alors
Salvestra : « Voilà justement ce que nous allons
faire. » Et, prenant la main de son mari, elle lui
fait toucher le mort. L'autre, légèrement troublé,
se relève, allume une lampe, et, sans une parole
de reproche ou de méfiance, rhabille Girolamo,
le charge sur ses épaules et va le déposer au seuil
de la maison maternelle. Le matin venu, le
cadavre fut remis aux médecins qui n'y trouvèrent aucun signe de violence, puis on le porta à
l'église. « Et alors, la mère douloureuse, avec
les femmes de sa famille et les voisines, vint
pleurer et se lamenter sur son fils mort. » En
même temps, notre tisserand invitait Salvestra
à se rendre aux funérailles, afin d'écouter, parmi
les femmes, les propos tenus sur le mystérieux
événement, tandis que lui-même il entendrait les
discours des hommes. Il plut à la jeune dame,
devenue trop tard compatissante, de revoir mort
celui qu'elle n'avait pas voulu consoler vivant par
un seul baiser : elle se rendit à l'église. Mais à
la vue du visage pâle de Girolamo, tous les souvenirs, toutes les tendresses de leur enfance se
ranimèrent en elle; la tête couverte de son manteau, elle marcha à la suite des autres femmes
jusqu'au lit funéraire et, poussant un cri terrible,

se laissa tomber, les bras ouverts, sur le corps de son jeune ami. Quand on la releva, « on vit en même temps qu'elle était la Salvestra et que la Salvestra était morte. Et alors toutes les femmes, vaincues par une double pitié, jetèrent dans l'église une lamentation encore plus haute. » Cependant le pauvre mari, tout en larmes, contait à l'assistance l'histoire de la dernière nuit. On coucha Salvestra, ornée de la parure des mortes, aux côtés de Girolamo; les prêtres vinrent prier autour du couple infortuné, et « la même sépulture reçut pour l'éternité les deux amants que l'amour n'avait point unis sur la terre. »

Je trouve, en ces petits romans, une sorte de *morbidezza* italienne dont le charme est assez pénétrant. Langueurs, chagrins, mélancolie ou désespérance, mourir pour le dédain de l'être aimé, ou mourir encore pour ne point lui survivre, toutes ces nuances de la passion souffrante, refoulée ou brusquement privée de son objet, nous donnent, sans secousse violente, une agréable émotion littéraire. Ce sont des idylles que Boccace a contées avec une parfaite délicatesse de langue et d'images. Mais l'idylle, dans cette Florence du xive siècle où, écrit Dino Compagni, à chaque crise de la vie publique, « l'on en vient au sang, » était sans doute une fleur très rare.

Les sombres palais guelfes aux grosses tours
crénelées, les sinistres ruelles voûtées, ténébreuses, qui descendent à l'Arno, gardaient le
secret d'histoires lugubres, où l'amour provo-
quait au crime, où le baiser tuait, où l'honneur
outragé se complaisait en d'atroces vengeances.
Ce sont les horreurs du *Décaméron*, que nos
charmantes Florentines n'ont entendues qu'en
frissonnant.

IV

Il y avait à Florence une jeune dame « belle
de corps et altière d'esprit, » riche et noble,
nommée Hélène. Veuve, elle ne s'était point
remariée; elle aimait un « gracieux jeune
homme, » et les deux amants « se donnaient du
bon temps. » Un jeune gentilhomme toscan,
Rinieri, revenait alors de Paris, où il avait
étudié sous les maîtres de l'Université : il était
docte et riche, et menait un train brillant. Un
jour, dans une fête, il aperçoit Hélène en ses
vêtements de deuil, belle et désirable plus que
femme au monde; il en devient sur-le-champ
amoureux et prend la résolution de tout tenter
pour être aimé d'elle. La jeune dame, « qui
n'avait pas les yeux dans sa poche, » voit, de

son côté, l'émotion de Rinieri et se dit en riant :
« Je n'aurai pas perdu ma journée; voici un
jeune merle que je prends par le nez. » Et, par
un jeu de regards furtifs, plein de promesses
mensongères, elle active le feu de cette passion
naissante. L'étudiant désormais tourne autour
du logis d'Hélène, lui déclare bientôt son amour
par l'entremise de la servante. Elle fait répondre
qu'elle aime Rinieri de toute son âme, mais que
son honneur lui impose une réserve absolue.
Rinieri multiplie les billets doux et les cadeaux,
n'obtient que de vagues paroles, s'obstine dans
sa poursuite. La perfide créature révèle à son
amant, que tous ces cadeaux inquiétaient, l'amour
de l'écolier, et tous deux tendent à celui-ci un
piège odieux. Hélène l'invite à pénétrer chez elle
dans la nuit de Noël. La servante l'introduit
dans une cour abondamment jonchée de neige,
et l'y enferme. Le froid était piquant, l'amoureux grelotte, attend, s'impatiente. La dame et
son page, cachés derrière une jalousie, jouis-
saient de son ennui et de ses frissons. La servante
reparaît à une fenêtre : « Madame est bien chagrine de ce contretemps; ce soir, un sien frère
est venu souper chez elle; il n'en finit pas de
bavarder. Madame vous prie de patienter encore
un peu. » Et la soubrette se retire et va se
coucher. Hélène rentra dans son appartement

et, jusqu'à minuit, se réjouit avec son favori de l'avanie si joliment inventée pour l'autre. « Levons-nous un peu, dit-elle enfin, et voyons si le feu dont brûlait cet impertinent est éteint. » Ils retournent à la jalousie : le pauvre Rinieri dansait éperdument dans la cour pour se réchauffer; ses dents claquaient, et la neige tombait en tourbillons. La vipère murmure à l'oreille de son amant : « Eh bien! ma douce espérance, ne sais-je pas faire danser les hommes sans trompettes ni cornemuses? » Puis elle descend derrière la porte de la cour et appelle. L'infortuné la supplie d'ouvrir. Chansons! Son maudit frère est toujours là, et, après tout, pour quelques flocons de neige, Rinieri fait bien le délicat; à Paris, d'où il vient, on sait qu'il neige autrement plus fort. Elle refuse de l'accueillir à l'intérieur tant que son frère ne sera point parti. « Au moins, dit-il, préparez un bon feu, car je meurs de froid. » Elle répond : « Et ce grand amour, dont tu brûles, ne te tient-il plus au chaud? » Elle remonte à sa chambre et laisse, jusqu'au jour, Rinieri « semblable à une cigogne, tant il battait des mâchoires. » La servante délivre enfin l'amoureux transi, avec des paroles meilleures et la promesse de nuits plus heureuses. Mais, lui, il était guéri de sa passion, enragé de vengeance, aux trois quarts gelé et

perclus, presque mourant. Les médecins qu'il
fit venir à son chevet eurent les plus grandes
peines à ne point le tuer tout à fait. Une fois
« sain et frais, » il songe à assouvir sa haine.
D'ailleurs, la fortune lui sourit : l'amant avait
trahi la belle pour une autre maîtresse; Hélène
en était au désespoir. Voyant passer tous les
jours Rinieri sous ses fenêtres, elle eut une idée
bizarre : puisqu'il était si savant, ne pourrait-il,
par opération magique, ramener entre ses bras
l'ingrat qu'elle pleure? L'étudiant répond qu'en
effet il peut tirer l'autre, grâce à la nécromancie,
même du fond de l'Asie : mais c'est une œuvr
que Dieu condamne, un rite tout diabolique, sur
tout quand il s'agit d'amour. Il consent néan
moins à perdre son âme pour la femme qu'il feint
d'aimer toujours, malgré le souvenir de la nuit
de Noël. Il faut, pour cette magie, un lieu solitaire, l'heure de minuit, un grand courage.
Hélène est prête à tout. Cette Fiammetta
méchante, exaspérée d'amour inassouvi, ne se
méfie point de l'homme dont elle s'est fait un
implacable ennemi; et puis, fille étrusque ou
latine, l'étrangeté même de la cérémonie nocturne inventée par Rinieri est pour la charmer.
Il faut, dit-il, au dernier quartier de la lune,
qu'elle se baigne nue, toute seule, sept fois de
suite, en un courant d'eau vive, tenant en main

une image d'étain représentant l'amoureux fugitif;
puis, toujours nue, grimper en haut d'un arbre
ou sur le toit d'une maison, et se tourner à sept
reprises, avec l'image, du côté du nord, en pro-
nonçant une incantation qu'il lui livrera écrite :
à peine la formule aura-t-elle été dite que deux
demoiselles, « les plus belles qu'elle aura jamais
vues, » viendront la saluer et lui offrir leurs ser-
vices surnaturels. Elle leur demandera l'amant
disparu. Et la nuit d'après, vers minuit, l'enfant
prodigue, tout en pleurs, frappera humblement
à sa porte et ne l'abandonnera plus jamais.

Or, Hélène possède un bien dans le Val d'Arno,
tout près du fleuve. Le théâtre du drame était
ainsi trouvé. « Nous sommes en juillet, dit-elle,
et le bain sera un plaisir délicieux. » Non loin de
l'Arno est une vieille tour abandonnée, avec une
échelle montant à la plate-forme du haut de
laquelle les bergers veillent sur leurs chèvres
errantes. Rinieri, tapi sous les saules du fleuve,
voit Hélène se dépouiller de ses vêtements qu'elle
cache en un buisson; elle se plonge à sept
reprises dans l'eau froide, puis elle passe lentement, dans les ténèbres, nue et blanche, l'image
magique entre les mains, allant vers la tour. Un
instant, le jeune homme se trouble et se sent saisi
d'une grande pitié; il est sur le point de trans-
former singulièrement le rite du sortilège et

d'embrasser le charmant fantôme. Mais le ressen-
timent de l'injure est plus fort, dans l'âme de
l'écolier italien, que l'attrait du plaisir. Il la
laisse monter au sommet de la tour, la suit dans
l'ombre et retire l'échelle sans être vu. Elle a
beau prononcer les paroles enchantées, les
demoiselles fantastiques ne descendent point vers
elle. L'aurore paraît; elle attend toujours; elle
soupçonne enfin la *vendetta* de Rinieri, se félicite
d'avoir souffert d'un froid moins vif que celui de
la veillée de décembre, et s'apprête à rentrer
chez elle. Plus d'échelle ! « Alors, comme si le
monde s'écroulait sous ses pieds, le cœur lui
manqua et, vaincue, elle tomba sur la plate-forme
de la tour. » Elle pleure de honte, de remords et
de fureur, elle sent son honneur à jamais perdu;
elle sera la risée de Florence. Il fait grand jour
déjà, et l'étudiant s'avance gaiement au pied de
la tour. « Bonjour, madame, les demoiselles ne
sont-elles point encore venues? » Elle le supplie
par sa loyauté de gentilhomme; elle lui promet
de céder à ses désirs; elle est faible « telle qu'une
colombe entre les serres d'un aigle, » au nom du
seigneur Dieu, qu'il ait miséricorde ! L'étudiant,
qui l'entendait gémir et pleurer, avait au cœur à la
fois plaisir et chagrin : plaisir pour sa vengeance
si longtemps désirée; chagrin, par la compassion
qu'il avait de la malheureuse. Cette fois encore, la

haine l'emporte. Il lui adresse un bien long discours, où s'étale son immense rancune, où écla-
tent des paroles outrageantes. « Non, tu n'es
point une colombe, mais un serpent venimeux! »
Le soleil d'été commence à embraser le ciel et la
terre, et Rinieri continue son homélie sur la
perfidie des femmes, la légèreté des amants,
l'éternelle niaiserie de l'amour. Puis, il s'en va
déjeuner, en une villa voisine, chez un sien ami,
après avoir placé son valet en sentinelle au pied
de la tour. Bientôt Hélène, dévorée par le soleil,
les chairs enflammées et saignantes, harcelée par
les mouches et les taons, torturée par la faim et
la soif, n'entendant plus que la crécelle des cigales
et le murmure de l'Arno, se résigne à mourir.
Son bourreau revient vers le soir, bien reposé;
il résiste encore aux cris de la victime, emporte
à la maison d'Hélène les vêtements qu'elle a
déposés au bord du fleuve et les rend à la servante. Celle-ci court à la tour; un paysan était en
train de replacer l'échelle; ils montent tous deux
et trouvent la jeune femme haletante, défigurée,
hideuse, « brûlée comme une souche. » Le bonhomme enlève la dame et la descend dans la
prairie; la jeune fille tombe de l'échelle et se
casse une jambe. La nuit même, on rapporte les
deux femmes à Florence. L'amoureuse languit
longtemps avec la fièvre « et laissa maintes fois

sa peau attachée aux draps de son lit. » Elle confessa que cette mésaventure était l'effet d'une
sorcellerie et que le diable en personne l'avait
ainsi malmenée. Elle oublia son amant et, dorénavant, se garda d'aimer. « Et l'étudiant, dit
Boccace, apprenant que la servante avait la jambe
rompue, jugea sa vengeance très complète et,
joyeux, s'en alla de Florence, sans avoir parlé de
cette bonne histoire. »

Ce conte, d'un goût très barbare, est isolé dans
le *Décaméron*. Il en est d'autres, où l'horreur est
portée à son comble et dans lesquels cependant
paraît une esthétique de grande valeur. Ce sont
les drames farouches où la passion sauvage des
maris, des pères et des frères interrompt tout à
coup le duo d'amour, où la volupté est noyée dans
le sang. Boccace tire des chroniques de Provence
l'histoire épouvantable dont s'était inspiré déjà
Francesco da Barberino. Deux chevaliers, messer
Guglielmo Rossiglione et messer Guardastagno,
étaient unis par la plus tendre amitié. Le premier
avait une femme « très belle et désirable, » dont
s'éprit le second. Toujours l'histoire des deux
coqs et de la poule. La dame ne fit pas longue
résistance, mais Rossiglione se rendit bientôt
compte de son malheur. Il invita donc son ami à
chevaucher, avec lui, vers la France où était
annoncé un grand tournoi chevaleresque. Il l'at-

tendit à son passage dans une épaisse forêt, le
vit venir désarmé, et, le visage masqué de la
visière, « félon et méchant, la lance en arrêt, se
rua sur Rossiglione en criant : Tu es mort! » Il
le transperce, et les écuyers du pauvre chevalier
détalent au plus vite sans avoir reconnu l'assassin.
Celui-ci arrache à la pointe de sa dague le cœur
de son ami et le fait apprêter par son cuisinier,
comme cœur de sanglier. Il se met à table avec
sa femme, mange fort peu, en silence; on apporte
l'horrible mets, et la châtelaine, qui était en
appétit, le mange tout entier. « Ma dame, comment as-tu trouvé ce plat? — Monseigneur, sur
ma foi, il est exquis. — Par Dieu! je te crois sans
peine et ne m'étonne point que, mort, ce que tu
as si fort aimé te plaise encore. C'est le cœur de
messer Guardastagno, que vous aimiez si tendrement, femme déloyale. » Et l'épouse adultère, se
redressant alors, dans sa dignité d'amante, en
face du chevalier déshonoré par une infamie :
« Vous avez agi en traître et en scélérat : je lui
avais librement donné mon amour, et, si je vous
ai outragé en cela, ce n'est point lui, mais moi
seule qu'il fallait frapper. A Dieu ne plaise que,
sur une nourriture si noble, sur le cœur d'un
chevalier si valeureux et si courtois, aucune autre
ne tombe dorénavant! » Elle se jette par une
fenêtre très haute; on la relève morte. Guglielmo,

redoutant la justice du comte de Provence, fait seller ses chevaux et s'enfuit : les vassaux des deux seigneurs enterrent dans le même sépulcre les deux amants et, sur le marbre de leur tombe, on écrivit en vers le récit de leurs infortunes.

Tancrède, prince de Salerne, « fut un seigneur très humain et de nature bienveillante. » Sa fille unique, Ghismonda, qu'il chérissait d'une tendresse sans pareille, mariée au duc de Capoue, fut bientôt veuve et revint habiter le palais de son père. Elle était jeune, très belle, savante et *gagliarda*. Ce mot est toujours d'un sens complexe et incertain. Mettons qu'elle était audacieuse. Son père ne se souciant pas de la remarier, elle songea à se pourvoir d'un amant. Elle jeta les yeux sur un page, Guiscard, de race très humble, mais noble par l'âme, et charmant. Il fut facile à séduire. Un après-midi d'été, le prince s'étant par hasard assoupi derrière les rideaux du lit de Ghismonda, surprit les amants ; le lendemain, il fit arrêter Guiscard et manda sa fille. Il lui annonce d'abord le sort qu'il réserve au page et lui demande par quelle raison elle peut défendre « sa grande folie. » Le pauvre homme parlait ainsi « la figure baissée et pleurant aussi fort qu'un enfant battu de verges. » Ghismonda, mordue par une douleur terrible, persuadée que le jeune garçon est déjà sacrifié, mais soutenue

14

par une âme altière, la tête haute, sans larmes,
répond à son père : « Oui, j'ai aimé, j'avais le
droit d'aimer, étant jeune, ardente et libre, et
j'aimerai Guiscard jusqu'à la dernière minute de
sa vie. Faites-le donc égorger, s'il vous plaît
ainsi, et tuez-moi à mon tour ; sinon je saurai
bien accompagner mon amant au tombeau. » Le
prince pleure de plus belle. « Va-t'en pleurer
avec les femmes et tue-nous tous les deux d'un
seul coup ! » — « Tancrède admira la grandeur
d'âme de sa fille. » Il n'ajoute, d'ailleurs, aucune
foi à ses menaces et, « afin de refroidir un amour
trop brûlant, » cet homme si bienveillant et si
doux ordonne que, la nuit suivante, « sans aucun
bruit on étrangle Guiscard et qu'on lui arrache
le cœur. » Le jour venu, il dépose lui-même la
sanglante relique dans une grande coupe d'or et
l'envoie par un de ses officiers à la jeune femme,
avec ce message : « Ton père te donne ce cœur
pour te consoler de la perte de l'être le plus aimé,
ce cœur à qui tu as prodigué les joies qui lui
furent les plus chères. » — « Mon père a bien
fait, dit-elle, il fallait une sépulture d'or à un
cœur si magnanime. Au moment de mourir, je
reconnais une dernière fois tout l'excès de son
amour et le remercie du rare présent qu'il envoie
à sa fille expirante. » Entourée de ses filles d'honneur, elle se penche sur la coupe et dit en pleu-

rant adieu à son bien-aimé, à sa jeunesse, à son
bonheur trop rapide, verse dans la coupe un
poison mortel et vide sans trembler le calice
funèbre. Puis, elle se couche sur son lit, dans
l'attitude la plus solennelle, tenant toujours la
coupe d'or serrée contre sa poitrine et attend
silencieusement la mort. Tancrède accourt au
chevet de l'agonisante. Elle le prie de ne point
pleurer sur le mal qu'il a voulu faire, de réserver
sa pitié, qu'elle repousse, de lui accorder une
seule grâce, celle de rejoindre dans le sépulcre
l'adolescent qu'elle aimait et qui est mort pour
elle. « Et, serrant toujours contre son cœur la
coupe d'or, et les yeux éteints, elle soupire : Que
Dieu demeure avec vous, moi, je m'en vais pour
toujours! »

De Salerne à Messine, le voyage n'est point
long, sur la mer la plus riante et la plus perfide
du monde : mais de l'Italie napolitaine à la Sicile,
la distance morale est assez grande. Je crois
bien que les Arabes ont légué à cette île leur
astuce tranquille, leur patience fataliste, leur
douceur dans les préludes du crime : le Silicien
est de race plus fine, plus patricienne que le
graeculus dégénéré du pays de Naples; mais il est
froidement implacable, tel qu'un fils de l'Orient.
Isabella vit à Messine avec ses trois frères, qui
sont de riches marchands. L'origine de la famille

est toscane, mais, comme on finit toujours par
hurler avec les loups, l'âme des trois jeunes
hommes est devenue, par contagion, froidement
méchante : il n'est point de fourbes plus cruels
sur ce rivage de la mer des Sirènes. Isabella a
distingué, pour son malheur, l'intendant de ses
frères, un jeune Pisan, Lorenzo, à qui elle fait
les plus aimables avances, et voilà un couple
d'amants de plus heureux pour quelques jours.
Mais l'aîné des frères a vu la jeune fille se rendant, de nuit, au logis de Lorenzo. C'était, assure
Boccace, « un sage jeune homme, » qui ne souffle
d'abord mot de sa découverte, laisse aller la
pauvre enfant, réfléchit longuement, informe enfin
les deux autres du fâcheux accident de famille.
Les trois sages jeunes gens délibèrent, se déci-
dent à se taire, à feindre de tout ignorer, afin
d'éviter l'infamie pour leur sœur et pour eux-
mêmes : ils attendront qu'une occasion s'offre
d'effacer sans bruit ni péril la honte de leur
maison. Ils continuent à s'entretenir amicalement
et à rire avec Lorenzo, puis un matin, l'emmènent
avec eux hors de la ville, comme pour une promenade et, parvenus en un lieu solitaire, l'assas-
sinent, l'enterrent et s'en retournent paisiblement à Messine. Les jours s'écoulent, Isabella
s'inquiète et n'obtient de ses frères que de vagues
réponses où perce un inquiétant mystère : elle

pleure, s'irrite, se désespère, attend en vain le retour de l'amoureux. Une nuit, elle l'aperçoit en songe, livide, fantôme de terreur : il lui dénonce le crime, la place de sa tombe et disparaît. Dès le matin, accompagnée d'une amie, elle se rend à l'endroit désigné par le mort, écarte les feuilles desséchées, fouille la terre, découvre le cadavre; elle détache la tête à l'aide d'un couteau, la rapporte à Messine, verse toutes ses larmes sur le cher débris, l'enveloppe d'une étoffe précieuse et l'ensevelit au fond d'un vase rempli de terre où elle plante des basilics de Salerne. Chaque jour elle le baigne d'essence de roses ou de fleurs d'oranger et passe sa vie en pleurant à côté de l'urne mortuaire. Le basilic grandit et fleurit; la jeune fille dépérit, refuse d'avouer la cause de son mal; les frères lui enlèvent le basilic, vident le vase et trouvent la tête de Lorenzo où était encore attachée la chevelure frisée. Effrayés, ils l'enfouissent de nouveau, et, craignant d'être découverts, « ils sortent avec précaution de Messine et se retirent à Naples. » Quant à Isabella, privée de son douloureux trésor, elle meurt de chagrin. Il y a sans doute, en ce conte, une réalité historique, tout au moins l'écho d'une légende populaire. Une *canzone* sicilienne, que l'on chantait au temps de Boccace, suit d'assez près le récit du *Décaméron*; mais elle se termine par cette strophe :

« Et moi, pour son amour, je mourrai de douleur, — pour l'amour de ma fleur. — Si quelqu'un
voulait me la rendre, — je la rachèterais volontiers. — Cent onces d'or que j'ai à la maison, —
volontiers je les lui donnerais, — et je lui donnerais encore un baiser. »

Dernière parole bien consolante. L'amoureuse
de la vieille ballade ne mourra pas comme celle
du conte. Elle promet un baiser. Elle tiendra sa
promesse. Elle est sauvée.

On aperçoit, en ces derniers contes, une morale
fort dangereuse et toute italienne, la doctrine de
la vengeance de famille, la *bella vendetta*. Ici, la
femme qui a péché est toujours la victime. L'époux,
le père ou le frère blessé dans son honneur, se
croit en état de légitime défense : il tue l'amant
sans miséricorde et pousse la malheureuse à une
mort désespérée. Les héroïnes de Boccace ne
sont pas moins lamentables que celles de Dante,
Francesca da Rimini ou la Pia dé Tolomei. On
souhaiterait, au Décaméron, une répartition plus
généreuse de la justice et le châtiment d'un mari
coupable, mais du mari seulement. L'histoire
d'Isabella et de Lorenzo, la tête de l'amant ense-
velie en un vase de fleurs, a pu inspirer, au
XVIIe siècle, la vengeance atroce d'une épouse
qui se crut outragée, mais qui, pour atteindre
l'infidèle, tout en respectant la tradition sanglante

des mœurs italiennes, frappa d'abord une jeune
femme presque innocente, digne tout au moins
d'une grande pitié. L'aventure florentine, cette
fois, historique en ses lignes principales, est
devenue légende populaire, embellie par une
sorte de poésie farouche :

Jacopo Salviati, duc de San-Giuliano, las d'une
vie de plaisir, s'était marié, pour faire une fin, à
Veronica Cibo, princesse de Massa. Veronica, une
romagnole d'humeur difficile, convaincue que son
époux retournerait bientôt à ses péchés d'habitude, le surveillait dans l'ombre. Une nuit, le
duc, surpris par une pluie d'orage, se réfugia
sous le portique du palais Canacci. Tandis qu'il
regardait tomber l'averse, une belle jeune fille se
présenta au seuil de la maison et l'invita à monter
au salon du vieux gentilhomme Giustino Canacci.
Salviati vit alors la dame du logis, Catarina, et
fut ébloui par sa grâce. Désormais, il en devint
le chevalier et visiteur assidu. Veronica, avertie
par une courtisane, jadis maîtresse de son mari,
prépara une vengeance atroce. Elle acheta un
vase magnifique de Luca della Robbia, sur lequel
était peint, en lettres gothiques, le mot *Tradi-
mento*. Elle y plaça un bouquet de fleurs des plus
rares et, dans le bouquet, une carte portant le
mot *Sorpresa*. Le duc demanda ce que signifiaient
cette *surprise* et cette *trahison*. Elle répondit que

dans peu de jours, le 23 mai, elle donnerait une fête joyeuse et qu'il connaîtrait le sens de l'énigme. Au jour fixé, elle pria Salviati de rester chez lui, afin d'accueillir ses hôtes, et dépêcha à Catarina un billet anonyme où elle l'invitait à éloigner son mari et ses serviteurs, afin de recevoir la visite de Jacopo. Les assassins trouvèrent donc Catarina seule et rapportèrent sa tête enveloppée dans une serviette. Veronica l'ensevelit parmi les fleurs. Cependant le duc, étonné de ne voir venir aucun invité, demande à sa femme quelle surprise elle lui réserve et quelle mystérieuse visite elle attend.

« Ne devinez-vous pas, mon ami? C'est votre bien-aimée Catarina Canacci; regardez. La voici. »

Et, dans la pourpre et le parfum des fleurs, Veronica fit voir à Jacopo la tête pâle de Catarina

« Mon cher mari, murmura-t-elle à l'oreille du malheureux, je vous aimais et vous m'avez trahie. Je me suis vengée. »

V

Sortons de cette nécropole. Aussi bien, sur les rives du détroit de Messine, où passe la route de l'Orient et celle de l'Afrique, nous touchons à la région des grandes aventures maritimes, à la

piraterie héroïque du moyen âge, aux hasards
et aux ensorcellements des contrées de pure
lumière où dorment en paix les civilisations
éteintes et les religions mortes. Les Italiens
n'avaient qu'à s'embarquer à Venise, à Gênes, à
Amalfi, à Otrante, et, du château même de leur
galère, ils entrevoyaient, comme en un mirage,
les lointains pays fantastiques dont toute la chrétienté rêvait alors, les rois et les papes songeant
au Saint-Sépulcre, les frères mendiants souhai-
tant la conversion des païens barbares, les moines
contemplatifs, préoccupés du Paradis terrestre,
les doges, les tisseurs de soie, les banquiers, les
armateurs de la péninsule, calculant la richesse
de ces royaumes aux noms glorieux, l'Égypte,
Carthage, la Syrie, la Perse, le Cathay, l'Inde,
Constantinople, Trébizonde, Chypre, Athènes,
Tyr, Jérusalem. Depuis Marco Polo, l'extrême
Asie semblait ouverte à l'Occident européen. On
connaissait les chemins menant aux épices précieuses, à la poudre d'or, à l'encens, à l'ivoire,
aux bêtes rares, aux ruines colossales, aux rites
étranges, aux voluptés mortelles. Le Soudan de
Babylone, le Prêtre Jean, le Grand Khan des
hommes à face jaune, le Vieux de la Montagne,
les émirs et les khalifes, Mahomet, les Pères de
la Thébaïde, les ermites du Gange, formaient
là-bas comme une humanité extraordinaire vers

laquelle soupiraient les poètes, les ascètes, les
barons féodaux, les aventuriers, les politiques et
les femmes. Et la mer étincelante qui se déroulait
jusqu'à ces merveilles avait, elle aussi, comme un
charme magique ; les brusques coups de vent des
parages de l'Archipel, la rage des petits flots
brodés d'écume, les côtes rocheuses de Morée ou
de Syrie, découpées en promontoires aigus ou en
baies profondes, retraites azurées où les corsaires
se tenaient à l'affût, la sombre menace du cap
Ténare, la grâce de Zante, des Cyclades et de
Smyrne, la majesté du Bosphore, les éblouis-
sements de Byzance, n'était-ce pas l'appel irré-
sistible de la Méditerranée à quiconque, des
Alpes à l'Etna, jugeait bien étroite l'ombre du
campanile communal, et se sentait entraîné et
tourmenté par l'attrait de l'inconnu ?

Beaucoup de ces poètes étaient, à la vérité,
d'astucieux marchands âpres au gain et légers de
conscience, tels que ce Landolfo Buffolo, bourgeois de Rovello, petite ville de la côte d'Amalfi,
« la plus délicieuse région de l'Italie, pleine de
jardins et de fontaines, et d'hommes riches,
ardents au négoce. » Il voulut doubler sa fortune,
arma un grand navire qu'il chargea de denrées et
fit voile pour Chypre. Mais toute une flottille
marchande avait jeté l'ancre avant lui dans le port
de l'île, il dut vendre sa cargaison à vil prix et,

se trouvant presque ruiné, « il pensa soit à mourir, soit à voler pour relever ses affaires; » il s'arrête au second parti, vend son navire, achète un bateau léger, « excellent pour la course, *sottile da corseggiare*, » et se met à écumer les mers du Levant, aux dépens surtout des Turcs, mais sans négliger les chrétiens. En moins d'une année, il avait pris tant de navires, pendu tant de patrons, qu'il se vit plus riche qu'il n'était auparavant. Très joyeux et décidé à se retirer des affaires, il mit le cap sur l'Italie. Mais, en plein Archipel, le *sirocco*, l'hôte terrible de ces parages, le força à se réfugier à l'abri d'une petite île. Le malheur voulut que deux grosses galères marchandes de Gênes, qui venaient de Constantinople, durent s'arrêter au même endroit. A pirate, pirate et demi. Les Génois, pour tuer le temps, s'emparèrent du bateau et des richesses de notre homme et le hissèrent à leur bord, en simple pourpoint. On se remet en route. Une violente tempête s'élève, qui sépare les deux navires génois et brise « comme une bouteille contre un mur » celui qui portait Landolfo sur les rochers qui hérissent les abords de Céphalonie : la cargaison et l'équipage tombent à l'eau; l'avisé corsaire embrasse une planche, puis s'installe sur une caisse et vogue, à la grâce de Dieu, trempé comme une éponge. Il aborde aux rives de

Corfou, ainsi que fit naguère Ulysse. Ce n'est point une fille de roi, mais une vieille femme qui, le prenant d'abord pour un monstre marin, l'accueille en le tirant à terre par la chevelure. Le voilà sur le sable et aussi la bienheureuse caisse. Il était à moitié mort de faim et de terreur. La vieille, aidée de sa fille, le porte dans une étuve, le réchauffe, le restaure. Il est remis sur pied. En l'absence de son hôtesse, il va ouvrir la caisse abandonnée, la trouve pleine de pierres précieuses, se garde bien de souffler mot de la découverte, demande un sac où il enfouit le trésor qu'il attache à son cou, passe sur une barque de pêcheur à Brindisi, puis à Trani. Là, quelques compatriotes le reconnaissent, le rhabillent et lui prêtent de quoi retourner à Rovello. Rentré chez lui, il bénit Dieu, ouvre la besace, vend les pierreries et, encore deux fois plus riche qu'avant son départ, se jure à lui-même de ne plus jamais naviguer. Le corsaire était d'ailleurs un galant homme : il envoya une grosse somme à la charitable vieille de Corfou et à ses compères de Trani.

Les aventures des femmes étaient, au moyen âge, plus étonnantes encore que celles des hommes. Marco Polo fit, au XIIIe siècle, à la cour de l'empereur mongol, la connaissance d'une dame de Metz que les Hongrois avaient

enlevée sur les bords de la Moselle et que les
Asiatiques avaient prise aux rives du Danube. Le
Décaméron renferme de ces curieuses histoires
d'héroïnes errantes, longtemps persécutées et
malheureuses, dont l'innocence finit par éclater,
à la satisfaction du lecteur. Telle, madonna
Zinevra, de Gênes, qui, calomniée horriblement,
par un mauvais gars, Ambrogiuolo, condamnée
à mort par son mari Barnabò, épargnée par la
pitié de l'émissaire de celui-ci, mais que Barnabò
croit morte et mangée par les loups, se travestit
en matelot et, la tête rasée, entre au service d'un
gentilhomme catalan qui se promenait pour son
plaisir et son négoce à travers la Méditerranée.
Elle s'appelle dès lors Sicurano. Le Soudan
d'Égypte, à qui le Catalan avait présenté des
faucons, frappé de la bonne mine du jeune
mousse, le demande à son maître. Sicurano
devient aussitôt le favori du prince. Il est chargé
de présider au bon ordre de la foire de Saint-
Jean-d'Acre; parmi les marchands venus de
toutes les cités italiennes, il reconnaît le traître
Ambrogiuolo, se lie adroitement avec lui, le
décide à conter son odieuse machination et le
ramène à Alexandrie, où il ne se fait pas prier
pour divertir le Soudan par l'histoire de madonna
Zinevra. Alors celle-ci mande en Égypte son
mari par l'entremise d'armateurs génois; toujours

travestie en page musulman, elle force son accusateur à dévoiler son crime à Barnabò, en présence du prince, puis elle dénonce son sexe, se nomme et se jette dans les bras de son époux, fort étonné d'une résurrection si inattendue. Le soudan, qui n'est pas moins surpris de la métamorphose, renvoie en Italie le couple romanesque, comblé de richesses, et fait attacher à un poteau Ambrogiuolo nu et bien enduit de miel ; les guêpes et les taons dévorent jusqu'aux os le misérable.

Mais quels accidents de la fortune sont comparables à ceux qui fondirent sur la fiancée du roi de Garbe? Le sultan de Babylone, pour récompenser l'alliance de ce prince marocain, lui envoya comme épouse sa fille, la charmante Alaciel. Le navire avait quitté l'Égypte par un beau temps, mais une fois la Sardaigne dépassée (la route suivie était déjà bien étrange), une tempête si furieuse assaillit les voyageurs qu'ils furent emportés jusqu'à Majorque et, de nuit, se brisèrent sur les récifs. La princesse et ses demoiselles demeurent seules sur les ruines de la galère, que les vagues roulent jusqu'à la plage. Un gentilhomme, Péricon da Visalgo, qui faisait ce matin-là, à cheval, sa promenade le long des grèves, découvre Alaciel, « toute timide, » dans la chambre de proue. Péricon emmène à son

château les naufragées, les réconforte et devient
sur-le-champ amoureux de la jeune fille. Elle
résiste quelques jours à ses prières, mais un
festin où elle a goûté à des vins trop généreux
et un ballet où elle-même danse un pas fort
oriental, lui font tout à coup oublier la couronne
de Garbe. Ce paisible bonheur ne dure guère;
le jeune frère de Pericon, Marato, « beau et
frais comme une rose, » s'éprend de la maîtresse
païenne de son aîné; une nuit, il tue celui-ci,
enlève Alaciel et l'embarque sur une felouque
génoise en partance pour les ports de Romanie.
Une fois en pleine mer, la princesse pardonne à
son ravisseur le meurtre de son premier amant,
mais les deux patrons du navire, jeunes et auda-
cieux, la convoitent à leur tour et s'entendent
pour partager fraternellement son amour. Un
matin, comme le navire filait très vite, Marato,
debout à la poupe, contemplait la mer; les for-
bans le poussent par les épaules, et le voilà dans
les flots. On avait couru plus d'un mille avant
que la chute du jeune seigneur fût connue.
Grande douleur pour Alaciel; les deux capitaines
s'efforcent de la consoler, et déjà elle leur sourit
à travers ses larmes. Le moment était venu de la
querelle classique à coups de couteau entre les
deux prétendants; l'un d'eux tomba mort, l'autre
grièvement blessé. Cette affaire chagrine beau-

coup Alaciel, qui débarque à Clarence, en Morée, et descend à l'hôtellerie en compagnie du cher blessé. Le bruit de sa beauté parvient vite aux oreilles du prince de Morée, qui lui rend visite et l'emmène en son palais où il la traite comme il ferait une épouse. Elle se remet bientôt de ses premiers ennuis et reprend toute sa gaieté naturelle. Le jeune duc d'Athènes, informé du demi-mariage de son cousin, vient lui rendre visite, s'enflamme comme il convient, une nuit, assassine le prince, le jette par la fenêtre de sa chambre à coucher, et n'oublie point d'étrangler l'officier qui lui a traîtreusement ouvert les portes de l'appartement. Alaciel dormait du sommeil de l'innocence. Le duc, à la faveur des ombres, joue le rôle de son défunt cousin; puis, avant l'aube, met à cheval la dame éplorée et, suivi de ses spadassins, pique des deux sur le chemin d'Athènes. Comme il était marié, il cache sa conquête dans une villa voisine de la mer. La douleur d'Alaciel était extrême, mais dura peu; elle se résigna à changer son blason féodal. Cependant les sujets du primat de Morée avaient découvert le cadavre de leur seigneur. Le frère du mort, qui héritait du pouvoir, s'empressait de lever une armée pour venger l'attentat. Le duc arme de son côté et demande l'aide de son beau-père, l'empereur grec, qui lui expédie son propre fils, Constantin. Le duc, plus imprudent que le roi Candaule, montre, par vanité pure, la princesse à son beau-frère, un louveteau qui va brûler de dévorer la tendre brebis. A l'ouverture des hostilités, le jeune Byzantin se trouve « mal à son aise de sa personne. » Il laisse les Athéniens et leur seigneur recommencer tout seuls la guerre du Péloponèse et va rendre un soir visite à l'aimable Alaciel. Sous prétexte de promenade à la fraîcheur des jardins, il l'entraîne du côté de la mer, la jette, éplorée, sur une barque qui se dirige à force de rames vers Égine. Il s'arrête sur la plage de l'île le temps nécessaire pour que la belle commence à sécher ses larmes, puis il l'emmène à Chio où elle achève de se consoler. Le sultan turc Osbech, qui se trouvait alors à Smyrne, eut vent de l'aventure. Il tente une descente nocturne au rivage de Chio, massacre et brûle tout ce qu'il peut et fait voile pour les côtes d'Anatolie ; il emportait sur sa galère l'infortunée Alaciel et l'épousait sans retard. La voilà sultane, mais l'Orient était alors bien troublé. Osbech avait à repousser l'invasion de Basan, roi de Cappadoce ; il laisse donc Alaciel à la garde d'Antioco, le plus loyal de ses officiers, et marche contre Basan. A la première bataille, il reste mort sur le terrain ; cependant Antioco ne perdait point son temps. Il était le premier homme qui parlât l'idiome d'Alaciel. La malheureuse, depuis de très longs jours, était aimée par des ravisseurs au langage desquels elle n'avait rien compris. A l'approche de l'ennemi, elle s'enfuit à Rhodes avec son nouvel amant. Quelques mois après, Antioco meurt en confiant sa maîtresse aux soins d'un marchand de Chypre, son meilleur ami. En pleine mer, entre Rhodes et Chypre, la princesse et le marchand se jurent un amour éternel. Peut-être le serment eût-il été tenu si le marchand n'avait point eu affaire en Arménie. Pendant son absence, Alaciel reconnut, passant sous ses fenêtres, un gentilhomme égyptien, Antigono, attaché jadis à la cour du Soudan, son père. Elle l'appelle et lui conte la chronique lamentable de ses naufrages et de ses mariages. Antigono la rassure touchant le point délicat du roman : « Personne ne sait qui vous êtes, je vous rendrai à votre père plus chère que jamais, et, lui, il vous rendra fiancée, très pure, à votre époux le roi de Garbe. » La princesse revoit son père qui ne comprend rien à ce long silence. Pourquoi n'a-t-elle jamais écrit en Égypte? Elle répond par l'histoire concertée avec Antigono. La tempête l'a jetée dans les marais d'Aigues-Mortes. Là, des jeunes gens l'ont entraînée par les tresses de sa chevelure, vers un grand bois. Quatre chevaliers sortirent du bois et la délivrèrent; ils la conduisirent à un monastère de nonnes, où elle avait vécu très saintement. Elle avait dû feindre d'être née chrétienne et fille d'un riche Cypriote. Un jour l'abbesse l'avait confiée à de respectabes pèlerins qui se rendaient au Saint-Sépulcre, en passant par Chypre. Et au moment de débarquer en cette île, elle avait reconnu par hasard Antigono qui se promenait le long de la mer.... Le reste du conte allait tout seul. Antigono, présent au récit, y ajoute les louanges que les saintes religieuses et les bons pèlerins faisaient de la singulière pudeur d'Alaciel. Jamais père ne fut plus fier que ce Soudan des vertus de sa fille. Il reprit le premier projet de mariage. Le roi de Garbe, qui attendait toujours sa fiancée, la fit, cette fois, chercher par ambassadeurs, et reçut comme vierge cette veuve de huit ou neuf maris. « Ils vécurent longtemps fort heureux, » conclut Boccace. Je le crois sans nulle peine. N'était-ce point, pour ce roitelet marocain perdu au delà des colonnes d'Hercule, un présent des dieux, cette princesse que de si longs voyages avaient formée à la résignation, à l'indulgence et à la douceur? Plus fortunée que ne fut, plus tard, Mlle Cunégonde, elle se reposait enfin sur un trône des émotions de sa première jeunesse et apportait à son époux définitif le plus rare des

trésors, pour des temps de grande barbarie, une
connaissance approfondie de la Méditerranée,
dont elle avait vu tous les aspects, tous les périls,
tous les intérêts politiques et toutes les religions :
la noblesse espagnole et la féodalité latine de
l'Orient, le césarisme byzantin, le sultan turc,
les chevaliers de Saint-Jean et les navigateurs
italiens, les corsaires et le sirocco.

Ce roman, que La Fontaine a légèrement gâté,
bien qu'il ait son compte de gens diversement
assassinés, est plutôt une amusante bouffonnerie
dans le goût oriental. On en tirerait aisément un
opéra-comique, et Boccace lui-même y a souligné
la scène du ballet. Mais un genre manquerait à
l'ample théâtre du *Décaméron* si le conteur n'y
avait placé une légende de nécromancie. Les
Italiens ont eu, jusqu'à Cagliostro, le secret de
ces sortes de mystères. Ils évoquaient les morts
de l'autre monde, supprimaient le temps et
l'espace, prophétisaient l'avenir, enfermaient,
comme dans le conte souabe du Novellino, de
longues années en trois minutes, transportaient,
en un clin d'œil, une personne vivante à d'énormes distances, par delà les mers et les montagnes. C'est par un miracle ou une féerie de
cette espèce qu'il convient de clore la longue
représentation dramatique à laquelle Boccace
nous avait conviés.

Au temps de Frédéric Barberousse, Saladin,
Soudan d'Égypte, eut la curiosité, renouvelée
plus tard par Pierre le Grand, de voir de près
la civilisation et l'état militaire des peuples chrétiens, afin de mieux résister à la croisade. Il
visita la Lombardie, déguisé en marchand
cypriote, accompagné de quelques sages conseillers. Entre Milan et Pavie, il rencontra un
gentilhomme, Torello d'Istria, qui chassait au
faucon et voulut faire honneur aux étrangers. Il
les emmena dans son château, sur les bords du
Tessin, et les traita magnifiquement. Il leur présenta sa femme et ses deux jeunes fils, qui
étaient « beaux comme des anges. » La dame,
non moins courtoise que son mari, offrit au
noble inconnu des fourrures, des étoffes de laine
et de velours et du linge fin. Puis on se quitta
enchantés les uns des autres. Quelque temps
après, Torello se résout à « faire le passage, »
malgré la résistance et les larmes de sa femme.
Il la prie, si aucune nouvelle ne lui vient de sa
part, d'attendre, avant que de se remarier, un
an, un mois et un jour. Elle lui passe au doigt
son propre anneau nuptial, afin que, de son côté,
il ne l'oublie point. Torello arrive à Saint-Jean-
d'Acre, où la peste sévissait. Il est bientôt fait
prisonnier et conduit à Alexandrie. Saladin le
reconnaît à une grimace qu'il lui sait familière

et se fait connaître lui-même en montrant au gentilhomme les présents reçus de sa femme. Le Soudan, charmé de payer sa dette de gratitude, invite l'Italien à demeurer quelque temps à sa cour. Torello accepte, mais écrit une lettre à sa femme, afin d'interrompre la prescription du terme fixé à sa fidélité. Deux circonstances imprévues gâtent ses affaires conjugales. La galère portant le message se perd corps et biens sur les côtes de Barbarie, et un autre Torello de Dignes ayant péri en Syrie, le faux bruit de la mort de notre Lombard se répand sur les bords du Tessin. Torello n'est informé du naufrage et, de l'imbroglio que peu de jours avant la dernière heure imposée au veuvage de sa femme et, « ne doutant point qu'elle ne fût sur le point de se remarier, il perdit l'appétit, prit le lit et se décida à mourir. » Saladin avait heureusement à son service un nécromant qui promit de transporter en une nuit Torello endormi d'Égypte à Pavie. Le Soudan fit dresser une riche estrade, chargée de matelas, revêtue d'étoffes orientales, de drap d'or et de brocart. Torello s'y coucha, couvert d'une robe sarrasine brodée de perles et de pierreries, la tête coiffée d'un turban. Entouré de ses barons, le prince prit en pleurant congé de son ami : « Puissé-je vous revoir une fois encore dans ce pays-ci, avant que de mourir ! »

Puis il l'embrassa tendrement et lui dit adieu.
On fait boire à notre homme un breuvage
magique, il s'endort; l'on ajoute à son attirail
un anneau orné d'une escarboucle « qui semble
une torche enflammée, » un sabre avec un cein-
turon et une agrafe toute constellée de diamants;
sur le lit, deux bassins d'or pleins de doublons
et une grande couronne d'or, destinée à la femme
de Torello. Le nécromant fait un signe, et voilà
l'estrade qui prend son vol, traverse la Méditerranée, franchit l'Apennin, pénètre dans l'église
de San-Piero de Pavie où elle s'arrête, telle qu'un
tabernacle éblouissant. Le sacristain, après avoir
sonné matines, entre, au petit jour, un cierge à
la main, dans l'église, et à la vue de ce monceau
de choses éblouissantes, se signe épouvanté,
s'enfuit et court réveiller l'abbé et les moines.
La communauté, étonnée de son récit, descend à
son tour avec des cierges dans l'église, et demeure
tout interdite à la vue du lit splendide sur lequel
dort un cavalier d'aspect si peu catholique. A ce
moment, Torello se frotte les yeux et pousse un
grand soupir. Toute la moinerie, l'abbé en tête,
se replie en arrière et crie : « Protégez-nous,
Seigneur! » Mais Torello s'était mis sur son
séant, avait reconnu l'abbé, qui était son oncle,
et l'appelait par son nom. L'abbé informe son
neveu des secondes noces de sa femme fixées

pour ce jour même. Le faux Sarrasin se donne
le plaisir d'assister, en qualité d'ambassadeur du
Soudan près le roi de France, au repas nuptial.
Sa barbe, sa robe, son turban et son cimeterre
le rendent méconnaissable aux yeux de l'épousée.
Mais il glisse dans une coupe qu'il lui fait présenter par un page l'anneau conjugal confié par
elle au jour de son départ. Troublée, épouvantée,
elle regarde celui qu'elle croyait mort, et tombe
dans ses bras. La figure de l'autre mari s'allonge
singulièrement. Le cortège nuptial se reforme
pour retourner en pompe joyeuse à la maison du
premier époux, ressuscité par miracle, et tout
le monde, sur les bords du Tessin, goûte en ce
jour une joie très pure.

L'Italie du xive siècle put contempler, en
Boccace, l'image de sa civilisation, le spectacle
ironique de ses faiblesses de cœur, la satire de
ses passions et de ses violences. Le *Décaméron*
fut réellement, à la plus triste époque de l'anarchie italienne, une œuvre nationale. Mais Boccace demeure le seul maître et seigneur de ce
grand domaine. Ses successeurs borneront leur

ambition à cultiver, chacun de son côté, parfois
avec beaucoup d'agrément et un véritable génie
d'invention, quelques plates-bandes du merveilleux jardin créé par le vieux maître toscan, entre
les collines et la mer, sous le ciel très doux de
Florence.

CHAPITRE V

FRANCO SACCHETTI

I

Boccace fut un très grand artiste. Toscan, il sut rendre à merveille l'originalité du génie florentin, fait de finesse, d'esprit libre, d'allégresse et de grâce. Italien, il eut le sens exquis de la vie italienne, sensuelle, aventureuse, pénétrée d'ironie et de passion, indifférente à la morale, indulgente au crime. Du moyen âge chrétien, il gardait l'instinct de la grandeur, et toutes les institutions nobles des vieux âges apparaissent en ses contes : l'Église, l'Empire, le monde féodal, les communes, les princes. Il montra la physionomie propre des grandes cités et des races diverses de la péninsule; mais au delà de l'Italie, il aperçut clairement la France,

la Méditerranée, l'Orient, l'islamisme, le monde
barbare. Il a laissé des pages pathétiques et des
tableaux licen..eux; mais il n'est jamais tombé
ni dans la déclamation, ni dans la vulgarité. De
l'argile grossière de nos fabliaux, il a modelé
des œuvres légères et charmantes. Fut-il guelfe
ou gibelin? je ne puis le dire. Mais il eut de
l'âme gibeline cette largeur d'intelligence, ce
dédain des choses médiocres, cette sérénité et
ce respect de la beauté qui distinguaient la civilisation éclose, jadis, sous le ciel de Palerme et
de Naples, entre les mains du César souabe,
Frédéric II. Boccace ne voulut que divertir ou
émouvoir ses lecteurs; il ne songeait ni à les
purifier ni à les assagir. Son ami Franco Sacchetti
essaya de réparer ce fâcheux oubli; il se fit prédicateur d'une morale parfois assez rude, et son
œuvre n'a plus rien de commun avec les fantaisies joyeuses du *Décaméron*.

Sacchetti fut éminemment un bourgeois florentin, *popolano* de race et d'éducation, guelfe
blanc, c'est-à-dire un modéré. Son horizon politique est bien étroit. Pour un guelfe de Florence,
le campanile de la Seigneurie marquait le centre
de l'univers; le Baptistère, le Mercato Vecchio,
le Ponte Vecchio, le cloître de Santa-Maria-
Novella semblaient les objets les plus dignes de
tendresse. Tout le reste de l'Italie, Rome, Venise,

Milan, tout le reste de l'Occident n'intéressent
le guelfe que par le bien ou le mal que Florence
en peut espérer ou craindre. Le guelfe est d'esprit conservateur : il aime, en sa cité, les choses
antiques et vénérables, les vieilles mœurs, les
vieilles libertés municipales, les vieilles tours
fortifiées, qui sont le symbole farouche de ces
libertés, les traditions d'âpre labeur et d'épargne,
la beauté des sombres échoppes où les ancêtres
ont attiré les florins du monde entier, la majesté
des tables de changeurs dont les papes, les rois,
les seigneurs, les condottières forment la clien-
tèle très humble. Le guelfe aime l'Église, qui tient
en sa droite la clef du paradis, mais il se méfie
des ambitions et de l'orgueil de l'Église ; il fait sa
révérence au Pape, parce le Pape est l'ennemi de
l'Empereur et doit beaucoup d'argent aux banques
florentines ; mais il ne permet pas au Saint-Père
de se mêler d'une façon trop empressée des
affaires de Florence. Il écarte les clercs de la vie
communale, les surveille avec une sollicitude
maligne et leur ferme sa porte et sa bourse. Sa
religion est de figure vraiment chétive ; elle se
disperse et se complaît en petites confréries, en
chapelles de quartier, en fêtes patronales ; c'est
un christianisme municipal, qui peut assurer la
dignité de la famille, la paix du foyer conjugal,
la probité du comptoir : le tiers ordre francis-

cain, libre communauté où le personnage du laïque compte autant que celui du clerc, où la corporation se retrouve, unie sous sa bannière, en face de l'Église, voilà, pour le *popolano*, la chrétienté parfaite, qui marche tout droit vers le royaume des cieux.

Sacchetti ne fut donc ni un lettré délicat, ni un humaniste, ni un poète. Le compilateur du *Novellino* avait recueilli des anecdotes et des souvenirs venus de fort loin, de la Bible, de la Grèce, de la vieille Rome, de l'Orient musulman; Boccace avait lu non seulement les conteurs français, mais les romans de la Table-Ronde; il portait en son cœur Homère et Virgile; il cherchait même dans l'antiquité, quand il écrivait en langue latine, d'édifiants exemples de constance philosophique et d'héroïsme. Sacchetti, lui, ne se soucie ni de Salomon, ni de Thésée, ni de Socrate, ni de Caton, ni de la blonde Iseult, ni des pairs de Charlemagne. Il lui prend une fois la fantaisie d'arranger à sa façon un conte du *Novellino*, la fière réponse de Saladin aux chevaliers croisés qui mangent assis à des tables bien servies et jettent « aux pauvres de Jésus-Christ, » accroupis à terre, les reliefs de leur festin. Il aligne d'abord, sous nos yeux, les trois plus grands princes chrétiens de sa connaissance, Charlemagne, Artus, Godefroy de Bouillon; les trois plus grands

païens, Hector, Alexandre le Grand, Jules César;
les trois plus grands juifs, David, Josué, Judas
Macchabée. Il nous montre ensuite un Espagnol,
soit juif, soit païen, « homme de beaucoup de
sens et de sagesse, » qui donne à l'Empereur la
leçon de charité chrétienne. Pour lui, *Spagnuolo,*
Judeo, Pagano, c'est tout un : à savoir, un
homme qui n'est pas de Florence, qu'on n'a
point baptisé au Baptistère de Saint-Jean et que
les hasards de la guerre ont mis en présence de
l'un des neuf plus grands personnages de l'histoire : il chercherait peut-être longtemps le
dixième.

Je ne crois pas qu'il ait pratiqué nos fabliaux.
Il s'en tient à Florence, à son histoire la plus
récente, aux aventures dont les héros sont ses
voisins, ses compères ; il confirme volontiers ainsi
la véracité de ses récits : *Io, scrittore,* moi, l'écrivain, j'étais là. Parfois encore, c'est son père
dont il évoque le témoignage. En dehors de Florence, sa vision est singulièrement incertaine. Il
découvre encore çà et là, en Italie, des Florentins, dont l'esprit égaie les petites cours des
Romagnes où la cour princière de Milan ; mais ne
lui demandez pas une image originale de ces
provinces qui ne sont point la Toscane, de ces
seigneurs à demi féroces du xive siècle qui ressemblent si peu à la sage Seigneurie de Florence.

Le prince auquel il revient avec plaisir, c'est Barnabò Visconti de Milan. Il en fait un assez brave homme et ne se doute pas de la sauvagerie du tyran qui, aux jours d'émotion publique, lance sur son peuple la meute de ses dogues.

Il n'a pas, à la vérité, le goût des tableaux tragiques. Les scènes de meurtre, de trahison, de cruauté froide, si fréquentes chez Boccace, les histoires douloureuses qui ennoblissent le *Décaméron* n'apparaissent point dans les *Nouvelles* de Franco. Il aime à rire, tout en dogmatisant ; il ne conte que pour les amis du rire. La veine gauloise est très visible dans son livre, même la couleur rabelaisienne. Boccace eût brisé sa plume plutôt que d'écrire les mots trop sonores que Sacchetti tire tranquillement du fond de son encrier. Mais celui-ci est un écrivain populaire, qui parle l'idiome des tavernes et des carrefours, le toscan alerte et nerveux de la vieille Commune. On se souvient, en le lisant, du salut qu'un mort adresse à Dante : « Tu sembles vraiment Florentin quand j'écoute ta voix. »

II

Il l'était, certes, et de souche très ancienne, *di puro sangue romano*, d'une famille bien

latine, que Dante a mentionnée en son *Paradis*.
L'Italie ne reconnaissait point de plus beau
titre de noblesse. Mais le sang romain obligeait
sa postérité, qu'elle fût de Rome, de Florence ou
de Milan, à la haine du sang germanique, à la
politique militante, implacable, contre les con-
quérants de race étrangère, les comtes féodaux,
l'Empire qui les avait imposés, et les gibelins
qui formaient dans les Communes le parti de
l'Empereur, haut suzerain des seigneurs. La
famille de Sacchetti suivit la fortune des guelfes
de Florence. Exilée à Lucques, après la défaite
de Montaperti, elle retrouva son foyer après la
victoire de Campaldino (1289). Entre guelfes, on
se détestait parfois aussi impitoyablement qu'entre
gibelins et guelfes. Un Sacchetti tua un Alighieri,
et les deux familles ne se réconcilièrent qu'en
1342, à l'instigation du duc d'Athènes, Gaultier
de Brienne.

Notre conteur naquit vers 1330. Son père, Uguc-
cione, fut surnommé *il Buono*. Ce bonhomme
engendra cependant un fils fort mauvais sujet,
l'aîné de Franco, Giannozzo. Comme il était en
prison pour dettes, ce Giannozzo déroba les
bijoux d'un compagnon de misère, et, une fois
libre, s'en alla vendre son butin en Lombardie.
Il rentra indûment à Florence, muni, en guise
de passeport, d'un sceau contrefait de Charles de

16

Durazzo, frère de Robert de Naples, protecteur
du parti guelfe. La supercherie fut découverte et
le trop ingénieux Sacchetti décapité.

Franco, dans sa jeunesse, fut marchand et
grand voyageur. Il visita l'Esclavonie, dont les
habitants lui parurent laids à faire peur. « Leurs
femmes, dit-il, ressemblent au diable; avec leurs
hautes chevelures, elles sont noires, mal bâties,
répugnantes. » Il préférait les filles de Florence
et en épousa jusqu'à trois, la première en 1354,
la dernière en 1396. Il eut deux fils, Filippo et
Nicolò. Celui-ci fut gonfalonier de justice
en 1419.

L'Italie du XIVᵉ siècle était terriblement troublée et malheureuse. L'Empereur, désormais
impuissant, renonçait à la pacifier, et le Pape
l'avait abandonnée pour le séjour plus tranquille
d'Avignon. Les Italiens connurent alors tous les
excès de l'anarchie. Franco, tout enfant, vit un
aventurier fonder, sur les bords de l'Arno, une
tyrannie heureusement très courte. Gaultier fut
chassé, et la peste noire s'abattit sur la péninsule
et dépeupla Florence. Puis la démagogie se leva
pour porter le dernier coup à la prospérité de la
Commune; les *Ciompi,* les *va-nu-pieds,* vain-
queurs des bourgeois, promenèrent l'incendie et
le massacre dans la ville des fleurs. Enfin le
Saint-Siège, sollicité par les bons chrétiens de

revenir à son évêché de Rome, se vit contraint de
réduire d'abord par l'extermination les tyranneaux et les bandits qui s'étaient partagé les
États de l'Église et les Romagnes. Après le cardinal Albornoz, qui prépara par la guerre le
retour éphémère d'Urbain V, ce fut l'Aguto, le
terrible tailleur de Londres, qui noya dans le
sang l'Italie centrale pour frayer le chemin à Grégoire XI. Au lendemain de l'effroyable carnage
de Cesena, un cri désespéré éclata sur la péninsule. Sacchetti, qui écrivait alors en vers, adressa
au pape français une plainte véhémente. Il lui
reproche d'engraisser par le meurtre et le pil-
lage « les porcs de Bretagne. » Il dénonce au
pontife les vierges outragées, les enfants égorgés
sur les marches des autels, la plaine et le lac
empourprés par le sang des victimes.

Le mélancolique Grégoire, cédant aux prières
de sainte Catherine, revint enfin au tombeau des
Apôtres, et, pendant quelques jours, l'Italie res-
pira. Mais Sacchetti n'était pas au terme de ses
tristesses. En 1381, il avait été chargé par ses
concitoyens de missions diplomatiques en plusieurs cités. Au retour, les Pisans saccagèrent son
navire et blessèrent son fils Filippo. Il perdit ses
bagages en cette aventure. La Commune, pour
l'indemniser, lui octroya 65 florins d'or. En 1383,
la guerre, l'éternelle guerre contre Arezzo, Pise

et Pistoie, puis la peste et la famine, reparurent.
Sacchetti fut alors élu prieur et membre du Conseil des Huit. Mais il se trouvait ruiné par les
malheurs de son temps. Il dut accepter, pour
vivre, la fonction de podestat, errant dans les
villes de Toscane et de Romagne. « Je suis bien
à plaindre, écrit-il, moi qui, avec une tête
chenue, suis obligé de vaguer ainsi et de rechercher un si piteux métier. » Sa santé déclinait.
Ses amis illustres étaient morts. Il pleura tour
à tour Pétrarque et Boccace, toujours en vers.
Toutes ses pensées s'assombrissaient. Pour lui,
l'Italie ne montrait plus que des ruines, ruines
de la vertu, de l'honneur, de l'esprit. Il composa,
pour endormir son ennui et se fortifier contre le
doute, quarante-neuf sermons évangéliques. Ici
encore le vieux Florentin manifesta toute l'amertume de son âme à propos du déclin moral de
l'Italie. « Pauvre Italie! Aujourd'hui les ultra-
montains sont vertueux, et nous sommes pleins
de vices. Où trouver des Allemands, des Français ou d'autres nations, même des Juifs et des
barbares qui blasphèment Dieu et la Vierge
Marie? Nous sommes si corrompus, la plus
grande partie des Italiens est si perverse, que la
peste, la guerre et la famine n'étonnent plus personne. » Et c'est à l'Église surtout qu'il s'en
prend d'une chute si profonde, à l'Église tempo-

relle, trop orgueilleuse et trop riche. « Apôtre
Pierre, de quelle ville du monde étais-tu le seigneur ? Tu possédais à peine un filet et une
barque, et les multitudes se convertissaient à ta
parole. » Depuis quelques siècles déjà, l'Italie
entendait la même plainte stérile. Dante l'avait
apprise de Pierre Damien, d'Arnauld de Brescia
et de saint Antoine de Padoue; la famille fran-
ciscaine, les disciples de Jean de Parme, les
ermites, les fraticelles l'avaient criée vainement,
au temps des papes d'Avignon, et beaucoup de
martyrs furent alors emmurés ou brûlés, sur la
terre de France, pour avoir embrassé et prêché
la doctrine du Christ très pauvre; Savonarole
rendra le même cri de détresse et de colère aux
Italiens qui, au premier tiers du xvie siècle,
sans schisme ni révolution religieuse, essaie-
ront, mais bien tard, de réformer l'Église.

III

Boccace est un écrivain tout à fait aristocratique. Je reconnais toujours en lui l'hôte du roi
Robert, un conteur de mœurs élégantes, ami des
grands seigneurs, que le spectacle de la vie
populaire divertissait assez peu. Il ne se soucie
guère des scènes de carrefour, des dialogues et

des querelles, de la familiarité du petit monde.
Je ne le vois pas errant, par curiosité pure, du
Marché-Vieux au Vieux-Pont. Le bourgeois ne se
glisse sous les ombrages fleuris du *Décaméron*
que s'il est de vieille famille communale, bourgeois de gouvernement. L'homme du peuple
maigre, le paysan, le rustre n'y pénètrent que
pour figurer en quelque comédie, parfois très
libre. Sacchetti, dont le goût est réaliste à
l'excès, dès qu'il entend la rumeur d'une foule,
ouvre la fenêtre de son logis, regarde, puis se
hâte de descendre dans la rue. Le brouhaha, les
horions échangés, les paniques grotesques l'amusent étonnamment, et ses récits semblent alors
écrits par quelque conteur picaresque de l'Espagne, aux temps héroïques de don Pablo de
Ségovie et de don Guzman d'Alfarache.

Ils étaient trois aveugles du quartier San
Lorenzo, à Florence, Grazia, Salvadore, Lazzero.
Chaque jour, de bonne heure, ils allaient, guidés
par leurs chiens, tantôt dans les faubourgs, pour
y chanter, tantôt à la porte des plus notables
églises, pour y enfiler leurs patenôtres; ils se
retrouvaient volontiers, à l'heure du déjeuner,
près du campanile de Santa Orsola, leur propre
paroisse. Un beau matin, au dessert, ils se firent
la confidence des recettes encaissées par chacun
d'eux depuis le temps où il avait perdu la vue;

le gain était en proportion des années de mendi-
cité. Lazzero, aveugle de naissance, se trouvait le
plus riche. Nos trois mendiants, en bons citoyens
d'une ville de banquiers, conviennent de s'asso-
cier pour chanter en chœur, et de partager éga-
lement les bénéfices ; désormais ils marcheront
côte à côte, en se tenant par le bras, à travers
la ville. L'accord conclu et les mains tendues
au-dessus de la table, ils se prêtent serment de
fidélité. Mais un mauvais plaisant avait assisté au
colloque, et, s'attachant à leurs pas, donna, cinq
ou six fois par jour, toujours à Grazia, un *quat-
trino* de cuivre, en disant très haut : « Prenez ce
gros d'argent, c'est pour vous trois. » Grazia
grogna l'une des premières fois : « Diable ! voilà
une pièce de quinze sous qui a bien l'air d'un
mauvais centime. » Et les deux autres, méfiants :
« Vas-tu commencer à nous tromper? » Ils déci-
dent alors de faire la caisse chaque huit jours,
afin de fixer loyalement le dividende.

Comme la mi-août approchait, ils s'acheminent
de compagnie vers Pise, pour la fête de Notre-
Dame, tiré chacun par son chien qui tient en sa
gueule l'écuelle professionnelle. Tout en chantant dans les villages en l'honneur de la Madone,
ils arrivent un samedi à Santa Gonda. « C'était
le jour des comptes et du partage de, la monnaie » Ils s'arrêtent à l'hôtellerie et demandent

une chambre pour trois personnes ; ils s'y éta-
blissent avec leurs chiens. Une fois l'hôte et sa
famille endormis, l'opération commence. Chacun
verse sur son giron les sommes qu'il a embour-
sées et comptées. Lazzero dénonce trois livres,
cinq sous, quatre deniers ; Salvadore, trois livres,
deux deniers. Grazia ne trouve que quarante-sept
sous. Stupeur des deux autres. « Tu agis envers
nous comme un loup, toi qui as reçu tant
de pièces d'argent ! » Brusquement, des gros
mots on en vient aux coups de poing ; l'argent
roule à terre, les bâtons se lèvent et jouent à
tort et à travers ; les chiens hurlent, reçoivent
leur grande part de bâton, se jettent sur les
champions, arrachent des lambeaux de leurs
chausses. L'hôtelier s'éveille. « Il y a des diables
là-haut, » dit-il à sa femme. Le couple saute du
lit, allume la lampe, monte au champ de bataille.
Mais il faut enfoncer la porte. L'hôte est accueilli
par un vigoureux coup de bâton à travers le
visage ; il riposte et jette à terre un premier
aveugle, frappe comme un sourd sur les deux
autres. Les chiens s'en prennent à l'hôtesse
« qui glapit comme font les femmes, » et lui
déchirent la jupe à belles dents. Le combat finit
quand tous, essoufflés, moulus, la figure en sang,
demandent grâce. Mais il faut payer les frais de
la guerre. L'hôtelier, après avoir ramassé la

monnaie, dont il ne rend que la moitié, présente
un compte d'apothicaire : tant pour l'écot, tant
pour les coups imprimés à sa face, tant pour une
blessure à l'œil et les honoraires du médecin,
tant pour le dommage causé par les chiens à la
cotte et aux chairs de la dame, le tout avec
menace d'une plainte en justice. Les trois aveugles, épouvantés, vidèrent leurs poches secrètes
entre les mains du pirate, lui demandèrent
pardon, et quittèrent avec leurs chiens, en pleine
nuit, le nez enflé et perclus du haut en bas de
leurs personnes, cette auberge de malheur. Ils
entrèrent en une taverne pour s'y laver et s'y
rafraîchir, et Grazia dit à ses associés : « Les
plus courtes folies sont les meilleures; vous
m'avez soupçonné de trahison et de larcin ; j'ai
gagné à votre compagnie d'être ruiné, bâtonné
et presque assommé; séparons-nous, mes amis. »
Et, très sagement, chacun des trois aveugles,
remorqué par son chien, tira de son côté, vers
Pise, en chantant la complainte du jour.

Ce n'est encore qu'un petit tableau de genre,
à la flamande, un croquis bouffon de gueuserie
italienne prise sur le vif. Mais notre conteur
pratique aussi volontiers la grande peinture
héroï-comique. Par l'accumulation des détails
et le grossissement continu de la vision, il sait
obtenir ces effets de *crescendo* grotesque où Rabe-

lais manifestera toute sa verve [1]. Nous sommes à
Macerata, cité ecclésiastique qu'assiègent deux
armées, l'une commandée par le comte Lazzo,
l'autre, par le comte Rinalduccio da Monteverde,
seigneur de Fermo. La ville, provisoirement
fidèle au Saint-Père, a fermé ses portes, tandis
qu'on bataille aux pieds de ses murs. Lazzo parvient à ouvrir trois brèches dans les remparts,
près de la porte Saint-Sauveur; il perd beaucoup
de monde et n'ose pousser plus avant. Rinalduccio, las du siège, s'est replié sur son fief de
Fermo. Une nuit de violent orage, l'eau du ciel
envahit la ville, entraînant ordures et décombres,
et bouche un égout : voilà un quartier inondé.
Une femme descendait à sa cave pour y chercher
le vin du souper; tout à coup, elle se trouve,
dans la fraîcheur de l'eau, plongée jusqu'à la
ceinture. Elle crie au secours! (*accorr'uomo!*)
Son mari se précipite, une chandelle à la main,
vers la cave; il s'abîme à son tour, sa lumière
s'éteint, il crie désespérément. Les voisins
effrayés descendent dans la rue : les voilà en
plein déluge. Leur clameur monte jusqu'à
l'oreille du veilleur dans sa tour : l'homme prend
sa trompe, appelle les gardes du rempart, appelle

---

1. Ainsi dans la tempête de Panurge et le siège de la Roche-
Clermaud.

le chancelier pontifical et les prieurs. « On crie :
Aux armes! à la porte Saint-Sauveur, » dit-il
aux magistrats accourus, effarés, au bas de la tour.
« Et que dit-on encore? » interrogent les prieurs.
« Que l'ennemi est dans la ville, » répond le
veilleur. On fait sonner incontinent le tocsin
d'alarme. Les gardes courent aux armes, ferment
de chaînes les rues aboutissant à la place de la
Seigneurie et crient : Aux armes! aux armes! Les
bourgeois se ruent, armés, hors de leurs maisons. Les uns disent : « Qui va là? » Les autres :
« Vive messer Ridolfo! » ou bien : « Amis!
amis! » Déjà c'était une foule hérissée de halle-
bardes, confuse, désordonnée. On assurait que
l'ennemi s'était avancé jusqu'à l'église de Saint-
George, à mi-chemin de la porte et de la place
communale. Les prieurs expédient de ce côté des
éclaireurs qui ne reviennent plus. Parmi ces gens
était un frère de Saint-Antoine qui, seul, eut le
courage de remplir sa mission militaire et de
revenir avec des nouvelles. Il marchait, le bras
enserré dans l'anse d'un pavois (uno palvese), le
battant d'une cloche de son couvent attaché au
cou. Le malheureux moine tomba tout de son
long, incrusté dans son bouclier, impuissant
à s'en détacher. Le bruit de sa chute fut tel que
l'on crut à l'arrivée des envahisseurs. Et, dans le
nocturne tumulte, les cris disparates s'entre-

croisaient : « A moi, amis ! » « Par ici, par là ! »
« Qui es-tu? rends-toi, traître ! » « Qui vive? »
« A mort ! à mort ! » Le frère gémissait :
« Aidez-moi, pour l'amour de Dieu ! » On le
releva en fort piteux état. Le crochet de son battant, engagé dans le scapulaire, l'avait malen-
contreusement frappé au flanc; il se croyait plus
qu'à demi mort. Enfin il put expliquer tout le
mystère, l'orage, l'inondation, les cris de détresse
partis de Saint-Sauveur. « Les prieurs retrouvèrent leur pouls qu'ils avaient presque perdu, »
et le bon moine jura que jamais il ne partirait en
guerre.

Traduisez cette scène en *ottava rima* : elle ne
ferait point mauvaise figure entre deux chants
du *Morgante Maggiore*, et Pulci a peut-être
emprunté au frère de Saint-Antoine le battant
dont il arma son géant. Et la fausse alarme de
Macerata avec la mésaventure du moine n'est-elle
point une esquisse de la nuit tragique où Sancho
Pança, rudement empaqueté entre deux pavois
(*dos paveses*) et gisant à terre sur le seuil du
palais seigneurial, sent piétiner sur son dos tous
les mauvais sujets de Barataria?

Cervantès avait certainement lu en Italie les
contes de Sacchetti. Il suffit de feuilleter l'Amadis
de Gaule pour voir avec quelle liberté le grand
romancier castillan prenait son bien partout où

il le trouvait. Or, le cheval du vieux Rinuccio di
Nello, citoyen très antique d'années et jeune de
caractère, ne vous rappelle-t-il point Rossinante?
« C'était une sorte de chameau, avec l'échine
bossue, une tête en forme de cloche, la croupe
d'un bœuf maigre; au coup d'éperon, il se mou-
vait d'une seule pièce, comme s'il était de bois,
levant son mufle vers le ciel; il semblait toujours
endormi, sinon quand il voyait de loin une
jument. » Le maître le nourrissait non d'avoine
et de paille, mais de sarments secs. Un jour, une
cavale lâchée file devant lui : le brave cheval
rompt la grosse bride par laquelle il était
attaché dans la rue, à la porte de son maître,
et de courir furieusement. Rinuccio ne trouve
plus que la bride brisée. Un savetier lui dit :
« Mon ami, votre cheval s'en va là-bas, en aventure, vers Sainte-Marie-Majeure. » Le cavalier
prend sa course, tout éperonné, à la poursuite
de l'impudente haridelle; les enfants, les gens
de loisir le suivent à toute vitesse. Il criait :
« Saint George! Saint George! » On arrive au
Mercato Vecchio. C'est alors un torrent de foule
humaine. Les fripiers, croyant à une émeute,
ferment précipitamment leurs boutiques. Les
deux bêtes se précipitent contre l'étal d'un bou-
cher dont elles bousculent les viandes. Le bou-
cher s'enfuit chez un pharmacien. Rinuccio criait

toujours : « San Giorgio ! » Le maître de la
jument, survenu à son tour, bâtonnait, mais en
vain, les deux héros de la fête. Le quartier de la
draperie s'émeut, voit passer le tourbillon ; les
marchands lancent les pièces de drap au fond des
échoppes. Le long de la ruelle qui mène à l'Or-
San-Michele, et qu'occupent les comptoirs de
grains, le ravage est formidable : bêtes et gens
passent sur le corps des grainetiers et les monceaux de denrées. Les aveugles groupés à la
porte de l'Oratoire, ne comprenant rien au
tumulte, se mettent sur la défensive et reçoivent
à coups de cannes la multitude. Voilà les chevaux
et le populaire qui débouchent enfin sur la place
des Prieurs. Les magistrats regardent de leurs
fenêtres et pensent que la révolution vient
d'éclater. On ferme le palais, on arme les sbires,
la milice du Capitaine. Les deux coursiers se
jettent dans la cour de l'exécuteur des hautes
œuvres, qui monte chez son notaire et se cache
sous un lit. Déjà le peuple en venait aux mains,
les armes luisaient, le sang coulait. On parvient
alors à s'emparer des deux quadrupèdes. Rinuccio
emmena « son Bayard, » toujours suivi de quelques centaines de Florentins. Les prieurs, voyant
la foule s'écouler et le péril dissipé, reprirent
leurs sens, montèrent bravement à cheval et
parurent sur la place en criant : « Où sont-ils ?

par où sont-ils partis? » Mais ce fut une affaire de
découvrir la retraite du bourreau. On le tira de
dessous le lit du notaire, couvert de brins de
paille et de toiles d'araignées.

Quand Sacchetti vient de conter une histoire
plaisante, volontiers il en commence une
seconde, d'invention toute semblable. Voici un
désastreux corbeau qui, certaine veille de
Pâques, au Marché Vieux de Florence, provoque
un désordre plus grave peut-être que la bagarre
des deux rosses joyeuses. Ce corbeau, se posant
sur la croupe d'un mulet chargé de pièces de
drap, crible de coups de bec l'arrière-train de
l'animal un instant abandonné par son con-
ducteur. La chose se passait parmi les tables en
plein air des bouchers, et les monceaux de viande
de mouton destinée aux festins du lendemain. Le
mulet regimbe, rue, bouscule toute la boucherie,
piétine les viandes succulentes. Le Mercato est
sens dessus dessous. Les bouchers font pleuvoir
les coups de bâtons ou de couteaux sur les flancs
du mulet, lacèrent les pièces de drap, les roulent
dans la boue. Les tisseurs de laine sortent de
leur quartier et envahissent, furieux, le Marché
Vieux. La querelle tourne à l'émeute, l'émeute
prend la mine d'une révolution. Tisseurs contre
bouchers, c'est la guerre séculaire, la guerre
sociale qui recommence entre les Arts majeurs

et les Arts mineurs. Le Podestat est fort
embarrassé. Comment pacifier le peuple *gras*
et le peuple *maigre*, réparer, des deux côtés,
un très sensible dommage? Il ajourne au lendemain de Pâques la sentence, fait une enquête
adroite, découvre la cause première du mal, le
corbeau, dénonce et flétrit ce noir personnage,
en qui le Diable se blottit souvent, le Diable,
ennemi mortel du genre humain, des chrétiens de Florence et de « l'Agneau de Dieu. »
Des gigots de mouton souillés de fange à l'*Agnus
Dei* outragé, la transition était fort naturelle.
L'ingénieuse explication, plus encore que le
prestige du Démon, apaisa l'émotion populaire
Quant au corbeau, emporté par son maître, il se
trouvait déjà loin de Florence. Le Diable fut
donc condamné par contumace. Et tout finit bien.
Le peuple charmant, qui avait lu — peut-être
sans grande terreur — l'*Enfer* de Dante, et
contemplait chaque jour, ironiquement, celui
d'Orcagna, faisait volontiers sortir les démons de
leur géhenne, en manière de plaisanterie. C'était
la façon dont le peintre Buffalmaco aimait à
effrayer les gens qui dérangeaient le sommeil de
ses nuits. Sacchetti, qui reprend au *Décaméron*
le joyeux rapin, nous le montre introduisant, par-
dessous la porte, dans la chambre à coucher de
son patron le vieux Tafo, à une heure propice,

une douzaine d'escarbots ornés de menues bou-
gies allumées. Le pauvre Tafo, épouvanté, persuadé que les diables cheminent autour de son
chevet, passe, enfoui sous ses couvertures, une
nuit d'agonie. Il faut, pour le rassurer, que son
curé consente à partager son lit.

IV

Partout où, dans Florence, se réunit le petit
monde, nous sommes assurés d'y rencontrer
Sacchetti. Il nous mène à la fête d'une noce. La
nuit venue, quand on a bien soupé et bien dansé
et que les époux se sont retirés, les jeunes gens,
plus gais que de raison, se portent, avec leurs
torches, vers une hôtellerie, pour y finir la
soirée. Ils rencontrent une patrouille de police à
cheval; le capitaine les querelle au sujet d'une
torche qui n'a pas le poids légal; on lui répond
par un mot trop vif, et la bande joyeuse est lestement poussée au palais du Podestat. Nous
entrons au sermon nocturne, à Santa-Reparata,
pendant le carême que prêche un jeune ermite.
« Là viennent tous les pauvres ouvriers de la
laine, quand les boutiques et les ateliers sont
clos, les serviteurs, les servantes, les laquais. »
Le prédicateur tonne hors de propos contre

17

l'usure. Un fidèle lui crie, du fond de l'église
ténébreuse : « Messire frère, nous sommes tous
criblés de dettes et bien loin de faire l'usure;
prêchez-nous pour nous consoler. » Il a raison,
murmure toute l'assistance. Et le moine achève
son carême sur le texte réconfortant : *Beati pau-*
peres!

A Florence, comme en toute ville civilisée,
c'est dans le léger brouillard des nuits d'automne que les mauvais garçons, les *compagnacci*,
jouent quelque méchant tour aux habitants
paisibles, voire aux hommes d'Église. Franco,
si fort ami du bon ordre bourgeois, paraît néanmoins indulgent à cette aimable jeunesse, qui
lui permet de nous montrer les œuvres ironiques
d'un peuple spirituel. Tel, un soir de Toussaint,
le rapt d'une oie fort grasse, cuite à point, et
fortifiée intérieurement d'une nichée de grasses
alouettes et de becfigues. C'était la coutume des
servantes et des valets d'aller quérir aux fours
de leurs quartiers le traditionnel rôti des bonnes
familles. Quatre ou cinq polissons, voisins de
la cathédrale, s'étaient promis de manger, sans
bourse délier, leur oie d'*Ognisanti*. Ils atten-
dirent que le valet de messire Filippo Cavalcanti,
chanoine de Santa Reparata, vînt chercher le
succulent souper et suivirent dans l'ombre ce
garçon jusqu'au logis de son maître, au pied

même du campanile, « là où est une taverne et
un recoin fort obscur. » Le valet frappe à la porte
bien close du révérend; au même moment, il sent
glisser et s'évanouir entre ses bras l'ecclésiastique volaille. « Messire Filippo! l'oie s'en va!
— Comment, elle s'en va? répond le chanoine
qui descend, ému, son escalier; triple sot, elle
n'est donc pas cuite? » Il ouvre sa porte et se
jette dans la rue. « Hélas! messire, des gloutons
me l'ont prise. » Le chanoine crie : « Au voleur!
Arrêtez-le! » Tout le voisinage accourt. « Qu'y
a-t-il? qu'y a-t-il? — Comment, diable, qu'y
a-t-il? C'est mon oie qu'on m'a volée toute
chaude, sortant du four. » Les uns éclataient de
rire, les autres criaient : « Patience, messire
Filippo. — Comment, patience? n'y a-t-il pas
de quoi renier sa foi? » — Les bonnes âmes
disaient : « Venez souper chez nous. » « Mais
il était si enflammé qu'il n'entendait plus; » il
ne pensait qu'aux alouettes qui remplissaient le
ventre de l'oie et l'avaient aidée à s'envoler.

Moins cruelle fut la plaisanterie imaginée par
une confrérie de jeunes gens qui, « soupant en
une église de Florence » (entendez le cloître),
reçurent la visite de l'ourse du Podestat, bête
de mœurs affables, dignitaire de la Commune,
qui rôda doucement autour de la table. C'était
encore en novembre. L'un des convives dit :

« Emmenons l'ourse à Santa-Maria-in-Campo, où l'évêque de Fiesole a son tribunal, et dont la porte n'est jamais verrouillée. Nous attacherons l'animal par les pattes de devant aux cordes des deux cloches, puis nous filerons très vite et vous verrez alors un beau spectacle. » Aussitôt dit, aussitôt fait. L'ourse exaspérée sonne à grandes volées. Le curé et son clerc se réveillent en sursaut. Au dehors, on crie déjà : Au feu! au feu! La Badia répond par son tocsin, qui met sur pied tout l'Art de la laine. La foule des *lanajuoli* s'agite éperdument. « Où est le feu? où est le feu? » Cependant le curé a dépêché son clerc, muni d'un cierge bénit, au pied du campanile. Le jeune homme, les cheveux tout droits, alla, « avançant d'un pas et reculant de deux; » à la vue du monstre, il fit le signe de la croix et s'enfuit en criant : « *In manus!* Mon père, le diable est dans l'église et sonne les cloches. — Comment, le diable? prends vite l'eau bénite. » Mais, au lieu de marcher vers l'infernal sonneur, nos deux braves se sauvent par la porte du cloître dans la rue. Le populaire accourait de toutes parts. « Où est le feu, prêtre? » Le pauvre curé pouvait à peine répondre, car il avait « le tremblement de la mort. » Enfin, d'une voix flûtée et chevrotante : « Il n'y a pas d'incendie et je ne sais qui sonne les cloches; mon clerc

est allé voir; il croit que c'est une chose diabolique. » On s'approcha avec des lanternes et
l'ourse sonnante apparut en toute sa simplicité.
L'aventure finit par un immense éclat de rire.
Bien entendu, les joyeux compagnons, poètes
de ce drame, se tenaient à leurs fenêtres et
avaient crié plus haut que les autres : Au feu!
au feu!

V

Le conteur qui s'amusait ainsi des mœurs en
plein air de ses compatriotes fut un témoin fort
attentif et sensé des perversités de moyenne
importance, des travers et des ridicules de la
vieille Florence. Le charlatanisme effronté, la
sottise, les superstitions puériles, la cupidité des
âmes médiocres, toutes les misères bourgeoises
du caractère et du cœur forment la matière de
ses nouvelles. Sa psychologie est toute unie
et sa verve comique peu raffinée; ses personnages n'ont point le trait personnel, si fine-
ment accusé, des figures de Boccace; mais la
Commedia dell' arte qu'il nous donne nous rend
sans doute l'image ironique de son temps, mali-
cieusement altérée par les préjugés du parti
communal et les rancunes de clocher.

Ne lui parlez pas des sciences dont le monde guelfe se méfie le plus, par la bonne raison qu'elles sont en grande faveur parmi les gibelins. Il a le droit écrit en horreur, ce droit de l'antique Rome qui, depuis le temps de Charlemagne, justifiait les plus arrogantes prétentions des empereurs germaniques sur l'Italie. Pour lui, le juriste, le juge sont la peste des cités. Un gentilhomme campagnard, Rinaldello, assiste au défilé d'un cortège nuptial. Il distingue, dans la foule des invités, de graves personnages dont les robes sont ornées de petit-gris. « Qu'est-ce que ces gens-là? — Ce sont des juges. » Il en compte jusqu'à sept. « Y en a-t-il encore d'autres en cette ville? — Certes oui, messire. » Rinaldello fait le signe de la croix et lève avec inquiétude les yeux vers les toits de Florence. « Je suis bien surpris, dit-il, que tous les monuments et les maisons ne soient point encore en ruines et couchés sur la terre. » On l'invite à parler plus clairement : « Eh bien! écoutez ceci, réplique le bonhomme. Notre ville à nous était en paix profonde. L'un des nôtres, riche citoyen, eut l'idée d'envoyer à Bologne son fils pour y étudier le droit. Il en a fait un juge, et, depuis le retour du jeune homme, nous sommes en guerre civile. Je m'étonne que tant de jurisconsultes n'aient point encore détruit Florence,

quand il a suffi d'un seul pour bouleverser notre
patrie. » Il avait raison, ajoute Sacchetti : les
gens fourrés de petit-gris ne font que troubler
la concorde. Jamais Venise, la mieux gouvernée
des Communes, n'a voulu connaître ce fléau, ni
Norcia, un petit endroit, la plus sage des bico-
ques italiennes, qui fait sortir de son conseil les
hommes trop savants, en criant : A la porte, les
docteurs !

Les notaires ne sont point davantage dans les
bonnes grâces du conteur. Il nous esquisse, à
propos d'un notaire, Bartolomeo Giraldi, envoyé
comme ambassadeur à Barnabò Visconti par
le seigneur d'Imola, une plaisante caricature.
« C'était un pauvre petit homme tout rétréci,
tout noir et jaune, avec des yeux très jaunes où
le fiel du personnage semblait s'être répandu. »
Le tyran lombard montait à cheval au moment
où se présente le piètre légat. Barnabò joue,
pour se divertir, à Giraldi, la plaisanterie qu'ima-
ginera chez nous le maréchal d'Hocquincourt à
l'usage du père Canaye. Il l'oblige à suivre la
promenade, hissé sur un grand cheval rétif, avec
des étriers inabordables aux jambes trop courtes
du cavalier. Le prince pique des deux et, durant
quatre mortelles heures, entraîne à travers champs
l'infortuné notaire, secoué, martelé, torturé, la
robe au vent, les cuisses nues, — et contraint

d'exposer, parmi les bonds furieux de sa monture, l'objet de sa mission. Giraldi rentre dans la
cour du palais à peu près mort et d'un jaune plus
livide qu'au début de l'audience. Il se laisse couler
à terre en s'accrochant à la courroie de ses inutiles étriers. Il garda le lit quinze jours. Visconti
lui fit tenir par un page une réponse hautaine
au sire d'Imola qui avait eu l'impertinence de
dépêcher au maître de Milan non point un capitaine, mais un légiste minuscule, « moins qu'un
homme, un loriot, *uno rigogolo*. »

Saccheti est sévère aux médecins. Son maître
Gabbadeo est un grotesque fort pitoyable. Il
exerçait son art à Prato, tout en mourant de
faim, car il tuait tous ses malades. Il allait, coiffé
d'un très haut bonnet agrémenté de bandelettes
et de chaperons, et vêtu de fourrures si râpées,
si pauvres en poils, qu'un pelletier n'aurait su y
reconnaître les bêtes d'origine. Un malicieux
Florentin lui persuade de se fixer à Florence,
dont le plus fameux médecin vient de mourir.
Sa femme détache de sa robe bleue une garniture
de petit-gris afin de relever la dignité de la robe
doctorale. On lui fait acheter pour dix florins,
« payables à la fin du mois, » un poulain un peu
jeune, sur lequel il monte gravement et se dirige
vers la boutique d'un apothicaire. Là, il reçoit
entre ses mains un ustensile de grande intimité

et commence, toujours à cheval, son diagnostic.
Malheureusement, vint à passer un Florentin
muni d'un porc. Le poulain s'effarouche, se
cabre et s'emporte. Le médecin vole à travers les
revendeurs de ferrailles, tenant toujours le précieux vaisseau, Il accroche sa belle fourrure à
quelque engin malencontreux et perd son capuchon. Il court ainsi jusqu'à la porte de Prato :
les officiers de la gabelle ferment la porte et
arrêtent enfin le docteur et sa bête. Mais ce fut
le début d'une renommée scientifique. Gabbadeo,
illustre désormais, devint un grand médecin et
mourut à la tête de six cents florins.

Le conteur juge les astrologues parfaitement
ridicules. Depuis le xiii° siècle, l'astrologie, si
puissante en Italie au temps de l'empire romain,
était une recherche fort en honneur chez les
gibelins. Frédéric II ne voyageait point sans la
compagnie de son astrologue Théodoro; Ezzelino
da Romano entretenait toute une cour de magiciens, tels que Guido Bonatto et le Sarrasin
Paul de Bagdad. Jusqu'au xvi° siècle, les princes,
les Communes, les Universités consulteront les
astres avant d'entreprendre quelque affaire d'importance, une guerre, un traité. Jules II, Léon X,
Paul III, demanderont au ciel le secret de leurs
destinées et des conseils pour le prochain con-
sistoire. On tirait l'horoscope des enfants; les

condottières s'informaient près des sages de la
porte qu'ils devaient prendre pour sortir, avec
leurs bandes, d'une cité. Contre cette folie le
bon sens florentin lutta de très bonne heure
presque sans trêve; le scribe inconnu du Novellino, Pétrarque, Jean et Mathieu Villani, et
surtout Savonarole, se moquent des astrologues, que Pic de la Mirandole accablera sous le
poids d'une réfutation théologique et scolastique.
Quant à Sacchetti, qui n'est point théologien, il
se contente de convaincre lui-même, d'une façon
toute socratique, le devin Fazio de Pise de charlatanisme et de sottise. Il se trouvait à Gênes,
sur la place des Marchands, en compagnie
« d'hommes très sages venus de tous pays, » de
Florence, de Lucques et de Sienne. Fazio se
vantait de lire dans les astres toutes sortes de
mystères, tels que le jour où chacun de ses audi-
teurs rentrerait en sa maison. Franco se lève
alors et demande au docteur pisan s'il connaît le passé aussi bien que l'avenir. « Bien
mieux, assurément, répond Fazio. — Dis-moi
donc ce que tu faisais, en ce jour même, l'an
passé. Où étais-tu, il y a deux mois, à cette heure
où nous sommes? Quel navire est arrivé, quel
autre est parti d'ici, l'autre mois? Qu'as-tu
mangé, il y a quatre jours; hier matin? » L'astrologue troublé cherche, ne trouve rien, demeure

confondu. « Tu as, répond-il, trop de syllogismes
dans la tête. — Je me moque des syllogismes et
ne te parle que des choses naturelles et vraies.
Voyons encore. As-tu jamais mangé des nèfles?
— Plus de mille fois, dit le Pisan. — Tant mieux!
Combien de noyaux dans une nèfle? — Je ne
sais pas. — Et si tu ne connais pas ces petites
choses, comment sauras-tu jamais les choses du
ciel? Allons! vous autres astrologues, êtes plus
sots qu'un caillou; vous roulez les yeux en haut
et vous vous tenez, la nuit, sur les toits, comme
les chats; à force de regarder le ciel, vous perdez
la terre de vue. Vous n'êtes que de simples
gueux, *poveri in canna.* »

Lui, Sacchetti, ne perd jamais la terre de vue,
et les différentes sortes de *poveri in canna* qu'il
y découvre ont les honneurs de quelques-uns de
ses contes. Il nous présente plusieurs espèces de
fripons et les traite, d'ailleurs, avec plus de douceur que les charlatans. Voici le pique-assiette,
ser Ciolo, qui n'hésite point à s'asseoir à la table
de messire Bonacorso Bellincioni, « fameux cavalier florentin, » parmi les plus nobles seigneurs
de la ville. Au moment où il vient de retirer son
manteau, dans l'antichambre, les laquais tout
effarés accourent et lui crient : « Ser Ciolo, vous
n'êtes point invité, allez-vous-en chez vous. —
Je ferais vraiment honte à messire Bonacorso,

répond le parasite; ne dirait-on pas qu'il m'a
chassé par avarice pure? Si l'on ne m'a pas invité,
ce n'est point ma faute, mais la faute de celui
qui m'a oublié. » Il s'approche de l'aiguière et
se lave les mains; puis, très calme, va prendre
sa place. L'amphitryon, surpris d'apercevoir
l'étrange convive, s'informe près de ses gens et
trouve excellente l'impudeur du pique-assiette;
il l'invite pour le lendemain et dit à ses serviteurs : « Chaque fois que j'aurai du monde, vous
mettrez le couvert de ser Ciolo. Je vous convie,
mon ami, à tous mes grands dîners. » Et ser
Ciolo accepta très volontiers.

L'hôtelier Basso della Penna, de Ferrare,
invente un jeu innocent qui lui rapporta, un
jour, cinquante livres en sous d'argent de
Bologne. Quelques jeunes tireurs à l'arc étaient
entrés dans son auberge. Il les invite à placer
chacun sur une table sa pièce de monnaie, avec
cette condition que le propriétaire du sou où se
posera la première mouche recueillera l'enjeu
tout entier; il y va lui-même de son bolonais
d'argent, mais il le frotte d'abord contre une
poire blette cachée sous la table. Cet artifice,
subtilement répété, lui permet d'embourser tous
les sous « bien secs et arides » de cette candide
jeunesse. Ce même Basso donnait des draps sales
aux voyageurs qui lui demandaient des draps

blancs, et, le lendemain, il répondait à leurs
plaintes : « Vos draps étaient-ils bleus, noirs ou
rouges ? n'étaient-ils pas blancs ? » — « Agréable
raisonnement, ajoute Sacchetti, qui sert à tous
les hôteliers. Quant à moi, édifié par cette histoire, je demande toujours *lenzuola di bucato*,
des draps venant de la lessive. » Mais le conteur
est, au fond, bienveillant pour l'hôte astucieux,
homme *piacevole*, d'humeur plaisante. N'a-t-il pas
légué par testament la rente d'un panier de
poires blettes aux mouches de sa maison ? C'est
grand dommage qu'il soit mort, car il était « un
élément de vie pour les voyageurs s'arrêtant à
Ferrare. »

La miséricorde de Sacchetti en faveur des
fourbes très ingénieux est inépuisable. Que deux
escrocs s'associent pour obtenir une forte indem-
nité d'un jeune étourdi, qui réclame le paiement
d'une dette déjà remboursée à son propre père,
que Sandro Tornabelli, le débiteur, se laisse
d'abord emprisonner et, pour cette tache à sa
réputation, extorque trois cents florins ; qu'enfin
le complice, un galant homme, à qui le bourreau
a jadis coupé le poignet, sur la place publique,
reçoive de son côté seize florins, Sacchetti qua-
lifie simplement l'opération de « subtile malice. »
Et il ajoute, avec une tranquille bonhomie : « Si
Sandro avait eu un fils ou un cousin d'humeur

folle, cela pouvait coûter plus cher à ce pauvre jeune homme. » Évidemment, celui-ci, qui n'a point reçu, un soir, au détour de quelque ruelle, un coup de poignard entre les épaules, était encore l'obligé de Sandro Tornabelli.

VI

C'est à l'Église que Sacchetti réserva les plus sérieuses sévérités de ses contes. Ici, encore, il différait de Boccace. Le *Décaméron* ne montre point d'hostilité amère à l'égard des clercs et des moines. Il continue, avec plus d'élégance, un esprit plus délicat d'observation, la tradition ironique de nos fabliaux. Ses ecclésiastiques ont bien de la grâce, et leurs chutes sont amusantes. Boccace n'enfle jamais sa voix, ne fronce point les sourcils, ne se croit pas chargé de purifier le sanctuaire. Sacchetti se préoccupe toujours des intérêts du parti guelfe. Il fait la police de l'Église parce qu'il ne peut souffrir que l'Église forme un État dans la cité, un parti politique dans la Commune. Il lui reproche, parfois avec violence, quatre ou cinq péchés capitaux. Boccace, plus bienveillant, s'était contenté d'un seul.

De Boniface VIII, le pape superbe que Dante marqua d'infamie, Sacchetti n'a point gardé un

trop mauvais souvenir. Il lui prête, en quelques-
uns de ses récits, une bonhomie de vieux curé
assez surprenante. Le hautain pontife, le despote
sans pitié et toujours magnifique — *peccator
magnanimus*, disaient les contemporains, —
figure ici, avec une belle humeur indulgente, en
des péripéties fort triviales. Pour une réponse
que Rabelais oubliera de s'approprier, le grand
simoniaque octroie un gras bénéfice au « méchant
petit clerc, *chericone*, » qui lui traduisait de
façon singulière le mot *thuribulum*. L'écrivain
se contente d'ajouter à l'histoire : « C'est ainsi
que la grossièreté élève la fortune des gens qui
portent Notre-Seigneur dans leurs mains et
montrent moins de sagesse que les simples
bêtes. »

L'évêque Marino, prélat romagnol, n'avait
certes point le caractère apostolique. Il s'est plu,
soit justement, soit « pour se divertir, » à excom-
munier le Florentin Dolcibene. Celui-ci, désireux de se réconcilier avec l'Église, afin de rentrer chrétiennement à Florence, obtient, grâce
au crédit d'un ami, que Marino pardonnera.
L'excommunié s'agenouille aux pieds de l'évêque
armé de la baguette symbolique et, tandis qu'il
répète, tout contrit, la formule : *Miserere mei,
Domine, secundum magnam misericordiam tuam,*
le pasteur bâtonne si vigoureusement la tête du

pénitent que celui-ci, furieux, se redresse,
tombe à poings fermés sur Marino et le roue de
coups en criant : *Et secundum magnam multitu-*
dinem pugnorum!

« Il a bien fait, dit Sacchetti, car cet évêque
avait grand besoin de discipline, pour se jouer
ainsi des choses sacrées. » Cet autre prélat, de
l'ordre des servites, prêchant le jour de l'Ascen-
sion, déploie une éloquence toute familière.
« Jésus-Christ monta au ciel plus vite qu'on ne
peut le dire, plus vite qu'un oiseau qui vole,
qu'une flèche lancée par l'arc, qu'un trait sorti
de l'arbalète; oui, mes frères, comme si mille
paires de diables l'avaient emporté. » C'était,
ajoute le conteur, qui assistait au sermon, un
saint homme d'évêque, mais un peu faible d'esprit; il ne prêchait que des sottises et les frères
s'en servaient comme d'un appât pour attirer les
fidèles. Un jour, Sacchetti l'aperçut qui mar-
chandait des figues au Mercato Vecchio et man-
geait ces fruits en plein air. Une autre fois, il le
vit qui clouait son camail sur le rebord de la
chaire. « Il remarquait les moqueries qu'on faisait sur sa personne autant qu'une bête. » Et le
candide prélat tombe sous la même sentence que
le clerc trop naïf de Boniface VIII. Car Franco ne
varie pas beaucoup la formule de ses jugements.

Mais voici une procession de clercs et de

moines dont la mine est fort inquiétante. Messer
Francesco, chanoine de Todi, est tout à fait
dépourvu de charité chrétienne. Il trouve en son
logis un capitaine d'aventure, quelque peu brigand qui, trempé de pluie, se chauffe au feu de
la cuisine, où Catarina, servante pérugine, *assai
leggiadra e giovane*, jeune et jolie, fait cuire,
pour ces Messieurs du chapitre, un dîner excellent. Francesco, furieux, saute sur son épée et
prétend déloger son hôte par la force; celui-ci
dégaine à son tour et pousse le révérend hors
de sa maison; puis il entasse le mobilier contre
la porte, se barricade solidement, renvoie les
invités en leur jetant des pierres par la fenêtre,
mange le dîner avec l'aimable Catarina, et ne sort
que le lendemain, après le déjeuner, par une
porte dérobée. Le cardinal légat, auquel Francesco se plaint amèrement, donne raison au
capitaine de l'Église et Sacchetti approuve cette
audacieuse violation de domicile ecclésiastique.
« Je voudrais, dit-il, que les laïques, les séculiers
prissent de la sorte à messieurs les chanoines
leur superflu, toutes les douceurs et délicatesses
de la vie, les plats fins et les mille sensualités
qu'ils recherchent sous le couvert de l'honnêteté
et de la religion. » Saint Antoine de Padoue
allait plus loin : il vouait aux chaudières infernales les chanoines trop sensuels.

18

Les mœurs de ce siècle troublé, la triomphante anarchie qui bouleversait l'Italie désertée par le Pape et l'Empereur, envahissaient le sanctuaire. Sacchetti s'indigne des désordres qui faisaient rire nos trouvères et Boccace. « On fuit de tous côtés les moines et les prêtres. Et la république de Venise a sagement décidé qu'il serait permis aux époux et aux pères de se venger sur eux de leurs injures, » pourvu qu'ils ne meurent pas de leurs blessures. « Allez là-bas et vous verrez que bien peu de clercs vont sans de grandes balafres à travers le visage. » Le clerc qui dépouille nuitamment les morts, déjà signalé au *Décaméron*, reparaît ici. Dérangé dans son opération scélérate par le crieur public, il sort à demi du sarcophage, frappant des mains, tout noir et la face blanche, et l'officier de justice se sauve éperdument, persuadé qu'il a vu l'âme d'un Bardi dressée toute droite sur son tombeau. Un seigneur lombard fait jeter dans la fosse d'un mort, par-dessus le cercueil, un curé et son clerc qui prétendaient être payés de leurs prières funèbres; le défunt n'était qu'un obscur pèlerin, sans amis ni parents, qui s'était endormi du sommeil éternel au bord d'un sentier. Les deux hommes d'Église attendront, près de leur paroissien de hasard, le Jugement dernier. Sacchetti ne voit, en cet acte sauvage, qu'une œuvre de justice, légèrement féroce. Il est inexorable pour l'avarice des mauvais pasteurs, l'insatiable soif de rapine que Dante avait flétrie chez les simoniaques pontificaux. Avarice sacrilège chez le curé du *contado* florentin, qui laisse en ruines le toit de son église, où la pluie tombe sur l'autel. Il répond à ses ouailles irritées d'une telle négligence : « Que voulez-vous, bonnes gens, s'il plaît à Dieu d'être trempé par l'eau du ciel? D'un seul mot, *fiat*, il a créé le monde; qu'il dise une parole encore et l'église sera couverte et Dieu ne sera plus à la pluie. » Un jour, comme il portait à un mourant le saint viatique, ce curé aperçut un jeune garçon en train de lui manger les fruits de son figuier : entre le prêtre, « malandrin désespéré, » et le larron s'échangent des propos très vifs. Le premier continue son voyage « *tutto gonfiato*, » tout gonflé de colère, bien préparé pour le sacrement qu'il allait administrer. Mauvais arbre ne peut donner de bons fruits, ajoute le conteur. « Le monde est plein de ces impies, et le bon Dieu sait bien en quelles mains il est tombé. »

Sacchetti ne se lasse point de dénoncer les vendeurs du Temple, les faussaires de piété, les prêtres de conscience légère, qui recherchent en leurs fonctions saintes de joyeuses distractions. L'évêque inquisiteur de Sienne et son ami Guccio s'amusent de la candeur d'un pauvre d'esprit, Alberto, en qui ils feignent d'avoir découvert l'exécrable hérésie des patarins. « Es-tu cet Alberto qui ne croit ni à Dieu ni aux saints? — Monseigneur, répond l'autre, cela n'est pas vrai, car je crois à tout. » Alors l'évêque : « Mais si tu crois à tout, tu crois donc au diable, et cela me suffit pour te brûler comme patarin. Sais-tu seulement le *Pater noster?* — Oui, messire. — Eh bien! récite-le. » Mais le prétendu hérétique, bouleversé par la peur du bûcher, balbutie, perd le fil de l'oraison, ne peut sortir du *da nobis hodie.* « Tu vois bien, s'écrie l'inquisiteur; les hérétiques ne peuvent réciter les paroles sacrées. Reviens demain matin, et je procéderai à ton égard selon tes mérites. » L'affaire ne tourne pas au tragique, les deux compères se contentent « d'en rire aux éclats pendant deux heures. » Mais Sacchetti n'entendait point plaisanter avec cette petite histoire. « Alberto fut bien heureux de n'être point riche, car l'inquisiteur lui eût fait comprendre qu'il pouvait, à prix d'or, se racheter du bûcher ou de la torture. »

Au moins tous ces personnages, les violents et les bouffons, qui déshonorent leur ministère, ne sont-ils point des hypocrites. Pour Sacchetti, comme pour Boccace, l'hypocrisie est le plus damnable vice des gens d'Église. C'est en France,

il est vrai, que Franco rencontre le plus bel
exemplaire de ce péché. Un abbé de Toulouse
rêve « de devenir un grand évêque ou quelque
très grand prélat. » Il donne, pendant des
années, une étrange comédie. Il gémit au sujet
des revenus trop riches de son abbaye, se
nourrit strictement, invente des quatre-temps et
des vigiles pour son usage personnel, fait acheter
par l'économe les plus chétifs poissons de la
Garonne. La France entière retentit du bruit de
sa sainteté. L'évêque de Paris étant mort, il fut
désigné, *a furore di populo*, par acclamation
populaire, pour ce grand siège épiscopal. Le
Pape confirme l'élection et notre homme feint
d'abord de se dérober, par humilité pure, au
vœu unanime de l'Église. Enfin il accepte la
crosse et la mitre. « On allait à lui comme au
plus catholique des pasteurs, on lui baisait les
mains comme reliques très augustes. Un jour de
maigre, l'intendant gascon, qu'il avait gardé, lui
sert des goujons de Seine. Le prélat s'indigne
d'un si pauvre dîner, et le serviteur lui rappelle
la cuisine abbatiale de Toulouse. « Fou que tu
es! dit l'évêque en souriant; je pêchais alors aux
petits poissons, afin d'en prendre de gros; maintenant que me voilà dans l'évêché de Paris, aie
soin de me servir dorénavant les mets les plus
délicats. » Les Parisiens, qui s'étonnaient en ce

vieux temps des phénomènes inattendus de la morale, « furent très surpris de cette rapide transformation et répétèrent un proverbe de nous autres Toscans : on ne connaît l'homme qu'à l'usage. »

Toutes les formes de l'idolâtrie, les fausses reliques, les ex-voto enfantins apparaissent dans la satire de Sacchetti. Le conteur n'est pas tendre pour les petits cultes d'invention récente qui altèrent la simple foi traditionnelle des chrétiens. « N'avons-nous pas Notre-Seigneur Jésus-Christ, sa mère, les Apôtres et les autres saints du paradis? Qu'avons-nous besoin de saint Barduccio? Trop souvent on oublie les vrais saints pour de faux bienheureux, on les montre en peinture, entourés de plus de luminaires et d'images de cire que Notre-Seigneur lui-même. Et l'on abandonne ainsi la vieille voie pour la nouvelle, par la faute des religieux qui découvrent un corps enterré dans leur église, lui prêtent des miracles et le mettent en tableaux pour attirer non pas de l'eau à leur moulin, mais de la cire et de l'argent. C'est ailleurs qu'est la foi véritable. »

Deux exemples édifiants de paganisme italien éclairent ce très sage jugement. Un bourgeois de Florence, nommé podestat à Borgo San Lorenzo, recommande à sa femme de ne point toucher,

pendant son absence, à une barrique « de vin
très fin et vermeil. » La dame, trop compatissante, laisse boire peu à peu la précieuse liqueur
à son confesseur, un moine de santé délicate,
dont l'estomac exigeait un vin généreux. Mais,
conseillée par le saint homme, elle fait vœu
d'offrir un tonnelet de cire si le mari perd le
souvenir de son bon vin. Le podestat n'en parla
jamais plus et Notre-Dame eut son ex-voto. « J'ai
vu mieux encore, ajoute Sacchetti : une femme
qui, ayant perdu sa chatte, promit à Notre-Dame
de l'Orto San Michele une chatte de cire, si elle
retrouvait la bête. » Anecdotes de sacristie,
réflexions de marguillier raisonnable, qui ne sont
point à dédaigner. C'est par cette vague échappée
que Sacchetti entrevoit la crise théologique tra-
versée, depuis l'époque d'Arnauld de Brescia,
par l'Église italienne, le séculaire conflit de la
foi et des œuvres, institué par saint Paul à l'origine même du christianisme.

VII

Notre conteur portait en lui une doctrine de
sagesse conforme aux traditions morales de la
bonne bourgeoisie florentine et qu'affermissait
l'expérience personnelle due aux misères de ce

temps. Cette doctrine est dépourvue d'héroïsme, et la sagesse en est gâtée par une notable dose de prudence timide. Sacchetti était évidemment de ces philosophes dont parle Platon, à qui le vent et l'orage déplaisent et qui attendent, « à l'abri d'un petit mur, » que la pluie cesse de tomber.

Le siècle où la destinée l'a fait vivre lui semble mauvais. La peste et la guerre ont ruiné les particuliers comme les cités. Les hommes se sont pervertis. Il se compare, en son prologue, avec une complaisance naïve, à Dante lui-même, « qui parlait en son nom propre quand il voulait exalter les vertus d'autrui et passait la parole aux morts dès qu'il avait à flétrir quelque infamie. » La distinction est bien subtile et le rapprochement un peu téméraire. Dante condamnait, avec une extrême véhémence, tous les renoncements à l'action, la complaisance ou la tiédeur des citoyens qui, désertant la lutte et se refusant au sacrifice, *furon da sè*, « n'ont été que pour eux-mêmes, » et Franco, par le tranquille égoïsme dont il témoignera devant nous tout à l'heure, tombe sous la sentence du grand justicier. Il manifeste, en outre, une indulgence trop italienne sur les matières les plus délicates. Une assez fière parole de Castruccio Interminelli : « J'aime la trahison, mais

je hais le traître, » lui inspire cette réflexion singulière : « Aujourd'hui, on agit différemment, et
celui qui profite de la trahison honore le traître.
Mais il arrive souvent qu'à son tour, il est trahi
par son complice. » Ainsi lui paraît meilleure
l'ancienne méthode qui, par l'excès même du
cynisme, assurait la sécurité de la trahison,
casuistique raffinée qui passera à Machiavel,
comme la morale de Castruccio aux tyrans italiens du xvᵉ siècle.

N'imaginez pas cependant que ce Florentin ait
du goût pour la violence et qu'il admire les
incomparables brigands qui, « volant les veuves
et les orphelins, » jetaient sous ses yeux les fon-
dements du principat. Il signale la condition de
quatre cités, Crémone, Parme, Reggio, Modène,
dont les grandes familles se massacraient et se
proscrivaient entre elles jusqu'au jour où, dans
chaque ville, la plus audacieuse demeura seule
maîtresse et confisqua à son profit toutes les
libertés communales. Mais alors de puissants
voisins, les marquis de Ferrare et de Gonzague,
les Visconti et les Scaliger formèrent une ligue
pour l'écrasement des tyranneaux et se partagè-
rent leurs seigneuries, « et, plus tard encore, un
autre barbier a rasé Parme et Reggio. » Il conte
l'histoire plaisante d'un loup qui, à Porto Venere,
poussé hors du bois par la faim, a sauté dans

une barque pleine de provisions; la barque se
détache et prend la mer, et le loup s'en va gravement, comme un marin de profession, assis au
gouvernail. Les paysans et les pêcheurs, émer-
veillés, voguent à sa poursuite, l'entourent et le
tuent. Voilà, dit Sacchetti, l'image saisissante de
la tyrannie. De tels prodiges sont permis « par
le Dieu éternel, » pour notre édification. Le
tyran n'est jamais en sûreté, la mort le guette
et l'enveloppe sans cesse. « Les louveteaux des
seigneuries feraient bien de méditer cette nouvelle. »

Notre vieux guelfe a le respect de la hiérarchie rigoureuse imposée par le régime communal
à la société italienne; il ne comprend pas, il ne
permet pas qu'un citoyen trouble l'ordre vénérable de la corporation, de la paroisse, des *arts*
et de la cité, en sortant, par orgueil ou simonie,
du cadre étroit où sa naissance l'enfermait. A
l'occasion d'un vieil usurier, scandaleusement
riche, goutteux et méprisable, que l'empereur
Charles de Bohême a créé chevalier, il s'écrie :
« Je vois aujourd'hui la chevalerie traînée aux
écuries et aux porcheries. On fait chevaliers des
artisans, des mécaniciens, des ribauds et des
filous. Est-ce une belle chose qu'un juge, pour
devenir podestat, se fasse chevalier? Je ne dis
pas que la science ne convienne point au cheva-

lier, mais que ce soit une science royale, pure de
tout profit, qui se passe de consultations légales
derrière un pupitre ou de plaidoiries à la barre
des magistrats. Voici que les notaires prennent la
chevalerie et changent leur écritoire en gaine
dorée pour leur dague. Malheureuse noblesse,
quelle chute profonde est la tienne! Si cette
chevalerie est valable, pourquoi ne pas la con-
férer aussi à un bœuf, à un âne, à n'importe
quelle bête? » Sacchetti s'indigne pareillement
qu'un simple rustre reçoive la prêtrise. Il conte
l'histoire d'un jeune jardinier, « qui ne savait
point lire et n'avait point de grammaire, *uno por-
cile,* » et que son maître, messer Ubaldino, fit
ordonner par l'évêque. Puis il en fit son propre
curé. « Le monde est plein de ces prêtres-là; ils
chantent la messe et n'en comprennent point une
seule parole; on leur donne souvent deux ou trois
paroisses à la fois. Et c'est en en ces mains indi-
gnes que tombe Notre-Seigneur! »

Demeurer en sa condition d'origine, ne jamais
se détacher de sa fonction sociale, cette vertu
n'est point sans inconvénients pour la cité comme
pour l'individu. Sacchetti n'aime ni la guerre ni
les gens de guerre. Il appartient au parti de la
paix à tout prix. Deux bons franciscains rencontrent l'Aguto et lui disent : « Monseigneur, que
Dieu vous donne la paix! — Vous voulez donc,

répond le condottière, que je meure de faim? Moi,
je vis de la guerre, et la paix serait ma mort. »

C'est un grand malheur pour l'Italie, remarque
le conteur, que ses villes, au lieu de vivre en
paix, soient possédées par la fureur de guerre et
s'agrandissent par la violence au détriment de
leurs voisines. « En elle, il n'y a plus ni amour,
ni bonne foi. Il vaut mieux, pour une cité libre,
recevoir l'humiliation de deux ou trois insultes
que de se décider à la guerre » et se livrer à la
fourberie des hommes qui exercent le métier des
armes.

Quand un bourgeois de Florence se mêle
d'aller à la bataille, au lieu d'en laisser le soin
aux mercenaires de la Commune, Sacchetti hausse
les épaules, le traite de mouche du coche et l'ac-
cable sous cette maxime : « *Chi è uso alla merca-
tanzia non può sapere di guerra*, un bon marchand n'entend rien aux choses militaires. » Qu'il
imite plutôt cet Alberto de Sienne qui, au moment où ses compagnons vont engager le combat
contre les gens de Pérouse, descend paisiblement
de cheval, se retire à l'arrière-garde et se justifie
de ce mouvement défensif de la façon la plus
simple : « Si mon cheval est tué, on pourra m'en
dédommager, mais, si je suis tué, qui m'en dédom-
magera? » Sacchetti juge très raisonnable la conduite d'Alberto. « A la guerre, le vilain est en

meilleure situation que le noble ; celui-ci est toujours fait prisonnier quand on a pris son cheval,
on prend seulement le cheval de l'autre et on
laisse libre le cavalier. » Et cette facile morale
se montre en toutes ses applications. Un gros
marchand de Florence, Bartolo Sonaglini, afin de
ne point payer la patente de guerre, crie à tout
venant qu'il est ruiné, que son navire, chargé de
marchandises, a fait naufrage, que d'impitoyables
créanciers lui veulent arracher son dernier florin.
Il crie si fort que les Sept, réunis en conseil,
émus d'une si grande détresse, l'exemptent de
l'impôt. Et Sacchetti d'applaudir : « Moi, le narrateur, je crois que ledit Bartolo eût paru fort
répréhensible si Brutus ou Caton ou leurs des-
cendants avaient composé le conseil des Sept ;
mais, étant données les méchantes dispositions
des magistrats, ennemis des marchands, je le
proclame digne d'une éternelle mémoire, comme
le marchand le plus avisé qui fût alors au monde. »

« Chacun pour soi » est une règle de conduite que toutes les villes italiennes pratiquaient
sans mesure et qui fut pour l'Italie la cause la
plus efficace de son impuisance et de sa ruine.
Dante en avait dénoncé les mortels effets, Sacchetti n'en soupçonne point les conséquences,
dans ce désordre social de la péninsule qui
éveille en lui une si grande angoisse. Cet écri-

vain sincère nous fait comprendre à quel point
le régime communal avait perverti, dans les
plus florissantes cités, la notion de communauté
humaine, à tous ses degrés. Ses vues sur la
famille ne sont point supérieures à son égoïste
conception de la vie civile. Il y mêle la brutalité
des trouvères de fabliaux à la sécheresse de
cœur des gens de comptoir. Pour lui, le mariage
est un trafic. « On se marie, dit-il, de la même
façon qu'on achète un cheval. C'est une grosse
erreur de chercher femme au loin; c'en est une
aussi d'acheter les roncins des Allemands qui
vont à Rome, plutôt que ceux de nos voisins. Ces bêtes, que nous ne pouvons connaître,
sont pleines de vices. Quant au mariage, il convient de le rechercher dans son plus proche
voisinage. » Et, comme preuve de ce charitable
avis, il nous conte la mésaventure d'un Siennois
qui s'est marié à Pise et s'aperçut à temps, au
retour, qu'il emmenait dans sa suite l'amant de
la jeune épouse.

Son mépris de la femme paraît absolu. Il vient
de nous présenter une veuve qui, après avoir
arraché au mari mourant un testament favorable et versé sur le mort d'abondantes larmes,
« comme elles font toutes, car cela leur coûte
peu, » moins de deux mois plus tard, jette ses
voiles de deuil et se remarie. L'accident est

vraisemblable. Mais Sacchetti en tire toute une
doctrine. « Rien ne passe et ne s'oublie si vite
que la mort; et la femme qui se répand le plus
en gémissements est la créature qui oublie le
plus tôt les morts. Celle-ci l'a bien prouvé qui,
à peine son mari fut enterré, se mit à en trouver
un autre, et le premier a pris peut-être femme
en enfer, pour se punir de son testament. Et
soyez certain que la veuve n'alluma jamais un
cierge pour l'âme du défunt. »

En un conte fort précieux pour l'histoire du
costume des femmes et des jeunes gens en Italie,
il s'élève contre les modes changeantes et de
plus en plus extravagantes. Tantôt les dames
vont la poitrine nue, tantôt leurs collerettes
montent jusqu'aux oreilles. « Jadis, les jeunes
filles allaient si honnêtement! Aujourd'hui, elles
relèvent leur capuchon en forme de barrettes, et,
embéguinées à la manière des courtisanes, elles
portent des colliers d'où pendent toutes sortes
de bêtes appliquées à leur poitrine. Leurs man-
ches, véritables sacs béants, sont la mode la plus
désastreuse et la plus vaine; à table, elles ne
font pas un mouvement sans renverser les verres,
tacher la nappe et plonger dans les sauces. » A
la fin du xve siècle, Savonarole rajeunira, contre
l'indécence des costumes, la satire de Sacchetti,
relevée encore par un désobligeant : *Vaccæ*

pingues! Le conteur n'avait point pris la chose si fort au sérieux. Il connaissait d'ailleurs un remède excellent pour corriger les femmes de leurs défauts et les assouplir au plus grand avantage du foyer conjugal. J'en traduis la recette en toute sa naïveté. Il s'agit d'une veuve que le premier mari n'avait pas su améliorer et dont le second époux fit une très bonne personne, à l'aide de son bâton :

« Je crois que les maris ont à peu près l'art de rendre les femmes bonnes ou mauvaises. Un proverbe dit : bonne femme et femme mauvaise ont besoin du bâton; moi, je pense que la mauvaise en a besoin, mais non la bonne. En effet, si les coups se donnent pour changer les défauts en qualités, ils conviennent aux méchantes, afin qu'elles se corrigent, mais non pas aux bonnes, car, si celles-ci venaient à changer, ce serait en mal, comme il arrive souvent aux bons chevaux trop battus, qui deviennent rétifs. »

On aperçoit ici l'aridité morale qui fut, après l'époque généreuse de Dante et de saint François d'Assise, le mal caractéristique de l'âme italienne. Sacchetti s'établit bien à son aise en son personnage de *popolano* guelfe, marchand de florins,

de drap ou de velours, tyran domestique, âpre à
la satire comme au profit, étranger à toute pensée
haute comme à toute passion profonde, mais,
dès qu'il a quitté sa maison, dont il verrouille
soigneusement la lourde porte, avide du spectacle
extérieur, heureux des ridicules, des extrava-
gances ou des mésaventures de ses voisins,
charmé par l'éternelle comédie que donne aux
simples passants la ville la plus spirituelle de
l'Italie. Rapproché du lumineux Boccace, sensuel et si tragique, si pénétré souvent de tendresse humaine, le conteur bourgeois vous paraît
terne, un peu vulgaire, trop volontiers loquace;
c'est un compère qui déroule, en un réveillon de
Noël, tout un chapelet d'anecdotes florentines,
afin d'allumer la joie bruyante des convives.
Prenez-le à part ou, plutôt, replacez-le dans son
monde du Mercato Vecchio : c'est, dans la littérature italienne, le plus sûr témoin de sa démocratie, de cette Florence si laborieuse et si tour-
mentée, d'esprit pratique et réaliste, portée à
l'ironie plus qu'à l'enthousiasme, d'humeur difficile à l'égard de l'Église, plus soucieuse de
goûter les joies terrestres que de mériter, par
l'ascétisme, les béatitudes du paradis : toute
une civilisation qui allait finir avec le régime
social d'où elle était sortie.

TABLE DES MATIÈRES

CHAPITRE I. — Les primitifs. — Le *Novellino.* — Francesco da Barberino..................   1

— II. — Boccace. — Le prologue du *Décaméron* et la Renaissance..................   65

— III. — Boccace. — La Comédie italienne........   117

— IV. — Boccace. — Les drames du *Décaméron*.   175

— V. — Franco Sacchetti..................   235

463-99 — Coulommiers. Imp. PAUL BRODARD. — PJ-99.

BIBLIOTHÈQUE VARIÉE, FORMAT IN-16

A 3 FR. 50 LE VOLUME

LITTÉRATURES ÉTRANGÈRES
Œuvres et Histoire littéraire

AYNARD (J.) : *La vie d'un poète :
S. T. Coleridge* .... 1 vol.

BARINE (A.): *Portraits de femmes*
(Mmes Carlyle, G. Eliott. Un couvent de femmes et Psychologie
d'une sainte) .... 1 vol.

BOSSERT (A.) : *Essais sur la littérature allemande* .... 1 vol.
Gœthe et Schiller. .... 1 vol.
Gœthe, ses précurseurs et ses contemporains .... 1 vol.
*La légende chevaleresque de Tristan
et Yseult* (Essais de littérature
comparée) .... 1 vol.
Schopenhauer, l'homme et le philosophe .... 1 vol.
Ouvrage couronné par l'Académie française.
*La littérature allemande au moyen
âge et les origines de l'épopée
germanique* .... 1 vol.

BOURDEAU (J.) : *Poètes et humoristes de l'Allemagne* ..... 1 vol.

BYRON (Lord) *Œuvres complètes*,
traduites de l'anglais par Benjamin LAROCHE, 4 vol. qui se vendent séparément :
   I. *Childe-Harold* ...... 1 vol.
   II. *Poèmes* .... 1 vol.
   III. *Drames* .... 1 vol.
   IV. *Don Juan* .... 1 vol.

CERVANTÈS : *Don Quichotte*, traduit de l'espagnol par M. L. VIARDOT .... 2 vol.

CHEVRILLON (A.) : *Études anglaise* .... 1 vol.

DANTE : *La divine comédie*, traduction par P. FIORENTINO . 1 vol.

DOUADY (Jules) : *Vie de William
Hazlitt* .... 1 vol.

GAUTHIEZ (P.) : *L'Arétin (1492-1556)* .... 1 vol.

GEBHART (É.), de l'Académie
française : *Conteurs florentins du
Moyen Age* .... 1 vol.
Sandro Botticelli .... 1 vol.

HENRY (V.) : *Les littératures
de l'Inde* : SANSCRIT, PALI, PRACRIT .... 1 vol.

LA SIZERANNE (R. de) : *Ruskin,
pages choisies* .... 1 vol.

LICHTENBERGER (E.) : *Études
sur les poésies lyriques de Gœthe*,
3e édit. .... 1 vol.
Ouvrage couronné par l'Académie française.

MÉZIÈRES (A.), de l'Académie
française : *Shakespeare, ses œuvres
et ses critiques* .... 1 vol.
*Prédécesseurs et contemporains de
Shakespeare* .... 1 vol.
*Contemporains et successeurs de
Shakespeare* .... 1 vol.
*Gœthe, les œuvres expliquées par
la vie (1795-1832)* .... 2 vol.
Pétrarque .... 1 vol.

MONTÉGUT (E.) : *Essais sur la
littérature anglaise* ...... 1 vol.
Les Écrivains modernes de l'Angleterre .... 2 vol.
Livres et âmes des pays d'Orient.
(Daphnis et Cloé, etc.) .. 1 vol.
Heures de lecture d'un critique.
(Pope, Collins, etc.) ..... 1 vol.
Types littéraires et fantaisies esthétiques .... 1 vol.

OSSIAN : *Poèmes gaéliques*, traduits de l'anglais par P. CHRISTIAN .... 1 vol.

SHAKESPEARE : *Œuvres complètes*, traduites de l'anglais par
M. E. MONTÉGUT, 10 vol. qui se
vendent séparément :
Les tomes 1, 2 et 3 comprennent les
comédies, les tomes 4, 5 et 6 les tragédies, les tomes 7, 8 et 9 les
drames, le tome X, *Cymbeline*, les
poèmes, les petits poèmes et les
sonnets.
Ouvrage couronné ar l'Académie française.

VÉZINET (F.) : *Les maîtres du
roman Espagnol* .... 1 vol.

163-09. — Coulommiers. Imp. PAUL BRODARD. — 3-09-1630.